SCIENCE FICTION

Herausgegeben
von Wolfgang Jeschke

Ein Verzeichnis der STAR TREK®-Serie finden Sie am Schluß des Bandes.

SIMON HAWKE

STAR TREK®
THE NEXT GENERATION

DIE RÜCKKEHR DER DESPOTEN

Star Trek®
The Next Generation™
Band 46

Deutsche Erstausgabe

WILHELM HEYNE VERLAG
MÜNCHEN

HEYNE SCIENCE FICTION & FANTASY
Band 06/5446

Titel der Originalausgabe
STAR TREK: THE NEXT GENERATION
BLAZE OF GLORY

Aus dem Amerikanischen übersetzt von
UWE ANTON

Redaktion: Rainer-Michael Rahn

Erstausgabe by Pocket Books/Simon & Schuster, Inc., New York

Printed in Germany 1997
Umschlagbild: Pocket Books/Simon & Schuster, New York
Umschlaggestaltung: Atelier Ingrid Schütz, München
Technische Betreuung: M. Spinola
Satz: Schaber Datentechnik, Wels
Druck und Bindung: Ebner Ulm

ISBN 3-453-13298-X

Für Mike Stackpole, mit besonderem Dank
an Bruce und Peggy Wiley,
Megan McDowell, Robert M. Powers und Sandra West,
Jennifer Roberson, Emily Tuzson,
Tudor und Angelo Marini, Adele Leone,
ihre Mitarbeiter und Partner
sowie Tracy Ashleigh, die mir alle
während des Verfassens dieses Romans
wertvolle Hilfe und moralische Unterstützung
geleistet haben. Glück und langes Leben!

PROLOG

Commander William Riker lehnte sich im Sessel des Captains auf der Brücke der *Enterprise* zurück und berührte den Insignienkommunikator auf seiner Brust. »Riker an Captain Picard.«

»Hier Picard«, erwiderte der Captain aus seinem Quartier. »Was gibt es, Nummer Eins?«

»Sir, wir nähern uns Starbase 37«, erwiderte Riker. »Wir müßten in etwa fünf Minuten mit dem Andockvorgang beginnen können.«

»Sehr gut, Nummer Eins. Danke. Ich bin in Kürze bei Ihnen.«

Riker schaute zum Hauptbildschirm hoch. Starbase 37, die sich im Orbit um Artemis VI drehte, füllte den Schirm aus. Die *Enterprise* befand sich zum erstenmal in diesem Sektor, und Riker war sich schmerzlich bewußt, daß er sich seit seinen Tagen an der Akademie nicht mehr über das K'tralli-System informiert hatte. Er hatte vorgehabt, sein Gedächtnis aufzufrischen, bevor sie die Starbase erreichten, doch seine Pflichten hatten ihm keine Gelegenheit dazu gegeben. Er hatte einen Rückstand an Bewertungsberichten über zahlreiche Mannschaftsmitglieder aufarbeiten, einen von Geordis detaillierten regelmäßigen Wartungsberichten studieren und abzeichnen sowie Dr. Crusher wegen einer überfälligen ärztlichen Untersuchung aufsuchen müssen, die er schon mindestens ein Dutzendmal verschoben hatte, bis sie schließlich darauf bestand, daß er *auf der Stelle* antanzte. Er hatte einfach keine Chance gehabt, die Dateien durchzuarbeiten. Und nun waren sie hier und würden gleich mit dem Andocken beginnen.

Der Commander von Starbase 37 war ein alter Freund des Captains. Riker wußte, Picard würde von seiner Mannschaft verlangen, daß sie sich herausgeputzt wie immer präsentierte, und der Erste Offizier mußte unbedingt über alle Hintergrundinformationen verfügen. Zum Glück hatte Riker Zugang zu einer letzten Rettung in Gestalt von Lieutenant Commander Data.

»Mr. Data«, sagte er, »rufen Sie bitte Ihre Dateien über die Starbase 37, Artemis VI und das K'tralli-System auf und geben Sie uns einen kurzen Überblick.«

»Gern, Sir«, erwiderte der Androide, der hinter seiner Konsole vorn auf der Brücke saß. Er hielt den Kopf etwas schräg, eine gekünstelte Eigenart, die Riker vertraut war. Er hatte sie sich bei der Beobachtung von Menschen angewöhnt und stellte sie oft zur Schau, wenn er Informationen verarbeitete oder einen fragenden Ausdruck aufsetzen wollte. Riker hörte genau zu, als der Androide eine Zusammenfassung seiner Programmierung über die betreffenden Themen zum Besten gab.

»Starbase 37 wurde vor fünfunddreißig Jahren im Orbit um Artemis VI errichtet, dem einzigen von der Föderation kolonisierten Planeten im K'tralli-System. In diesem Sektor befinden sich fünf weitere bewohnte Planeten. A'tray, L'ahdor, D'rahl und S'trayn wurden alle von der Heimatwelt der K'tralli aus kolonisiert, von N'trahn. Der erste Kontakt mit den K'tralli fand vor etwa vierzig Jahren statt und führte zu dem Vertrag, der die Besiedlung des nun als Artemis VI bekannten Planeten ermöglichte.

Die K'tralli hatten die gleichen Vorfahren wie die Vulkanier und die Romulaner«, fuhr Data fort, »haben aber eine eigenständige Kultur entwickelt. Im Gegensatz zu Vulkaniern verleihen sie ihren Gefühlen Ausdruck, sind aber bei weitem nicht so aggressiv wie die Romulaner.

Den Großteil ihrer Geschichte über hatten die K'tralli eine monarchische Regierungsform«, ging der Androide in die Einzelheiten, »aber etwa zehn Jahre, bevor der

Kontakt mit der Föderation zustande kam, ereignete sich eine Revolution, die eine Diktatur hervorbrachte. Zum Zeitpunkt des ersten Kontakts stand ihre Wirtschaft kurz vor dem völligen Zusammenbruch, und ihre provisorische Regierung hatte große Schwierigkeiten, die versprochenen demokratischen Reformen zu verwirklichen. Die K'tralli hießen den Kontakt mit der Föderation willkommen und waren versessen auf Wirtschaftshilfe und Handelsbeziehungen. Nach der Aushandlung des Vertrags, der sie zu Mitgliedern der Föderation machte, luden uns die K'tralli zur Besiedlung von Artemis VI ein, des letzten der bewohnbaren Planeten in ihrem System. Starbase 37 wurde als diplomatischer Vorposten gegründet und sollte gleichzeitig das Verwaltungszentrum der Föderationskolonie auf Artemis VI bilden als auch den gesamten Schiffsverkehr der Föderation in diesem Sektor koordinieren. In den vergangenen fünfunddreißig Jahren ist dies die Hauptaufgabe von Starbase 37 und seinem Personal geblieben. Zur Zeit gibt es keinen Botschafter der Föderation bei den K'tralli. Botschafter Bowman, der dieses Amt zuletzt innehatte, starb vor kurzem eines natürlichen Todes, und es wurde noch kein Nachfolger ernannt. Bis ein neuer Botschafter bestimmt wird, werden diese Pflichten vom derzeitigen Kommandanten von Starbase 37 wahrgenommen ...«

»Captain Ivan Valentinovitch Gruzinov«, sagte Picard, als er die Brücke betrat.

Riker erhob sich augenblicklich.

»Ja, Sir, das ist korrekt«, sagte Data.

»Captain Gruzinov ist ein alter Freund, Mr. Data«, sagte Picard, als Riker zur Seite trat, um den Sessel des Captains freizumachen. »Er absolvierte gerade sein letztes Jahr an der Akademie, als ich dort anfing. Ich stand oft vor ihm stramm, während er mich zusammenstauchte.« Picard lächelte versonnen, als er sich setzte.

Data neigte den Kopf leicht auf die andere Seite. »Wenn ich die Bemerkung richtig verstanden habe, Sir, wollten Sie sagen, daß er Sie wegen irgendwelcher vermeintlicher Schwächen bei der Ausübung Ihres Dienstes tadelte?«

»Ja, in der Tat, und zwar überaus lautstark«, erwiderte Picard.

»War an Ihrer Leistung an der Starfleet-Akademie viel auszusetzen, Sir?« fragte Data.

Riker räusperte sich leise. Picard warf einen Seitenblick auf ihn. Riker hielt sich aus der Sache raus. »Ich muß leider sagen, ja, bei gewissen Dingen, die hauptsächlich mit der Disziplin zu tun hatten«, gestand Picard ein. »Besonders während meines ersten Jahrs. Kadett First Lieutenant Gruzinov führte es gewissermaßen seinen persönlichen Kreuzzug, um mich zur Räson zu bringen. Und obwohl ich ihn damals deshalb gehörig verabscheute, bin ich in der Rückschau dankbar für seine Bemühungen. Er hat mich gewaltig motiviert, wenn auch aus keinem anderen Grund, als ihm nicht die Befriedigung zu geben, mir einen Fehler nachweisen zu können.« Picard lächelte, als er sich an diese Zeit erinnerte. »Damals habe ich ihn völlig verabscheut, aber nach meinem Abschluß haben wir gemeinsam auf der *Antares* gedient und wurden gute Freunde. Ich habe ihn jetzt seit über zwanzig Jahren nicht mehr gesehen.«

»Captain, wir werden von Starbase 37 gerufen«, meldete Lieutenant Worf von seiner Konsole aus.

»Auf den Schirm, Mr. Worf«, sagte Picard.

Riker drehte sich zu dem Hauptbildschirm um. Das Bild, das darauf erschien, war das eines Offiziers, der ein paar Jahre älter war als Picard, robust und fit, mit breiten Schultern und massiger Brust, kurz geschnittenem grauem Haar und einem breiten, zerfurcht wirkenden Gesicht mit blaßblauen Augen. »Ich grüße Sie, *Enterprise*«, sagte er mit leichtem russischem Akzent und lächelte dann. »Willkommen auf Starbase 37, Jean-Luc.«

»Danke, Ivan«, erwiderte Picard, und Riker bemerkte, daß er den Namen mit der korrekten russischen Betonung aussprach, das ›I‹ lang und gedehnt. »Es ist lange her, alter Freund. Sie sehen gut aus.«

»Der Schreibtischposten bekommt mir gut«, erwiderte Gruzinov. »Ich werde mit zunehmendem Alter weich. Sie haben die Erlaubnis zum Andocken. Versuchen Sie, nirgendwo anzustoßen. Ich sehe Sie dann, wenn Sie an Bord kommen.«

Er schaltete ab, und sein Bild wurde von dem der Starbase 37 ersetzt, dessen Andockschleuse immer größer zu werden schien.

»Wir sollen versuchen, nirgendwo anzustoßen?« fragte Worf und sah Picard verwirrt an.

Picard schaute leicht erzürnt drein. »Eine ziemlich ärgerliche Anspielung auf meinen ersten Versuch, in einem Akademie-Simulator ein Andockmanöver zu leiten, Mr. Worf«, erwiderte er. »Ich habe dem Steuermann befohlen, den vorderen Manöverdüsen auf der Steuerbordseite Energie zu geben, obwohl ich die *hinteren* meinte.«

»Ach, *so* ein Rempler«, sagte Riker grinsend. Er erinnerte sich nur allzu gut an seine früheren Erlebnisse bei simulierten Andockmanövern an der Akademie. Es war sehr schwierig, ein Raumschiff der Galaxy-Klasse anzudocken, und für einen Kadetten im ersten Jahr fast unmöglich. »Ich glaube, wir alle haben wenigstens einen dieser Rempler produziert«, fügte er lächelnd hinzu.

»Ich muß Sie berichtigen, Nummer Eins«, sagte Picard. »Es gab *einen* Kadetten an der Akademie, dem die Simulation schon beim ersten Mal gelang, nicht wahr, Mr. Data? Die *Enterprise* gehört Ihnen. Zeigen Sie ihnen doch mal, wie man es richtig macht.«

»Jawohl, Sir«, erwiderte der Androide und richtete das Schiff für den Anflug aus.

Data führte das Andockmanöver mit unglaublicher Präzision durch. Riker lächelte, als er daran dachte, wie beeindruckt die Crew der Starbase davon sein würde, auf welche Weise Data das Schiff hineinbrachte; er berechnete das Manöver so genau, daß sie einfach in den Andockhangar zu treiben schienen, ohne die Manöverdüsen für kleine Kurskorrekturen einsetzen zu müssen. Sie benutzten sie nur, um das Schiff abzubremsen, bevor sie schließlich anlegten. Es war eine prächtige Vorstellung, über die die Crew der Starbase noch lange sprechen würde.

Kurz darauf wurden sie den Niedergang entlang zur Zentralnabe der Starbase und dem Büro des Kommandanten geführt. Picard hatte Riker, Worf, Data und Deanna Troi als Begleiter ausgewählt. Riker fiel auf, daß sämtliches Personal der Starbase, dem sie begegneten, ihre Gruppe militärisch grüßte. Normalerweise wurde das militärische Protokoll bei Starfleet nicht so streng gehandhabt. Zu grüßen war keine Vorschrift, sondern eine reine Geste der Höflichkeit. Das spricht für Captain Gruzinovs Führungsqualitäten, dachte Riker.

Gruzinov erhob sich aus seinem Sessel und kam um seinen Schreibtisch herum, um sie zu begrüßen, als sie sein Büro betraten. Er war ein großer, grobknochiger, kräftig aussehender Mann. Riker hielt es für sehr gut möglich, daß er als Kadett im dritten Jahr sehr einschüchternd auf den jungen Picard gewirkt hatte. »Jean-Luc!« sagte er und reichte Picard freundlich die Hand.

»Es freut mich, Sie zu sehen, Ivan«, sagte Picard. »Sie haben etwas zugenommen.«

»Und Sie sehen deprimierend fit aus«, erwiderte Gruzinov grinsend. »Es freut mich ebenfalls, Sie zu sehen, alter Freund.«

»Darf ich Ihnen meine Offiziere vorstellen«, sagte Picard. »Mein Erster Offizier, Commander William Riker; die Schiffscounselor, Deanna Troi; Lieutenant Worf, taktischer Offizier und Chef der Sicherheitsabteilung; und meinen Steuermann und Navigator, Lieutenant Commander Data.«

Gruzinov begrüßte sie nacheinander mit Handschlag. »Ich habe gesehen, wie Sie das Schiff hereingebracht haben, Mr. Data«, sagte er, als der Androide an der Reihe war. »Sehr beeindruckend. Wie ich sehe, sind die Geschichten, die ich über Sie gehört habe, nicht übertrieben.«

»Danke, Sir«, sagte Data.

»Nun, darf ich Sie alle zu einem Drink einladen?« sagte Gruzinov.

»Wir wären erfreut«, erwiderte Picard.

»Ich glaube, im benachbarten Konferenzraum ist es etwas bequemer«, sagte Gruzinov und zeigte auf die Verbindungstür. Sie gingen in einen kleinen und sehr ansprechend eingerichteten Konferenzraum, der dem an Bord ihres Schiffes ähnelte, wie Riker dachte.

»Bitte setzen Sie sich doch«, sagte Gruzinov. »Ich habe eine Angehörige meines Stabs hinzugebeten. Sie wird in Kürze eintreffen.«

Mit offensichtlichem Vergnügen an der Rolle des Gastgebers schenkte er Getränke aus und brachte dann einen Trinkspruch aus. »Auf alte Freunde«, sagte er zu Picard.

»Alte Freunde«, wiederholte der Captain.

»Wie lange ist es her, Jean-Luc?« fragte Gruzinov. »Etwa zwanzig Jahre, seit wir auf der *Antares* dienten?«

»Ein paar Jährchen mehr, glaube ich«, erwiderte Picard, als sie an dem Tisch Platz nahmen.

»Sie haben sich sehr gut gemacht«, sagte Gruzinov anerkennend. »Ich habe Ihre Personalakte gesehen. Sie haben es – für einen Kadetten, der ständig nur Krach geschlagen hat – sehr weit gebracht.«

»Nun ja, Sie hatten einen beträchtlichen Anteil daran«, erwiderte Picard.

»Es ist nett, daß Sie das sagen«, fuhr Gruzinov fort, »aber Sie haben sich aus eigener Kraft hochgearbeitet. Sie haben es wirklich weit gebracht und werden es noch weiter bringen, daran habe ich nicht den geringsten Zweifel. Ich hingegen bin nur ein altes Schlachtroß, das sich allmählich auf das Gnadenbrot vorbereitet.«

»Ganz bestimmt nicht«, sagte Picard stirnrunzelnd. »*So weit* sind wir vom Alter her nicht auseinander.«

»Das vielleicht nicht, aber ich mache mir keine Illusionen über meine Aussichten auf einen weiteren Aufstieg, Jean-Luc«, sagte Gruzinov. »Ich habe eine anständige, aber kaum herausragende Karriere gehabt. Bei der Beförderung hat man mich mehrmals übergangen. Hätte ich es darauf angelegt, das Kommando über ein Schiff zu bekommen, würde ich noch immer warten. Doch mir bot sich diese Gelegenheit hier, und ich habe sie sofort ergriffen. Ich habe es keinen Augenblick bedauert. Ich habe jetzt genug Dienstjahre hinter mir, um in den Ruhestand gehen zu können, und habe mir schon ein Stück Land auf Artemis VI ausgesucht. In ein paar Monaten werde ich in Pension gehen, mir ein kleines Haus bauen, heiraten und ein ruhiges Leben genießen. Ich werde fischen gehen und Kinder großziehen. Ich bin auf meine Kosten gekommen und bereit für eine Veränderung.« Er schüttelte den Kopf. »Ich beschwere mich nicht.«

»Es freut mich, das zu hören«, sagte Picard.

»Doch ich will meinem Nachfolger alles ordentlich hinterlassen«, sagte Gruzinov, »und im Augenblick stellt sich mir ein bestimmtes Problem. Und zwar eines, mit dem ich nicht allein fertig werden kann.«

»Ich muß gestehen, ich war neugierig, wieso man uns hierher beordert hat«, sagte Picard. »Unsere Befehle waren ungewöhnlich verschwommen.«

»Nun ja, das ist zum Teil meine Schuld«, gestand Gruzinov ein. »Ich habe Starfleet informiert, daß ich es unter diesen Umständen für das Beste halte, bei dieser Mission eine gewisse Zurückhaltung zu üben, und man hat sich meiner Ansicht angeschlossen.«

»Unsere Befehle besagen nichts darüber, daß es sich um eine Geheimmission handelt«, sagte Riker stirnrunzelnd. Er wußte aus Erfahrung, daß Starfleet sich bei geheimen Missionen normalerweise unmißverständlich ausdrückte.

»Nun, eigentlich ist sie nicht geheim, Commander Riker«, erwiderte Gruzinov, »lediglich ... wie soll ich es ausdrücken?«

»Aber man sollte eben eine gewisse Zurückhaltung walten lassen?« sagte Riker und wiederholte damit praktisch Gruzinovs Worte.

»Vielleicht sollte ich Ihnen einfach erklären, worum es geht«, sagte Gruzinov. »Sind Sie mit der Geschichte der Aktivitäten der Föderation in diesem Sektor vertraut?«

»Einigermaßen«, sagte Riker, dankbar, daß er sich von Data hatte informieren lassen.

»Gut«, sagte Gruzinov. »Das spart uns viel Zeit. Denn wir haben es hier mit einer ziemlich sensiblen politischen Situation zu tun, die durch ein Problem verschärft wird, mit dem ich mich angesichts unserer beschränkten Möglichkeiten leider nicht angemessen befassen kann. Aber vielleicht sollte ich doch etwas ausholen, um Ihnen die Zusammenhänge zu verdeutlichen.«

Er berührte einen in die Tischoberfläche eingelassenen Knopf, und ein Teil der Wandverkleidung glitt zur Seite und enthüllte einen Bildschirm. »Computer«, sagte Gruzinov, »spiele *Enterprise*-Unterweisungsprogramm eins ab, nur visuelle Darstellung«, sagte er.

Kurz darauf erschien das Bild eines alten männlichen K'trall auf dem Schirm. Sein Haar war weiß und fiel bis auf die Schultern hinab. Trotz seines offensichtlich fortgeschrittenen Alters wirkte er energisch und schwungvoll, dachte Riker.

»Das Bild einfrieren, Computer«, sagte Gruzinov. »Das ist General H'druhn, der Held der K'tralli-Revolution und seit über fünfzig Jahren militärischer Oberherr des K'tralli-Reichs. Er ist ein zäher alter Bursche, aber er wird langsam älter, und vor kurzem hat er die Macht an seinen Sohn J'drahn abgegeben. Computer, die nächste Aufnahme.«

H'druhns Bild wurde durch das eines viel jüngeren Mannes ersetzt, aber die familiäre Ähnlichkeit wurde sofort offensichtlich. J'drahn war unverkennbar der Sohn seines Vaters, dachte Riker. Er sah ebenfalls stolz und energisch aus, doch seine scharf umrissenen Gesichtszüge wirkten wesentlich arroganter. Wie bei seinem Vater fiel das dunkle Haar bis zu den Schultern hinab, und er trug eine militärische Uniform, die mit zahlreichen Orden geschmückt war.

»J'drahn ist derzeitiger Oberbefehlshaber der K'tralli«, sagte Gruzinov. »Nachdem er den Posten von seinem Vater übernahm, hat er schnell und entschlossen gehandelt, um seine Macht zu konsolidieren. Und seitdem ist er gewissermaßen ein Pfahl in meinem Fleisch. Sein Vater war hart, aber fair, und mit ihm kam ich zurecht. Aber J'drahn übt in erster Linie Macht aus und ist gleichermaßen skrupellos wie ehrgeizig. Oberflächlich gesehen zieht er sich durch die richtigen diplomatischen Winkelzüge aus der Affäre, doch obwohl er weitere diplomatische Reformen verspricht, scheinen sie nur sehr langsam umgesetzt zu werden. Das geht uns natürlich im Prinzip gar nichts an. Die K'tralli haben das Recht, sich so zu regieren, wie sie es wollen, aber J'drahn ist ein unberechenbarer Einzelgänger, der zuerst auf seine eigenen Interessen achtet, und ich bin mir nicht mehr sicher, wo er steht.«

»In welcher Hinsicht?« fragte Picard.

»Darauf wollte ich gerade zu sprechen kommen«, erwiderte Gruzinov. »Trotz der Tatsache, daß J'drahn sich als treues und hingebungsvolles Mitglied der Föderation gibt, sind in letzter Zeit Gerüchte über geheime Kontakte mit den Romulanern in Umlauf gekommen.«

»Mit den Romulanern!« sagte Riker.

»Wir sind nicht weit von der Neutralen Zone entfernt, Commander«, sagte Gruzinov. »Es wäre kaum ein Problem für die Romulaner, sie außerhalb der Reichweite unserer Scanner zu durchqueren, und wir können unmöglich den gesamten Sektor überwachen. Das ist schließlich auch nicht Bestandteil unserer Mission. Diese Verantwortung kommt den K'tralli zu. Unsere Aufgabe ist es lediglich, die Kolonie auf Artemis VI zu verwalten, die Beziehungen zu der K'tralli-Regierung auf ihrer Heimatwelt N'trahn zu pflegen und die Schiffsbewegungen der Föderation in diesem Sektor zu koordinieren. Was mich zu dem Problem bringt, das ich ganz am Anfang erwähnt habe.

Ich habe Grund zu der Annahme«, fuhr er fort, »daß J'drahn, oder zumindest einer seiner Militärgouverneure, in aller Heimlichkeit Freibeuter unterstützt, die in diesem Sektor Handelsschiffe überfallen haben. Wenn J'drahn nicht direkt in die Vorgänge verwickelt ist, schaut er zumindest in die andere Richtung. Offiziell verurteilt er die Freibeuter, und er hat uns bei der Beseitigung des Problems seine volle Unterstützung zugesichert, aber mir ist nicht aufgefallen, daß er sehr viel unternommen hat, um ihnen Einhalt zu gebieten. Mir ist es gelungen, mit zwei leichten Kreuzern, die mir hier zur Verfügung stehen, der Piraterie den einen oder anderen Schlag zu versetzen, aber insbesondere ein Freibeuter stellt ein Problem dar, das völlig außer Kontrolle geraten ist.«

In diesem Augenblick wurde die Tür zum Konferenzraum geöffnet. Riker drehte sich um und sah eine junge, attraktive, dunkelhaarige Frau hereinkommen. Sie schaute nüchtern und ernst drein, doch Riker fiel es trotzdem schwer, sie nicht anzustarren.

»Ah, Lieutenant«, sagte Gruzinov und wandte sich den anderen zu. »Darf ich Ihnen Lieutenant Angela Dorn vorstellen, den Ersten Sicherheitsoffizier meiner Starbase.« Dann stellte er seine Gäste kurz vor. »Bitte setzen Sie sich, Lieutenant. Ich wollte gerade zum Hauptpunkt der Einweisung kommen.«

»Danke, Sir«, sagte Lieutenant Dorn und nahm Platz.

»Computer, die nächste Aufnahme«, sagte Gruzinov. Auf dem Schirm erschien das Bild eines alten Raumschiffs der Föderation. »*Das* ist das Problem, das ich bereits angesprochen habe.«

»Aber das ist ein Raumschiff der Constitution-Klasse«, sagte Riker verwirrt.

»Richtig, Commander«, sagte Gruzinov. »Früher einmal war es ein Schiff von Starfleet, auch wenn ich keine Ahnung habe, welches. Ich weiß, die Qualität des Bildes ist schlecht, aber wenn Sie genau hinschauen, fällt Ihnen vielleicht auf, daß das Schiff keine Kennzeichen mehr trägt.«

»Ein außer Dienst gestelltes Schiff?« fragte Picard.

»Ja«, erwiderte Gruzinov und nickte. »Es ist eins der veralteten, aussortierten Schiffe, denen man vor vielen Jahren die Warptriebwerke und alle Geschütze ausgebaut hat, um sie dann zu verkaufen. Bevor Starfleet die Politik aufgab, die alten Schiffe auf diese Weise loszuwerden, wurde eine Reihe von ihnen verkauft und privat zu Handelsschiffen mit Impulstriebwerken umgebaut. Dieses hier hingegen ist beträchtlich interessanter. Es heißt *Glory* und gehört einem gewissen Captain Blaze, einem berüchtigten Piraten, der zur einen Hälfte Mensch und zur anderen K'trall ist. Und er benutzt den Raumer, um der Handelsschiffahrt der Föderation in diesem Sektor schwer zu schaffen zu machen. Er sieht sich als eine Art modernen Draufgänger, bis hin zu der extravaganten, piratenähnlichen Kleidung, die er und seine Crew tragen.«

»Und deshalb haben Sie nach uns geschickt?« fragte Picard mit gelinder Überraschung.

»Augenblick«, sagte Gruzinov. »Da ist noch mehr. Lieutenant Dorn hat eine Akte über Captain Blaze zusammengestellt. Lieutenant?«

»Danke, Sir«, sagte Lieutenant Dorn. Ihr Tonfall war knapp und sachlich. Sie wandte sich Picard und dessen Offizieren zu. »Bis vor kurzem war Captain Blaze uns praktisch noch ein absolutes Rätsel. Doch in den letzten Wochen sind uns bei unseren Ermittlungen einige Fortschritte gelungen. Leider steht uns kein Bild von Captain Blaze für Verfügung, doch wir konnten herausfinden, daß sein richtiger Name Diego DeBlazio ist und er vor ungefähr dreißig Jahren auf Artemis VI geboren wurde. Computer, die nächste Einspielung.«

Riker sah, wie Bilder von zwei Personen auf dem Schirm erschienen, von einem männlichen Menschen und einer weiblichen K'trall.

»Seine Eltern waren Dominic DeBlazio, ein Föderationsdiplomat im Ruhestand, einer der ursprünglichen Kolonisten auf Artemis VI, und seine Frau M'tala, die einer bekannten K'tralli-Familie entstammt«, erklärte Lieutenant Dorn. »Sie sind mittlerweile beide tot. Blaze – unter diesem Namen ist er nun bekannt – wuchs auf der K'tralli-Heimatwelt N'trahn auf und wurde dort auch ausgebildet, so daß die Unterlagen über ihn lückenhaft sind. Doch wir wissen, daß er in seiner Kindheit auf Artemis VI Kontakt mit Tutoren der Föderation hatte und später Lehrzeiten sowohl in der K'tralli-Flotte als auch an Bord mehrerer Handelsschiffe der Föderation absolvierte. Er ist vielleicht nicht auf die Starfleet-Akademie gegangen, weiß aber, wie man ein Schiff handhabt. Seine Kaperaktionen sind in diesem Sektor legendär geworden.«

»Einen Augenblick bitte, Lieutenant«, sagte Picard und wandte sich Gruzinov zu. »Ivan, ich muß eingestehen, daß ich etwas verwirrt bin. Habe ich es richtig verstanden, daß dieser kleine lokale Freibeuter der *einzige* Grund ist, wieso wir hierher beordert wurden?«

»Man darf Blaze nicht auf die leichte Schulter nehmen, Jean-Luc«, erwiderte Gruzinov. »Mir ist es nicht gelungen, irgend etwas gegen ihn auszurichten.«

»Aber Sie haben doch gesagt, Sie hätten zwei leichte Kreuzer«, sagte Picard stirnrunzelnd. »Die müßten doch vollauf imstande sein, sich mit einem abgewrackten und veralterten Raumschiff der Constitution-Klasse zu befassen, das lediglich über Impulstriebwerke verfügt.«

»Wenn das der Fall wäre, wären sie in der Tat damit fertig geworden«, sagte Gruzinov. »Aber Blaze ist ein überaus erfahrener Captain, Jean-Luc, und überdies ist die *Glory* kein normales Schiff. Sie sieht vielleicht nicht nach viel aus, aber Blaze hat sie vollständig überholen und mit modernen Waffensystemen ausstatten lassen. Überdies hat er eine Tarnvorrichtung eingebaut.«

»Eine Tarnvorrichtung!« sagte Riker überrascht. »Wo und wie kann ein kleiner Freibeuter eine Tarnvorrichtung erwerben? Und woher hat er die Kenntnisse, die man braucht, um sie überhaupt einzubauen? Sind Sie sicher, daß diese Information zutrifft, Sir?«

»Wir haben zahlreiche Augenzeugenberichte, auch von den Offizieren meiner Kreuzer«, sagte Gruzinov. »Irgendwie ist es Blaze nicht nur gelungen, sich eine Tarnvorrichtung zu beschaffen, er hat auch noch eine Möglichkeit gefunden, sie auf seinem Schiff einsatzfähig zu machen. Sicher keine leichte Aufgabe, da Föderationsschiffe nicht für die Ausstattung mit Tarnvorrichtungen ausgelegt sind und der Einbau gegen den Vertrag von Algeron verstößt. Doch es ist nicht unmöglich, wenn man über ein erstklassiges Team von Technikern verfügt.«

»Die offensichtliche Folgerung muß lauten, daß er mit den Romulanern im Bunde ist«, fügte Lieutenant Dorn hinzu. »Handelsschiffe der Föderation sind eine leichte Beute für die *Glory*, und unsere Kreuzer sind dem Schiff einfach nicht gewachsen. Blaze greift an, und danach tarnt er entweder sein Schiff und schlüpft davon, oder er hängt die Verfolger einfach ab und flieht.«

»Er *hängt* sie *ab?*« sagte Riker erstaunt. Ihm war unverständlich, wie so etwas einem ausgeschlachteten, außer Dienst gestellten Schiff aus Restbeständen möglich sein sollte.

»Ganz genau, Commander«, sagte Gruzinov. »Ich weiß nicht, was er in seinen Antriebsgondeln hat, aber die *Glory* ist auf jeden Fall zu wesentlich mehr als nur Impulskraft imstande. Einer unserer Kreuzer wurde bei einem Zusammenstoß mit dem Schiff schwer beschädigt und wird zur Zeit repariert. Damit habe ich nur noch ein kleines Schiff, mit dem ich den gesamten Sektor, die Starbase und die Kolonie auf Artemis VI schützen soll. Ich kann es einfach nicht wagen, den mir verbliebenen Kreuzer auf Patrouille zu schicken und damit einen Angriff auf die Starbase und die Kolonie herauszufordern. Deshalb versuchen wir, bei dieser Mission eine gewisse Zurückhaltung zu wahren. Ich will nicht, daß Blaze oder irgendein anderer Freibeuter in diesem Sektor erfährt, wie verletzbar wir geworden sind. Und Starfleet wünscht sich sehnlichst, dieses Problem endlich aus dem Weg zu räumen.«

»Mit anderen Worten, wir sollen ihn in Gewahrsam nehmen, falls es uns gelingt, oder ihn sonst einfach aus dem Himmel schießen?« fragte Riker angespannt.

»Ja, darauf läuft es hinaus«, erwiderte Gruzinov.

»Ivan ...«, sagte Picard zögernd. »Verzeihen Sie mir, aber Ihnen ist doch klar, daß das alles höchst ungewöhnlich ist. Wir haben bezüglich dieser Mission keine genauen Befehle bekommen. Ich befürchte, wir müssen eine Bestätigung einholen.«

Gruzinov nickte. »Völlig verständlich«, sagte er. »Und es besteht auch kein Grund für eine Entschuldigung. Ich würde an Ihrer Stelle das gleiche tun. Ich werde Ihnen Einblick in meine Kommunikationen mit Starfleet Command gewähren, und Sie können die Bestätigung natürlich bei Starfleet selbst einholen.«

»Hat dieser sogenannte Captain Blaze seine Aktivitäten hauptsächlich auf diesen Sektor beschränkt?« fragte Riker.

»Bislang schon«, erwiderte Gruzinov.

»Dann können wir vermuten, daß er irgendwo in der Nähe eine Operationsbasis hat«, sagte Riker.

Gruzinov nickte. »Ja, Commander, der Meinung bin ich auch«, sagte er. »Überdies haben wir sogar eine gewisse Ahnung, wo sie sich befinden könnte. Wir vermuten, daß Blaze seine Basis auf D'rahl hat, einer der vier

K'tralli-Kolonien. Leider können wir nicht viel dagegen tun.«

»Warum nicht?« fragte Riker verwirrt.

»Jede der vier Koloniewelten der K'tralli steht unter der Verwaltung eines kolonialen Militärgouverneurs«, erklärte Gruzinov, »die allesamt lediglich Oberherr J'drahn persönlich verantwortlich sind. Der Gouverneur von D'rahl ist ein selbstherrliches und zügelloses Individuum namens T'grayn, dessen Vorstellung von Zusammenarbeit mit der Föderation sich auf ein Lippenbekenntnis beschränkt. Er behauptet, eine Ermittlung durchgeführt zu haben, die bislang jedoch nichts ergeben hat. Ich habe versucht, selbst auf D'rahl zu ermitteln, wozu ich aufgrund des Föderationsvertrags berechtigt bin, doch unsere Möglichkeiten hier sind beschränkt, und unsere Leute haben von den örtlichen Behörden bislang so gut wie keine Unterstützung erhalten.«

»Sie vermuten, daß Blaze sie geschmiert hat?« fragte Troi.

»Entweder das, Counselor, oder T'grayn ist sein Partner und aktiv in die Unternehmung verstrickt«, sagte Gruzinov und verzog das Gesicht. »Ich persönlich bin der Ansicht, daß J'drahn T'grayn unterstützt, weil er wahrscheinlich von den Raubzügen einen gewissen Prozentsatz bekommt. Das wird sich auf einen beträchtlichen Gewinn belaufen. Abgesehen davon destabilisiert diese Situation den Einfluß der Föderation in diesem Sektor. Und wer außer den Romulanern könnte davon profitieren? Es kommt mir höchst unwahrscheinlich vor, daß Blaze auf irgendeinem Schrottplatz über seine Tarnvorrichtung gestolpert ist.«

»Ein Freibeuter, dem die Romulaner einen Kaperbrief ausgestellt haben«, sagte Riker und schnaubte leise. »Das ist ja mal was Neues.«

»Und wenn man ihm keinen Einhalt gebietet, wird er nicht der letzte sein«, sagte Gruzinov. »Jetzt verstehen Sie vielleicht, warum ich Hilfe anfordern mußte. Ein

Freibeuter wie Blaze ist schon schlimm genug. Stellen Sie sich vor, was eine ganze Flotte von Piratenanrichten würde.«

Picard nickte. »Ja, das wäre eine beunruhigende Entwicklung«, sagte er. »Ich muß mich mit meinen Offizieren beraten, Ivan, und mit Starfleet Command, bevor ich mich für ein Aktionsprogramm entscheiden kann.«

»Natürlich«, sagte Gruzinov. »Wenn Sie möchten, kann ich bis dahin Quartiere für Sie vorbereiten lassen.«

»Nicht nötig«, erwiderte Picard. »Wir werden an Bord der Enterprise bleiben. Das wird helfen, die Dinge zu beschleunigen.«

»Wie Sie wollen«, sagte Gruzinov. »Ich werde Ihnen für die Dauer der Mission Lieutenant Dorn zuteilen. Sie hat mein volles Vertrauen und kann Ihnen alles zur Verfügung stellen, was Sie vielleicht brauchen.«

»Danke«, sagte Picard. »Wann können Sie an Bord kommen, Lieutenant?«

»Ich habe in fünfzehn Minuten gepackt, Sir«, sagte sie.

»Eine Stunde ist vollkommen ausreichend«, erwiderte Picard. »Und ich hätte gern alle Informationen, die Ihnen über diesen Captain Blaze zur Verfügung stehen.«

»Ich habe sie bereits hier, Sir«, sagte Lieutenant Dorn und hielt einen isolinearen Chip hoch.

»Ausgezeichnet«, sagte Picard. »Mr. Riker?«

Riker nahm den Chip entgegen.

»Ich hätte gern so schnell wie möglich Kopien dieser Kommuniqués«, sagte Picard zu Gruzinov. »Derweil werde ich mich mit Starfleet in Verbindung setzen und unseren Missionsstatus bestätigen. Ich muß jedoch eingestehen, daß ich einige Vorbehalte habe.«

Gruzinov nickte. »Ich weiß, was Sie meinen, Jean-Luc«, sagte er verständnisvoll. »Keiner von uns ist zu Starfleet gegangen, um Raumschiffe zu verfolgen und zu zerstören. Und glauben Sie mir, niemand wünscht sich sehnlicher als ich, daß Blaze lebendig ergriffen wird. Aber lassen Sie sich von mir sagen, alter Freund:

Unterschätzen Sie ihn nicht. Die *Glory* mag ein altes Schiff sein, aber sie ist so gefährlich wie ein romulanische Kampfkreuzer.«

»Die *Enterprise* hat sich schon mit einigen romulanischen Kriegsschwalben befaßt, Sir«, sagte Worf zuversichtlich.

Gruzinov lächelte. »Wie ein echter Klingone gesprochen, Mr. Worf«, sagte er, »*und* wie ein stolzer und loyaler taktischer Offizier. Doch wenn ich Ihnen einen Rat geben darf, behandeln Sie die *Glory* genauso, wie Sie einen romulanischen Kriegsvogel behandeln würden. Seien Sie nicht zu selbstsicher, wenn es um Captain Blaze geht, oder Sie erleben vielleicht eine unangenehme Überraschung.«

Kurz darauf, zurück an Bord der *Enterprise*, trafen Riker und Picard sich im Konferenzraum mit den Senior-Offizieren. Zusätzlich zu denen, die beim Gespräch mit Gruzinov anwesend gewesen waren, hatten sich Chefingenieur LaForge und Dr. Crusher eingefunden. Picard brachte sie schnell auf den neusten Stand.

»Eine Tarnvorrichtung?« sagte Geordi. Wie Riker erwartet hatte, schaute er sehr skeptisch drein. »Auf einem privat umgebauten Schiff der Constitution-Klasse? Dazu wären aber einige sehr komplizierte technische Modifikationen erforderlich.« LaForge runzelte die Stirn und schüttelte den Kopf. »Es tut mir leid, Captain, aber ich wüßte einfach nicht, wie ein unabhängiger Unternehmer hier draußen an der Grenze die Fachkräfte bekommen sollte, die er braucht, um so etwas hinzukriegen.« Er hielt inne. »Außer …«

»Außer was?« fragte Picard.

LaForge verzog das Gesicht. »Na ja … es kommt mir nicht sehr wahrscheinlich vor, Sir.«

»Mr. LaForge, ich habe um Spekulationen gebeten«, sagte der Captain.

LaForge atmete tief ein. »Nun ja, Captain, die einzige

Erklärung, die mir einfällt, erscheint mir sehr weit hergeholt. Es wäre vielleicht möglich, daß er einen erstklassigen Ingenieur gefunden hat, der die Föderationstriebwerke für ihn modifiziert, aber warum sollte jemand mit solchen Fachkenntnissen seine Zeit damit verschwenden, für einen unabhängigen Freibeuter zu arbeiten? Aber wenn jemand eine Möglichkeit gefunden hätte, romulanische Triebwerke in ein Föderationsschiff einzubauen, wäre es eine verhältnismäßig einfache Routinemaßnahme, eine Tarnvorrichtung anzupassen. Dafür wäre es wiederum schwieriger, die Triebwerke zu justieren. Nach allem, was wir von der romulanischen Technik wissen, sind die Entwürfe einfach nicht kompatibel. Dazu ist eine vollständige Umgestaltung der Systeme erforderlich. Die nötigen Modifikationen sind sehr umfangreich und … nun ja … sie wären einfach nicht kosteneffektiv. Da könnte man genauso gut ein brandneues Schiff entwerfen. Aber ein ausgemustertes, veraltetes Schiff der Constitution-Klasse so umzubauen, daß es romulanische Triebwerke verwenden kann?« Er zuckte mit den Achseln und schüttelte den Kopf. »Welchen Sinn hätte das?«

»Ich muß Geordis Analyse beipflichten, Captain«, sagte Data. »Es wäre doch viel einfacher, wenn die Romulaner Captain Blaze eins ihrer Schiffe gegeben hätten, statt sich auf ein so zweifelhaftes Vorgehen einzulassen.«

Genau, dachte Riker, als ihm plötzlich eine andere Möglichkeit in den Sinn kam. Doch er entschloß sich, sie vorerst für sich zu behalten.

»Abgesehen davon, daß man ein romulanisches Schiff sofort identifizieren könnte«, sagte Picard. »Und unter den gegebenen Umständen möchten die Romulaner bestimmt vermeiden, daß ihre Verwicklung in solch ein Unternehmen bekannt wird.«

»Sie glauben, die Romulaner benutzen Blaze und sein Schiff bei irgendeiner verdeckten Operation, Captain?« fragte Troi.

Picard schüttelte den Kopf. »Nein, ich bin nicht der Ansicht, daß die Romulaner einem Außenstehenden eine ihrer geheimen militärischen Operationen anvertrauen würden«, erwiderte er. »Doch sie haben ihm vielleicht die Mittel verschafft, den Handelsverkehr der Föderation in diesem Sektor zu stören, und ihn dann sich selbst überlassen, damit er auf eigene Verantwortung weitermacht.«

»Das wäre die klassische Definition eines Freibeuters«, sagte Riker.

»Verzeihung, Commander«, warf Data ein, »aber dieser Begriff wurde jetzt schon mehrmals benutzt, und ich bin etwas verwirrt. Sie benutzen die Begriffe ›Pirat‹ und ›Freibeuter‹, als wären sie austauschbar. Doch ich war immer der Ansicht, daß zwischen ihnen ein bedeutender Unterschied besteht.«

»Im Prinzip schon, Data«, erwiderte Riker. »Ein Pirat ist jemand, der Schiffe überfällt und ausplündert. Der Begriff ›Freibeuter‹ beschrieb ursprünglich Privatleute, die Schiffe besaßen, die während Kriegszeiten unter besonderen Kaperbriefen segelten. Damit waren sie von ihren Regierungen ermächtigt worden, Schiffe des Feindes anzugreifen oder dessen Handelsschiffe zu überfallen und zu plündern, um seine Kriegsanstrengungen zu stören.«

»Ich verstehe«, sagte Data. »Also ist ein ›Freibeuter‹ im Prinzip ein Pirat, der während eines Krieges mit der Unterstützung einer Regierung operiert. Aber andererseits befinden wir uns nicht im Krieg mit den Romulanern.«

»Nein, Mr. Data, das ist richtig«, sagte Picard. »Und genau aus diesem Grund möchten die Romulaner – falls sie in der Tat dahinterstecken – den Anschein vermeiden, direkt in die Sache verwickelt zu sein. Mir wird allmählich klar, daß die Lage viel ernster sein könnte, als ich zuerst dachte. Captain Blaze ist vielleicht nur eine Schachfigur in einem viel größeren Spiel. Trotzdem aber eine für uns offensichtlich sehr lästige Figur. Ivan Gruzinov ist nicht der Mann, der um Hilfe bittet, wenn er sie nicht wirklich braucht. Und wenn Oberherr J'drahn insgeheim mit den Romulanern zu tun hat, hat er gegen den Vertrag verstoßen, den sein Vater mit der Föderation geschlossen hat, und das könnte sehr ernste Auswirkungen haben.«

»Es klingt ganz so, als hätten wir hier zwei verschiedene Probleme«, sagte Dr. Crusher. »Das eine ist die *Glory*, die Schiffe der Föderation angreift und ausplündert, das andere der Oberherr J'drahn und die Frage, ob er nun in Kontakt mit den Romulanern steht und damit gegen die Übereinkunft mit der Föderation verstößt oder nicht. Das eine ist ein rein militärisches Problem, das andere aber ein sehr kompliziertes politisches, das weitreichende Konsequenzen haben könnte.«

»Doch beide Probleme«, sagte Troi, »stellen eine Gefahr für die Starbase und die Föderationskolonie auf Artemis VI dar.«

»Und für den weiteren Verbleib der K'tralli in der Föderation«, fügte Riker hinzu, der ansonsten mit ihrer Analyse übereinstimmte. »Ich verstehe, warum Captain Gruzinov um Hilfe ersuchen mußte. Die Sache ist ihm über den Kopf gewachsen.«

»Die Frage lautet, wie wir am besten vorgehen«, sagte Picard. »Die K'tralli mögen Vollmitglieder der Föderation sein, doch wir müssen trotzdem ihre lokale Autonomie respektieren. Es fällt eindeutig in unseren Zuständigkeitsbereich, im Weltraum Freibeuter zu verfolgen. Der Vertrag, den General H'druhn mit der Föderation unterzeichnet hat, gesteht uns die Befugnis zu, Operationen im Gebiet der K'tralli durchzuführen.«

»Offiziell handelt es sich um Föderationsgebiet«, stellte Riker klar.

»Genau, Nummer Eins«, erwiderte Picard. »Doch wir sind auch im strengsten Sinne der Gesetze sowohl der K'tralli als auch der Föderation dazu berechtigt, im Territorium der Föderation an örtlichen Bemühungen teilzunehmen, das Gesetz durchzusetzen und alle Kriminelle festzunehmen, die die Starbase, den Schiffsverkehr der Föderation oder die Kolonie auf Artemis VI gefährden.«

»Auf Captain Blaze passen diese Kriterien wohl in jedem Fall«, sagte Dr. Crusher.

»Aber wir bewegen uns trotzdem noch in einer gewissen Grauzone«, erwiderte Picard. »Streng genommen brauchen wir die Zustimmung der örtlichen Regierung, um Operationen im K'tralli-Territorium einleiten zu können.«

»Vielleicht haben wir die bereits«, sagte Riker. »Hat Captain Gruzinov nicht gesagt, daß Oberherr J'drahn die Freibeuter offiziell verurteilt und der Föderation bei dem Versuch, sie vor Gericht zu stellen, die volle Unterstützung zugesichert hat? Das klingt für mich wie eine Zustimmung.«

»Vielleicht«, sagte Picard. »Trotzdem bin ich der Ansicht, daß es der guten diplomatischen Beziehungen halber erforderlich ist, sich mit Oberherr J'drahn zu treffen und seine offizielle Billigung einzuholen.«

»Und was, wenn er sie uns verweigert?« fragte Dr. Crusher.

»Nun, das würde ihn in eine ziemlich schwierige Lage bringen«, sagte Picard, »denn er hat Captain Gruzinov ja bereits seine volle Unterstützung zugesichert. Mr. Worf, sobald wir diese Konferenz beendet haben, nehmen Sie bitte Kontakt mit Captain Gruzinov auf und bitten ihn, eine Audienz bei Oberherr J'drahn zu arrangieren. Wir werden bei dieser Sache den diplomatischen Dienstweg einhalten.«

»Aye, Captain«, sagte Worf.

»Counselor Troi, Sie möchte ich bitten, sich mit Lieutenant Dorn zu beraten, sobald sie an Bord ist«, fuhr Picard fort. »Sorgen Sie dafür, daß sie sich schnell einlebt und mit den üblichen Abläufen an Bord vertraut gemacht wird.«

»Ja, Captain«, sagte Troi.

»Mr. LaForge, sehen Sie sich Lieutenant Dorns Datei genau an und benutzen Sie den Computer, um ein deutlicheres Bild dieses Schiffes zu bekommen. Mir ist klar, daß Ihnen nicht viele Informationen zur Verfügung stehen, aber versuchen Sie, so viel wie möglich herauszufinden.«

»Aye, aye, Sir«, sagte Geordi.

Picard nickte. »Gut. Wenn es keine weiteren Fragen mehr gibt, werden wir uns erst einmal vertagen, bis wir Antwort auf unsere Bitte um ein Gespräch mit Oberherr J'drahn bekommen. Wegtreten.«

Riker zögerte, als die anderen hinausgingen. »Sir«, sagte er, als er und Picard allein waren, »ich weiß, daß Captain Gruzinov Ihr Freund ist, aber wie können wir angesichts dessen, was wir erfahren haben, wissen, daß die Informationen, die er uns gegeben hat, richtig sind?«

»Ivan Gruzinov ist ein erfahrener Starfleet-Offizier«, erwiderte Picard. »Er ist kein Panikmacher und hat noch nie vorschnelle Schlüsse gezogen.«

Riker atmete tief ein. Nun war es an der Zeit, die Idee zur Sprache zu bringen, die ihm zuvor in den Sinn gekommen war. »In diesem Fall, Sir, frage ich mich, ob er uns vielleicht nicht alles gesagt hat.«

»Worauf wollen Sie hinaus, William?« fragte Picard stirnrunzelnd.

»Wenn Captain Gruzinov uns in bezug auf die *Glory* die Wahrheit gesagt hat, gibt es nur zwei mögliche Erklärungen, die mir logisch vorkommen. Entweder haben die Romulaner die vorhandenen Triebwerke für Captain Blaze modifiziert, oder die *Glory* ist ein getarnter romulanischer leichter Kreuzer, der mit einer künstlichen Hülle versehen wurde. Und in diesem Fall können wir davon ausgehen, daß die Mannschaft des Schiffes aus Romulanern besteht. Ich kann einfach nicht glauben, daß die Romulaner einem Freibeuter eines ihrer Schiffe übergeben. Und ganz bestimmt keinem, der kein Romulaner ist. Und wenn wir es mit einem getarnten romulanischen Schiff mit einer romulanischen Besatzung zu tun haben, handelt es sich um einen kriegerischen Akt.«

»Und Sie glauben, Starfleet ist nicht versessen darauf, das einzugestehen«, sagte Picard.

»Es wäre nicht das erstemal, daß so etwas geschehen ist«, sagte Riker. »Es gibt in der Geschichte zahllose Zwischenfälle, bei denen ohne vorherige Kriegserklärung Schlachten geschlagen wurden, Schlachten, von denen offiziell nie jemand gehört hat. Eine Seite entschließt sich, mal anzutesten, wie weit sie gehen kann, und drängt ein wenig. Die andere Seite drängt zurück. Jemand gewinnt, jemand verliert. Aber wenn das in einer abgelegenen Gegend geschieht, erfährt nie jemand davon.«

Picard nickte. »Und Sie vermuten, damit haben wir es hier zu tun?«

»Ich halte es für sehr wahrscheinlich, Sir«, sagte Riker. »Die Romulaner nehmen einen ihrer leichten Kreuzer und verkleiden ihn als ausgemustertes Föderationsschiff aus Restbeständen von Starfleet. Dann erfinden sie einfach einen unabhängigen Piraten und benutzen ihn als Tarnung, um Schiffe der Föderation zu überfallen. Ihre leichten Kreuzer sind schneller und wendiger als die unsrigen, und sie haben eine Tarnvorrichtung, die Föderationsschiffe nicht benutzen dürfen. So ziemlich das einzige, das sie aufhalten könnte, wäre ein Raumschiff der Galaxy-Klasse, und Romulaner haben nicht die Angewohnheit, sich zu ergeben. Sollten sie gestellt werden, und ihnen gelingt die Flucht, können sie einfach alles abstreiten. Und sollte die *Glory* im Einsatz zerstört werden, können sie behaupten, es sei kein romulanisches Schiff, sondern lediglich ein altes, ausgemustertes Föderationsschiff, das irgendeinem Piraten gehörte, der in der Gegend sein Unwesen trieb. Also gestehen weder Starfleet noch die Romulaner ein, daß es eine kriegerische Handlung gegeben hat. Aber es war trotzdem eine.«

Picard schürzte nachdenklich die Lippen. »Und Sie glauben, bei dieser Mission soll eine gewisse Zurückhaltung geübt werden, wie Gruzinov sich ausgedrückt hat, um zu vermeiden, diese Möglichkeit öffentlich einzugestehen und einen Zwischenfall zu schaffen, der zu einem Krieg führen könnte?«

»Ich glaube, die Romulaner sind einen Schritt zu weit gegangen, und es ist unsere Aufgabe, ihnen einen Klaps auf die Finger zu geben«, sagte Riker. »Und gleichzeitig Oberherr J'drahn eine Lektion zu erteilen, ohne daß er das Gesicht verliert. Eine Bedrohung für die Schiffahrt der Föderation wird eliminiert, und J'drahn wird zurechtgestaucht. Und das alles natürlich sehr inoffiziell.«

Picard nickte. »Ja, diese Möglichkeit hatte ich auch schon in Betracht gezogen«, sagte er. »Doch ich kann mir einfach nicht vorstellen, daß Ivan Gruzinov mich nicht ins Vertrauen ziehen würde. Und ich bin sicher, Deanna hätte es gespürt, hätte er etwas vor mir verborgen.«

»Es ist durchaus möglich, daß er es gar nicht weiß«, sagte Riker. »Die Romulaner sind sehr gründlich. Wenn es ihnen gelungen ist, Blaze' Tarnung überzeugend darzustellen, hat Captain Gruzinov es ihnen vielleicht abgekauft. Ohne seine Leistung zu schmälern, Sir ... er *ist* seit fast zwanzig Jahren Kommandant einer Starbase. Er ist bestimmt ein überaus fähiger Offizier, hat diese Zeit aber trotzdem hinter einem Schreibtisch verbracht.«

»Das alles ist bislang nur eine Vermutung, William«, sagte Picard.

»Richtig, Sir«, stimmte Riker bereitwillig zu. »Aber alles paßt zusammen. Und wenn die *Glory* tatsächlich ein getarntes romulanisches Schiff ist, sind wir in einer sehr brenzligen Lage. Dann bestehen nur sehr geringe Aussichten, daß wir das Schiff stellen und die Mannschaft lebendig ergreifen können. Und Starfleet wird es uns vielleicht nicht mal danken, falls es uns doch gelingen sollte, denn dann bliebe den hohen Tieren keine andere Wahl, als die Beteiligung der Romulaner offen einzugestehen.«

»Und das würde Krieg bedeuten«, sagte Picard grimmig.

Riker nickte lediglich. Weitere Ausführungen waren überflüssig.

Picard verzog die Lippen zu einer Grimasse. »Ich werde keinen Krieg mit dem Romulanischen Reich anfangen«, sagte er. »Vielleicht genügt unsere bloße Anwesenheit hier, um sie abzuschrecken.«

»Und wenn nicht?« fragte Riker und betrachtete den Captain gespannt.

Picard erwiderte seinen Blick. »Dann hängen unsere Optionen stark von ihrem Vorgehen ab«, erwiderte er. »Und davon, wie Oberherr J'drahn auf unsere Ankunft reagiert.«

1

Der königliche Palast von N'trahn war in der Tat königlich. Er lag im Zentrum der Hauptstadt S'drana – ein gigantisches Gebäude mit über eintausend Zimmern. Seine Architektur mit den grazilen Turmspitzen, kannelierten Kuppeln und dekorativen Strebepfeilern war fast byzantinisch zu nennen; zahlreiche Schnitzereien und Skulpturen schmückten das Bauwerk. Die früheren Könige der K'tralli hatten fürwahr in unglaublicher Pracht gelebt, dachte Riker, und der derzeitige Oberherr hatte es sich im luxuriösen Domizil seiner Vorgänger bequem gemacht.

Sie waren in den Palasthof hinuntergebeamt, wo sie von einem Trupp der Palastwache begrüßt und dann zu ihrem Gespräch mit dem Oberherrn eskortiert wurden. Riker erwartete halbwegs, in den Gängen des Palasts livrierte Diener zu sehen, doch statt dessen herrschte hier militärische Präzision. Alle K'tralli, die sie sahen, trugen Militäruniformen, die aus hellgrauen Kniebundhosen und schwarzen Jacken mit hohem Kragen, silbernen Borten und Insignien bestanden. Ihre Eskorte führte sie durch das Tor zum Hauptmann der Wache, der Gruzinov zwar kannte, aber trotzdem das offizielle Ritual vollzog, bevor er sie einließ. J'drahn nimmt sein militärisches Protokoll offensichtlich sehr ernst, dachte Riker.

Nachdem der Hauptmann sie hatte passieren lassen, wurden sie durch einen langen Gang in den Hauptsaal geführt, in dem Oberherr J'drahn sie offiziell empfing. Dieser Hauptsaal war früher wahrscheinlich der Thronsaal gewesen, dachte Riker, doch falls sich auf dem erhöhten Podium am anderen Ende des höhlenartigen Raums einmal ein Thron befunden hatte, war er nun von einem großen und mit prächtig geschnitzten Verzierungen versehenen Schreibtisch aus irgendeinem exotisch aussehenden Holz ersetzt worden. Er war schwarz; eine leuchtend gelbe Gestalt war darauf abgebildet und erzeugte auf der glänzend polierten Oberfläche einen attraktiven wirbelnden Effekt. In das gewaltige Gebilde war eine Kommunikationskonsole eingebaut, und in die Wand dahinter ein Bildschirm.

Eine interessante Wirkung, dachte Riker. Trotz aller Pracht kam ihm der Schreibtisch sehr geschäftsmäßig vor, ein Effekt, der von der Hardware verstärkt wurde, die in den Tisch eingebaut war und ihn umgab. Kein monarchisches Gehabe, aber eindeutig ein autoritäres. Auf einer etwas tiefer liegenden Ebene befanden sich rechts und links vom Schreibtisch zwei weitere Terminals, die von Uniformierten bemannt waren. Und auf Bodenhöhe stand ein großer, hufeisenförmiger Schreibtisch, der mit Kommunikations- und Computerkonsolen gespickt war. Personal lief hin und her und verbreitete den Anschein geschäftiger Effizienz. Der Raum sieht aus wie ein Befehlsstand auf einem Kriegsschiff, dachte Riker.

Ihre Eskorte marschierte zum hinteren Teil des Raums und blieb auf einer kleinen, exerzierplatzähnlichen Fläche vor dem Schreibtisch des Oberherrn stehen. Der höchstrangige Angehörige der Eskorte wartete darauf, daß J'drahn ihn bemerkte.

»Eure Exzellenz ... Captain Gruzinov von Starbase 37 und Captain Jean-Luc Picard vom Raumschiff *Enterprise*.«

»Seien Sie gegrüßt, Eure Exzellenz«, sagte Gruzinov. »Danke, daß Sie uns so kurzfristig empfangen haben.«

Oberherr J'drahn erhob sich hinter seinem Schreibtisch und stieg das Podest hinunter, um sie zu begrüßen. Durch die formelle Vorstellung wurde die Hackordnung festgelegt, dachte Riker, und nun wird er sich volkstümlich geben. Seine Vermutung erwies sich als völlig richtig.

»Captain Gruzinov, wie schön, Sie zu sehen«, sagte J'drahn und trat vor Gruzinov. Er nickte leicht und berührte mit der rechten Hand seine Brust, der traditionelle Gruß der K'tralli. »Und Captain Picard. Willkommen auf N'trahn. Kann ich Ihnen eine Erfrischung anbieten?«

»Nein, danke, Eure Exzellenz«, sagte Picard. »Wir möchten Ihre Zeit nicht unnötig in Anspruch nehmen. Es handelt sich nur um einen kurzen Besuch. Darf ich Ihnen meinen Ersten Offizier vorstellen, Commander William Riker, und meine Schiffscounselor, Deanna Troi?«

»Willkommen«, sagte J'drahn und wandte sich Troi und Riker zu.

»Danke, Eure Exzellenz«, erwiderte Deanna und nickte leicht.

»Eure Exzellenz«, sagte Riker und musterte den K'trall, während er den Gruß erwiderte. J'drahn war etwa einen Meter und achtzig groß und sah sehr fit aus. Seine Gesichtszüge waren scharf geschnitten. Er hatte langes schwarzes Haar, gewölbte Brauen, eine schmale klingenförmige Nase und einen breiten dünnlippigen Mund. Seine äußere Erscheinung lag halbwegs zwischen der eines Vulkaniers und der eines Romulaners, und Riker dachte, daß ein K'trall ohne große Schwierigkeiten als Romulaner durchgehen könnte. Allerdings war J'drahns Gesicht ein Muster an Unaufrichtigkeit. Er lächelte, doch seine Augen schauten listig und argwöhnisch.

»Welchem Umstand verdanke ich die Ehre dieses Besuches, Captain Picard?« fragte J'drahn.

»Wir sind erst vor kurzem auf Starbase 37 eingetroffen«, erwiderte Picard, »und wollten unsere Aufwartung machen.«

»Und der Grund für Ihren Besuch?« fragte J'drahn.

»Die *Enterprise* ist hier, weil ich um Beistand bei dem Problem der Freibeuter ersucht habe, Eure Exzellenz«, sagte Gruzinov.

»Ach«, sagte J'drahn unverbindlich.

»Uns ist bekannt, daß Sie Captain Gruzinov bereits Ihre volle Unterstützung bei der Lösung dieses Problems zugesichert haben«, sagte Picard, »doch die diplomatische Höflichkeit gebietet, daß wir Ihre offizielle Zustimmung einholen, bevor wir uns damit befassen.«

»Ja, ja, natürlich, unbedingt«, erwiderte J'drahn und nickte nachdrücklich. »Diese Freibeuter haben sich für meine Regierung als ärgerliche Peinlichkeit und mögliche Bedrohung für unsere weiteren guten Beziehungen zur Föderation erwiesen. Wir haben alles getan, was in unserer Macht steht, um uns mit diesem lästigen Problem zu befassen, doch unsere Mittel sind beschränkt, und als vor kurzem mein geschätzter Vater die Verantwortung auf mich übertragen hat, sind zahlreiche administrative Probleme entstanden. In den letzten Jahren hat mein Vater aufgrund seines fortgeschrittenen Alters Schwierigkeiten gehabt, mit allen dringenden Staatsangelegenheiten Schritt zu halten, um die man sich kümmern muß, und daher müssen wir sehr viel nachholen.«

»Das verstehe ich völlig«, sagte Picard. »Und wir werden alles tun, was in unserer Macht steht, um zu vermeiden, daß sich noch weitere Probleme hinzugesellen. Unsere einzige Absicht ist es, Ihnen zu helfen.«

»Das weiß ich zu schätzen, Captain Picard«, erwiderte J'drahn. »Ich hatte mir schon Sorgen gemacht, daß die Föderation unsere derzeitige Lage vielleicht nicht versteht. Ich muß nicht betonen, daß ich Ihnen bei Ihren Bemühungen persönlich die volle Unterstützung meiner Regierung zusichere, wie ich dies bereits Captain Gruzinov versichert habe. Wir werden Ihnen in dieser Angelegenheit jegliche Hilfe zukommen lassen.«

»Haben Sie vielen Dank, Eure Exzellenz«, sagte Picard.

»Werden Sie auf N'trahn bleiben?«

»Leider nicht, Eure Exzellenz«, erwiderte der Captain. »Wir müssen auf unser Schiff zurück.«

»Ich verstehe. Und wie sehen Ihre Pläne aus?«

»Wir werden hier in diesem Sektor routinemäßige Patrouillenflüge vornehmen und mit allen eintreffenden Schiffen in Verbindung bleiben«, sagte Picard. »Und falls irgendwelche Freibeuter gesichtet werden sollten, werden wir sofort reagieren.«

J'drahn nickte. »Ausgezeichnet. Das wird bestimmt dazu beitragen, die Beschwerden stark abzuschwächen, die wir von der Handelsflotte bekommen. Ich wünsche Ihnen bei Ihren Unternehmungen alles Gute, Captain. Wie ich schon sagte, Sie haben meine uneingeschränkte Unterstützung.«

»Wir sind sehr dankbar, Eure Exzellenz«, sagte Picard. »Und nun haben wir wirklich genug von Ihrer kostbaren Zeit in Anspruch gekommen. Mit Ihrer Erlaubnis werden wir auf unser Schiff zurückkehren.«

»Es war mir ein Vergnügen, Sie kennenzulernen, Captain«, sagte J'drahn. »Und bitte halten Sie mich über Ihre Fortschritte auf dem laufenden.«

Sie verabschiedeten sich von Oberherr J'drahn und wurden zurück in den Palasthof begleitet. Von dort aus beamten sie auf die *Enterprise*. In Anwesenheit der Palastwache hatten sie kein Wort über ihr Gespräch mit dem Oberherrn verlauten lassen, doch als sie von der Transporterfläche traten, drehte Troi sich zu Picard um. »Oberherr J'drahn war über unsere Ankunft nicht erfreut, Captain«, sagte sie. »Ich habe sein Unbehagen deutlich gespürt.«

»Glauben Sie, er verbirgt etwas vor uns?« fragte Picard.

»Darauf würde ich jede Wette eingehen«, sagte Gruzinov.

Troi schüttelte den Kopf. »Ich kann es nicht genau sagen«, erwiderte sie. »Er war äußerst vorsichtig. Doch dabei könnte es sich auch lediglich um sein Unbehagen über den Umstand handeln, daß seine Regierung bei dem Problem mit den Freibeutern keine Fortschritte erzielt hat.«

»Vorausgesetzt, er hat es überhaupt versucht«, sagte Gruzinov.

»Nun ja, wichtig ist, daß wir seine offizielle Erlaubnis bekommen haben, Patrouillenflüge vorzunehmen«, erwiderte Picard. »Wir haben den offiziellen Dienstweg eingehalten, und nun kann er nicht behaupten, wir hätten ohne seine Erlaubnis gehandelt.«

»Ich befürchte, Sie können davon ausgehen, auch ohne seine Hilfe handeln zu müssen«, sagte Gruzinov. »Jedesmal, wenn ich etwas von ihm gebraucht habe, habe ich lediglich von seinen dringenden ›Verwaltungsproblemen‹ gehört. Das ist seine Pauschalausrede dafür, nichts zu unternehmen.«

Sie gingen den Korridor zum Turbolift entlang.

»Nun ja, solange er weiterhin nichts unternimmt, wird er uns wenigstens nicht behindern«, sagte Picard. »Ich ziehe es sowieso vor, mich auf meine Weise mit diesem Problem zu befassen.«

»Sind Sie mit Lieutenant Dorn als Verbindungsoffizier zufrieden?« fragte Gruzinov.

»Um die Wahrheit zu sagen, ich hatte noch keine Gelegenheit, mit ihr zu sprechen«, erwiderte Picard. »Ich habe Counselor Troi gebeten, dafür zu sorgen, daß sie sich einlebt.«

»Sie scheint sehr fähig zu sein, Captain«, sagte Troi zu Gruzinov. »Ich hatte sie kaum auf ihr Quartier gebracht, als sie schon darum bat, über die routinemäßigen Abläufe an Bord der *Enterprise* informiert zu werden. Ich halte sie für eine sehr ernste und überaus professionelle junge Frau.«

»Ja, sie ist ziemlich humorlos, nicht wahr?« sagte Gruzinov.

»Captain, ich wollte damit nicht andeuten ...«

»Schon gut, Counselor«, sagte Gruzinov lächelnd. »Lieutenant Dorn ist auf der Station als ›der Robot‹ bekannt. So nennt man sie natürlich nur hinter ihrem Rücken. Ich sollte das eigentlich nicht erfahren haben, aber ich habe meine Quellen.«

»Nun ja, da Sie das Thema zur Sprache gebracht

haben, Sir ...« sagte Troi. »Ich muß eingestehen, daß ich bei ihr eine sehr defensive Einstellung spüre.«

»Ich bin so ziemlich zur gleichen Schlußfolgerung gelangt«, sagte Gruzinov, »habe dafür aber viel länger gebraucht. Ich beneide Sie um Ihre betazoidischen Fähigkeiten, Counselor. Sie würden meine Aufgabe beträchtlich vereinfachen. Aber ich bin neugierig. Welchem Umstand schreiben Sie ihre abwehrende Haltung zu? Es handelt sich natürlich um eine ganz inoffizielle Meinung.«

»Ich habe noch nicht viel Zeit mit ihr verbracht«, erwiderte Troi vorsichtig, »aber meine Erfahrung verrät mir, daß sie sich Sorgen darum macht, nicht ernstgenommen zu werden. Sie ist eine sehr schöne junge Frau, und ich vermute, bezüglich ihrer verantwortungsvollen Position in der Starbase wirken sich sowohl ihr Alter als auch ihre Schönheit eher negativ aus.«

Gruzinov nickte. »Ja, das sehe ich ähnlich. Sie ist jung, selbst für einen First Lieutenant, und sie ist eine sehr attraktive Frau, was für den Chef der Sicherheitsabteilung wirklich kein Vorteil ist. Sie hat diese Position lediglich aufgrund ihrer wirklich beeindruckenden Personalakte bekommen. Von der Akademie ist sie als Jahrgangsbeste abgegangen. Ich muß eingestehen, als ich sie kennenlernte, hatte ich meine Vorbehalte. Ich war nicht überzeugt, daß sie der Aufgabe gewachsen war. Aber sie hat sich als äußerst fähig erwiesen. Sie hat einen sehr schwierigen und gefährlichen Auftrag auf Artemis VI überlebt, bei dem sie mehrere Mörder gefaßt hat. Die Mission führte zum Tod der meisten Angehörigen des Außenteams.«

»Sie wollen also sagen, sie interessiert sich nur für ihre Arbeit, und ihr Auftreten neigt dazu, andere Leute abzuschrecken?« fragte Riker.

»Für einen Sicherheitschef ist das nicht unbedingt ein Problem«, sagte Gruzinov. »Zumindest nicht in Bezug auf ihre Pflichterfüllung. Doch ich habe den Eindruck, daß sie ziemlich einsam ist. In gewisser Hinsicht tut sie mir wohl ein wenig leid. Sie scheint keine Freunde zu haben. Nur Bekannte. Vielleicht tut der Tapetenwechsel an Bord der *Enterprise* ihr ganz gut.«

»Wir werden alles daran setzen, daß sie sich wohl fühlt, Sir«, sagte Riker.

Sie traten auf die Brücke.

»Bereiten Sie sich darauf vor, den Orbit zu verlassen, Mr. Data«, sagte Picard und wandte sich dann wieder Gruzinov zu. »Ich würde die Ehre gern Ihnen überlassen, Captain.« Er deutete auf seinen Sessel.

Gruzinov sah Picard überrascht an und lächelte dann. »Nun, vielen Dank, Jean-Luc. Es wäre mir tatsächlich eine Ehre.« Er nahm im Sessel des Captains Platz, atmete tief ein und langsam wieder aus. »Ich muß eingestehen, das ist ein schönes Gefühl«, sagte er lächelnd. »Setzen Sie Kurs auf Starbase 37, Mr. Data.«

»Aye, aye, Sir.«

Das Schiff verließ die Umlaufbahn und machte sich auf den Rückweg nach Artemis VI.

Worf schaute von seiner Konsole auf. »Captain«, sagte er, »ich fange einen Notruf auf.«

Gruzinov schaute zu Picard hoch.

»Legen Sie ihn auf den Schirm, Mr. Worf«, sagte Picard.

Das Bild, das auf dem Schirm erschien, zeigte einen menschlichen Föderationscaptain, der mit einer dunkelblauen Uniform der Handelsmarine bekleidet war und äußerst beunruhigt wirkte. »... Schiffe in der Nähe! Ich wiederhole, wir werden angegriffen! Unsere Position lautet ...«

»Geben Sie diese Koordinaten ein, Mr. Data«, sagte Picard schnell.

Data tippte die Koordinaten ein, die der Handelscaptain ihnen gab.

»Wir wurden beschossen!« sagte der Captain. »Ich wiederhole, wir werden angegriffen und wurden getroffen! Mayday! Mayday! An alle Schiffe in der Nähe! Bitte reagieren Sie!«

Gruzinov verließ augenblicklich den Sessel des Captains.

»Mr. Worf, antworten Sie auf den Notruf und sagen Sie ihnen, daß wir unterwegs sind«, befahl Picard und nahm seinen Platz ein. »Mr. Data, Warpfaktor sechs. Energie!«

»Jawohl, Sir.«

»Alarmstufe Gelb«, sagte Picard.

Der Warnton gellte durch das gesamte Schiff, als die *Enterprise* beschleunigte.

»Geschätzte Ankunftszeit, Mr. Data?« fragte Picard.

»Bei dieser Geschwindigkeit werden wir die genannten Koordinaten in neun Komma sechs Minuten erreichen, Captain«, erwiderte der Androide.

»Das reicht nicht«, sagte Picard. »Gehen Sie auf Warp acht.«

»Jawohl, Sir. Die geschätzte Ankunftszeit beträgt nun drei Komma sieben Minuten.«

»Warp neun«, sagte Picard verkniffen.

»Ja, Sir.«

»Schilde aktivieren, Mr. Worf«, sagte Picard. »Gehen Sie auf Alarmstufe Rot.«

Der Alarmton erklang, und überall auf dem Schiff eilten die Besatzungsmitglieder mit hervorragend eingeübter Präzision auf ihre Posten.

»Sir, das Handelsschiff müßte jeden Augenblick in Sichtweite sein«, sagte Data.

»Auf den Schirm, Mr. Data.«

Gespannt beobachteten sie den Hauptbildschirm. Sekunden später konnten sie das Schiff sehen, das den Notruf gesendet hatte.

»Bereiten Sie sich darauf vor, auf Impulskraft abzubremsen«, sagte Picard.

»Jawohl, Sir«, erwiderte der Androide.

Als sie sich dem anderen Schiff näherten, konnten sie ausmachen, daß es trieb, aber von dem Raumer, der es angegriffen hatte, war nichts zu sehen.

»Bremsen Sie auf Impulskraft ab, Mr. Data. Weiterhin

volle Energie auf die Schilde«, befahl der Captain. »Phaser bereithalten, Mr. Worf.«

Als die *Enterprise* auf Impulskraft abbremste, sahen sie, daß das Handelsschiff schwere Schäden an einer Triebwerksgondel erlitten hatte. Es war manövrierunfähig.

»Grußfrequenzen öffnen, Mr. Worf«, befahl Picard.

»Grußfrequenzen geöffnet, Sir«, sagte Worf.

»Achtung, Handelsschiff«, sagte Picard. »Hier spricht Captain Jean-Luc Picard vom Föderationsraumschiff *Enterprise*. Identifizieren Sie sich.«

»Mann, freue ich mich, Sie zu sehen«, sagte der Captain, als er auf dem Bildschirm erschien.

»Identifizieren Sie sich, Captain, und erstatten Sie Bericht!« sagte Picard.

»Tut mir leid, Sir. Captain Winslow Bryant vom Föderationshandelsschiff *Wyoming*. Wir wurden von einem Freibeuter angegriffen, Sir. Zwei direkte Treffer. Wir haben beträchtliche Schäden an unserer rechten Triebwerksgondel erlitten. Unser linkes Triebwerk ist ausgefallen. Wir sind praktisch manövrierunfähig, Sir.«

»Wie viele Verluste hat es gegeben, Captain Bryant?« fragte Picard.

»Keine, Sir, so unglaublich es klingt«, erwiderte Bryant. »Und dafür danke ich Gott. Sie sind einfach aus dem Nichts gekommen und haben uns fertig gemacht. Dann sind sie wieder verschwunden. Wahrscheinlich haben sie Ihre Antwort auf unseren Notruf empfangen und sind getürmt. Wären Sie nicht gewesen, hätten sie uns endgültig erledigt.«

»Bereiten Sie sich darauf vor, daß wir Sie ins Schlepptau nehmen, Captain«, sagte Picard und gab Worf ein Zeichen, die Kommunikation zu unterbrechen. »Beenden Sie die Alarmstufe Rot, Mr. Worf«, befahl er dann. »Wir bleiben auf Alarmstufe Gelb und senken die Schilde. Bereiten Sie alles zur Aktivierung des Traktorstrahls vor.«

»Aye, aye, Sir«, sagte Worf. »Schilde gesenkt, Traktorstrahl bereit.«

Plötzlich erzitterte die *Enterprise* unter einem Schlag, der Gruzinov von den Füßen riß und Picard gegen seinen Kommandosessel schleuderte.

»Verdammt, was war das?« sagte Picard. »Schilde hoch! Alarmstufe Rot!«

Die Alarmsirenen heulten überall im Schiff, während Worf schnell die Schilde aktivierte, gerade noch rechtzeitig, bevor ein weiterer Feuerstoß sie traf.

»Das waren Phaser!« sagte Riker erstaunt.

»Schadensbericht, Mr. Worf!« befahl Riker.

»Die Schilde halten, Captain«, meldete Worf und spitzte die Ohren, als die Meldungen hereinkamen. »Schäden auf Decks zwölf und dreizehn vom ersten Treffer. Phaser sind bereit!«

»Verdammt, wo *ist* er?« fragte Picard.

»Die Sensoren haben ein Schiff achtern und steuerbord entdeckt, Captain«, sagte Data. »Es kommt schnell näher.«

»Phaserbänke achtern, Feuer!« sagte Picard.

Worf feuerte die hinteren Phaser ab. »Weit vorbei, Captain. Das feindliche Schiff unternimmt ein Ausweichmanöver, nähert sich aber noch immer.«

»Volle Kehrtwendung, Mr. Data!«

Während die *Enterprise* sich dem Feind zuwandte, erteilte Picard in schneller Reihenfolge Befehle.

»Die vorwärts gerichteten Phaserbänke feuerbereit, Mr. Worf! Auf den Schirm!«

Als sie auf den Hauptbildschirm schauten, sahen sie ein altes Raumschiff der Constitution-Klasse, das sich schnell näherte und dabei unablässig feuerte.

»Es ist Blaze«, sagte Gruzinov.

Die *Enterprise* wurde in schneller Folge von zwei Schüssen getroffen.

»Die Schilde halten, Captain«, sagte Worf. »Die Phaser haben das Ziel erfaßt.«

»*Feuer!*« sagte Picard.

Gruzinov umklammerte die Lehne des Kommandosessels, während er gespannt den Bildschirm beobachtete. Die *Enterprise* feuerte die vorwärts gerichteten Phaserbänke ab. Im letztmöglichen Augenblick drehte das sich nähernde Schiff ab und verschwand vom Schirm.

»Verdammt, ist der schnell!« sagte Riker. »Viel schneller, als so ein alter Pott es eigentlich sein dürfte.«

»Bericht, Mr. Worf!«

»Direkter Treffer, Captain!« sagte Worf.

»Volle Kehrtwendung, Mr. Data! Bereiten Sie sich auf einen weiteren Schuß vor.«

Als die *Enterprise* erneut kehrtmachte, sahen sie, wie auch das andere Schiff wendete, um erneut anzugreifen. Es hatte einen Treffer abbekommen, doch das Ausmaß der Schäden ließ sich nur schwer abschätzen. Offensichtlich war es noch manövrierfähig.

»Es bringt die *Wyoming* zwischen uns«, sagte Gruzinov. »Und die kann sich aus eigener Kraft nicht aus dem Weg manövrieren.«

»Phaser bereithalten, Mr. Worf«, sagte Picard. »Grußfrequenz öffnen.«

»Phaser sind bereit, Captain. Grußfrequenz geöffnet.«

»Hier spricht Captain Jean-Luc Picard vom Föderationsraumschiff *Enterprise*. Identifizieren Sie sich!«

Plötzlich erschien eine bizarre Übertragung auf dem Bildschirm. Es handelte sich um die Brücke eines alten Raumschiffs der Constitution-Klasse, genau so, wie Picard sie in Erinnerung hatte. Doch der Mann, der im Sessel des Captains saß, und die Mannschaftsmitglieder, die um ihn herum zu sehen waren, wirkten auf der Brücke eines Föderationsschiffes entschieden fehl am Platz. Es war eine bunt gemischte Crew, die größtenteils aus K'tralli und menschlichen Freibeutern bestand; an der Waffenkonsole saß ein Orioner, an der des Navigators ein Capellaner. Doch so seltsam diese ausgefallen gekleidete Besatzung auch sein mochte, der Mann, der im Sessel des Captains saß, zog sofort die Aufmerksamkeit auf sich.

Er war weder Mensch noch K'trall, sondern etwas von beidem, mit langem, dickem und glattem schwarzen Haar, das bis über seine Schultern fiel. Er hatte ein scharfgeschnittenes Gesicht mit hohen Wangenknochen, eine gerade und schmale Nase, einen grausam aussehenden Mund, anmutig geschwungene Brauen und ein bläßlich-graues rechtes Auge mit stechendem Blick. Das linke Auge wurde von einer schwarzen Lederklappe bedeckt. Er trug ein weiches, ärmelloses Hemd aus schwarzem Leder, enge rote und bis über die Knie reichende Stiefel. In seinem linken Ohr steckte ein goldener Ring, und seine nackten, muskulösen Arme waren bunt tätowiert.

Die genetische Mischung läßt ihn wie einen raubtierhaften Elf aussehen, dachte Riker. Doch es war sofort augenfällig, daß er kein Romulaner war, genauso wenig wie die anderen Mitglieder seiner Brückencrew. Riker hörte, daß sich hinter ihm die Tür des Turbolifts öffnete, drehte sich um und sah, daß Lieutenant Dorn auf die Brücke kam. Sie warf einen Blick auf den Bildschirm und erstarrte fasziniert.

»Hier spricht Captain Blaze vom Raumschiff *Glory*. Ich muß Ihnen leider mitteilen, daß ich Sie nicht sehen kann, Captain. Ihre Phaser haben meine visuellen Empfangsscanner unbrauchbar gemacht und einige Schäden in meiner technischen Abteilung angerichtet. Mein Kompliment an Ihren taktischen Offizier. Er ist ein ausgezeichneter Schütze.«

Picard schüttelte erstaunt über die beiläufige Frechheit und das sorglos-unbekümmerte Gehabe des Freibeuters den Kopf. »Captain Blaze?« sagte er. »Meinen Sie nicht DeBlazio?«

Blaze lächelte. »Sie wissen also, wer ich bin? Nun gut, Sie scheinen mir gegenüber im Vorteil zu sein, Captain.« Er neigte leicht und spöttisch den Kopf. »Diego DeBlazio, zu Ihren Diensten. Aber meine Freunde nennen mich einfach Blaze. Ich fürchte, Sie sind zu einem für mich höchst ungelegenen Zeitpunkt gekommen. Doch die Anregung, die diese Begegnung mir verschafft, macht den Verlust einer fetten Beute mehr als wett.«

»Sie werden sich augenblicklich ergeben und zum Entern bereithalten, Captain«, sagte Picard.

Blaze grinste breit und kicherte dann. »Sie haben Sinn für Humor, Captain. Das gefällt mir.«

»Wenn Sie sich nicht sofort ergeben, sehe ich mich gezwungen, das Feuer zu eröffnen«, sagte Picard.

»Und Sie wollen einfach durch dieses hilflose Handelsschiff schießen?« fragte Blaze. »Damit würden Sie Ihrer Aufgabe doch ziemlich zuwiderhandeln, nicht wahr? Natürlich könnte ich die Lage für Sie vereinfachen, indem ich die *Wyoming* in Stücke schieße. Dann könnten wir sozusagen ein paar Breitseiten wechseln.«

Picard preßte seine Lippen zu einer angespannten Grimasse zusammen. »Jede weitere feindselige Aktion gegen die *Wyoming* wird zur sofortigen Vernichtung Ihres Schiffes führen«, sagte er.

»Tja, das wollen wir doch nicht, oder?« erwiderte Blaze. »Ich habe mich an dieses Schiff gewöhnt. Es hat mir gute Dienste geleistet. Und es wäre eine Schande, die Sache so schnell zu beenden, wo wir uns doch gerade erst kennengelernt haben.«

Picard warf einen Blick zu Riker und sah, daß die Wange des Ersten Offiziers leicht zuckte. Er hatte diese Eigenart schon öfter bei ihm gesehen, und sie verriet ihm eindeutig, daß Riker furchtbar wütend war.

»Ich frage Sie ein letztes Mal, Captain«, sagte Picard. »Sind Sie bereit, sich zu ergeben?«

»Nein, Captain, das bin ich nicht«, erwiderte Blaze. »Warum kommen Sie nicht und holen uns, falls Sie es können?«

Das Bild verschwand plötzlich, als Blaze die Verbindung unterbrach, und wurde durch das der *Glory* ersetzt, die sich direkt hinter der manövrierunfähigen *Wyoming* befand.

»Phaser bereithalten, Mr. Worf«, sagte Picard angespannt. »Mr. Data, bereiten Sie sich darauf vor ...«

Plötzlich verschwand die *Glory* vom Schirm.

»Er hat sich getarnt!« sagte Gruzinov.

»Dieser ver ...« Riker riß sich zusammen und hielt mitten im Satz inne.

»Bereithalten für eine volle Kehrtwendung!« sagte Picard.

»Er kann nicht feuern, wenn er getarnt ist«, sagte Gruzinov.

»Aber er könnte versuchen, hinter uns zu kommen«, sagte Picard. »Bereithalten, Mr. Data.«

»Bereit, Sir.«

»Volle Kehrtwendung!«

Die *Enterprise* wendete, aber von der *Glory* war nichts zu sehen. Sie alle warteten gespannt.

»Scannen Sie nach Partikelemissionen, Mr. Data«, sagte Picard.

»Ich scanne, Sir«, erwiderte Data und schüttelte dann den Kopf. »Ich messe schnell verfallende Rückstände der Partikelemissionen eines Triebwerks an, Captain. Er flieht.«

»Schilde bleiben oben«, sagte Picard. »Es könnte ein Trick sein.«

Ein Augenblick verstrich, doch nichts passierte.

»Er ist uns entwischt«, sagte Riker. »Aber vielleicht haben wir ihn schwerer beschädigt, als er zu erkennen gab.«

»Wir haben mindestens einen direkten Treffer erzielt, Captain«, fügte Worf hinzu.

»Nun ja, wenigstens ist die *Wyoming* in Sicherheit«, sagte Gruzinov und atmete schwer aus, während er sich entspannte.

»Das war also Captain Blaze«, sagte Picard und schüttelte den Kopf. »Nun, eins muß man ihm lassen – der Schurke hat Stil.«

Riker runzelte die Stirn. »Ich würde ihn lieber aus

nächster Nähe die Explosion eines Photonentorpedos spüren lassen«, sagte er.

»Ich entschuldige mich, Captain«, sagte Worf angespannt. »Ich habe mich überraschen lassen.«

»Nicht mehr als ich auch«, erwiderte Picard. »Ich habe den Befehl gegeben, die Schilde zu senken. Ich habe mir einfach nicht vorstellen können, daß ein Freibeuter angreifen würde, wenn er sich einem so viel stärker bewaffneten Schiff gegenübersieht. Ich habe mich von einem gewöhnlichen Kriminellen übertölpeln lassen.«

»Und ein Feigling ist er obendrein«, sagte Riker.

»Er ist vielleicht ein Krimineller, Commander«, warf Worf ein, »aber kein Feigling.«

»Höre ich da tatsächlich einen Anflug von *Bewunderung* heraus, Mr. Worf?« fragte Riker überrascht.

»Keine Bewunderung, Sir, aber Respekt, wenn auch nur widerwillig«, erklärte der Klingone. »Der Mut eines Kriegers ist erforderlich, um einen eindeutig überlegenen Gegner anzugreifen.«

»Ich hatte fast den Eindruck, als würde er irgendein Spiel mit uns treiben«, sagte Troi. »Und er schien es zu genießen.«

»Es war kein Spiel, Counselor«, erwiderte Picard. »Er hat uns auf die Probe gestellt. Dieser Sektor wurde zum erstenmal von einem Raumschiff der Galaxy-Klasse besucht, und er wollte feststellen, wozu wir imstande sind. Ich hatte törichterweise angenommen, er würde bei unserem Auftauchen fliehen, aber ich habe Captain Blaze anscheinend unterschätzt.« Er berührte den Kommunikator an seiner Brust. »Picard an technische Abteilung.«

»Hier LaForge, Captain.«

»Welches Ausmaß haben die Schäden, Mr. LaForge?«

»Wir haben auf Decks zwölf und dreizehn Hüllenschäden erlitten, Captain, hauptsächlich im Bereich des Shuttlehangars. Ich habe die betroffenen Stellen versiegeln lassen, und Reparaturcrews sind in Druckanzügen an der Arbeit. Die Lage scheint nicht kritisch zu sein, aber mir wäre viel wohler, wenn wir den Job auf Starbase 37 zu Ende bringen könnten. Es sieht ganz so aus, als hätten sie versucht, unsere Antriebsgondel auf der Steuerbordseite zu erwischen. Sie haben sie zwar verfehlt, aber nur ganz knapp. Für meinen Geschmack viel zu knapp. Ein direkter Treffer hätte uns sofort manövrierunfähig gemacht. Dieser Bursche weiß genau, was er tut, Sir.«

»Was entnehmen Sie den Sensormessungen über dieses Schiff, Mr. LaForge?« fragte Picard.

»Die Sensoren konnten zwar eine schnelle Messung vornehmen, als er an uns vorbeiflog, Sir«, erwiderte Geordi, »aber für wirklich detaillierte Informationen war nicht genug Zeit. Es scheint sich in der Tat um ein Schiff der Constitution-Klasse zu handeln, aber es ist viel schneller, als es eigentlich sein dürfte, selbst wenn es noch über seine ursprünglichen Warptriebwerke verfügte.«

Riker nickte. Genau das hatte er auch gedacht. »Besteht die Möglichkeit, daß das Schiff mit einer künstlichen Hülle getarnt wurde?« fragte er.

»Das ist so gut wie ausgeschlossen, Commander«, erwiderte LaForge. »Dann wäre es niemals zu solchen Manövern imstande. Außer uns sind die einzigen mir bekannten Schiffe, die zu solchen Beschleunigungen und Geschwindigkeiten imstande sind, ein leichter Kreuzer oder eine Kriegsschwalbe der Romulaner. Ehrlich gesagt, Captain, kann ich mir das nicht erklären.«

»Arbeiten Sie weiter daran, Mr. LaForge«, sagte Picard. »Ich *will* eine Erklärung. Picard Ende.«

Er drehte sich um und sah, daß Lieutenant Dorn sich noch auf der Brücke befand. »Ja, Lieutenant?« sagte er.

»Ich ... Verzeihen Sie mir, daß ich hier so hereinplatze, Captain, aber als der Alarm erklang, dachte ich ... das heißt, ich wußte nicht, ob ich Ihnen irgendwie behilflich sein könnte, aber ...«

»Aber Sie wollten den Mann sehen, über den Sie schon seit geraumer Zeit Informationen zusammentragen«, sagte Picard. »Ich verstehe sehr gut, Lieutenant. Was halten Sie von ihm?«

Sie schüttelte den Kopf. »Ich habe ihn mir ganz anders vorgestellt, Sir.«

»Ich glaube, keiner von uns hat ihn sich so vorgestellt«, erwiderte Picard trocken.

»Na ja, wenigstens haben Sie ihn bluten lassen«, sagte Gruzinov. »Sie haben der *Glory* einen direkten Treffer verpaßt. Das ist viel mehr, als irgendwer sonst bislang vollbracht hat.«

»Es schien ihn nicht besonders zu stören«, sagte Picard.

»Täuschung und Kühnheit«, sagte Riker. »Er hat hinter der *Wyoming* Schutz gesucht, weil er ernste Schäden erlitten hat, so ernste, daß er den Kampf nicht fortsetzen wollte.«

»Aber sie waren nicht ernst genug, um ihn manövrierunfähig zu machen«, sagte Picard. »Und da wir gerade von der *Wyoming* sprechen... ihr Captain muß einen Herzinfarkt bekommen haben. Öffnen Sie die Grußfrequenz, Mr. Worf.«

Der Captain der *Wyoming* sah schwer mitgenommen aus, als sein Bild auf dem Schirm erschien. »O Gott, ist er jetzt wirklich weg?«

»Er ist weg, Captain Bryant«, bestätigte Picard. »Ihr Schiff ist in Sicherheit.«

»Da sind wir ja vom Regen in die Traufe gekommen! Ich dachte, diesmal wären wir endgültig erledigt. Sind Ihre Leute in Ordnung, Captain? Haben Sie bei dem Feuerwechsel Verluste erlitten?«

»Negativ, Captain Bryant«, sagte Picard. »Aber danke, daß Sie sich erkundigt haben. Halten Sie sich bereit, wir nehmen Sie gleich ins Schlepptau. *Enterprise* Ende.«

»Keine Verluste«, sagte Troi. »Weder auf unserem Schiff noch auf der Wyoming. Captain Blaze sucht sich seine Ziele sehr genau aus. Was auch immer er sein mag, ein mutwilliger Mörder ist er jedenfalls nicht.«

»Was auch immer er sein mag«, wiederholte Captain Picard, »er ist auf jeden Fall ein überaus fähiger Raumschiffcaptain, und ich werde ihn nicht noch einmal unterschätzen. Was für einen Eindruck hatten Sie von ihm, Counselor?«

»Er kam mir sehr zuversichtlich vor, Captain«, erwiderte Troi. »Ich nahm keine Furcht in ihm wahr. Ganz im Gegenteil. Um seine eigenen Worte zu benutzen, er fand den Zusammenstoß ziemlich anregend. Ich würde ihn als einen Mann bezeichnen, der bei einem Risiko aufblüht.«

»Und das macht ihn im Zusammenspiel mit seinen offensichtlichen Fertigkeiten sehr gefährlich«, sagte Picard. »Verzeihen Sie mir, Ivan«, wandte er sich an Gruzinov. »Ich muß eingestehen, daß ich Ihre Warnung nicht sehr ernst genommen habe. Ich versichere Ihnen, es wird nicht noch einmal geschehen.«

»Mir kommt die zeitliche Abfolge des Aufeinandertreffens seltsam vor«, sagte Riker.

»Wie meinen Sie das, Nummer Eins?« fragte Picard.

»Wir sind sofort zur *Wyoming* geflogen«, erwiderte Riker. »Doch Blaze hatte sich bereits zurückgezogen und den Angriff auf uns vorbereitet. Vielleicht hat er unsere Antwort auf den Notruf der *Wyoming* empfangen. Andererseits ist es aber auch möglich, daß er bereits wußte, daß wir kommen würden.«

»J'drahn«, sagte Gruzinov, als ihm klar wurde, worauf Riker hinaus wollte. »In dem Augenblick, in dem wir den Palast verließen, hätte er Verbindung mit der *Glory* aufnehmen können.«

»Vielleicht«, sagte Riker, »aber wir haben dafür keine Beweise. Es ist durchaus möglich, ja sogar sehr wahrscheinlich, daß Blaze unsere Antwort an die *Wyoming* abgefangen hat.«

»Vielleicht«, sagte Gruzinov, »aber ich bin trotzdem

der Ansicht, daß Commander Riker mit seinem Verdacht recht hat. Wenn Sie mich fragen, steckt J'drahn bis zu seinem krummen Hals in der Sache drin.«

»Aber was hätte er damit zu gewinnen?« fragte Picard. »Er riskiert seine Mitgliedschaft in der Föderation und verstößt gegen den Vertrag, den sein Vater mit uns geschlossen hat, nur um einen schnellen Profit zu machen?«

»Sie kennen J'drahn nicht, Jean-Luc«, sagte Gruzinov. »Er und Blaze sind aus dem gleichen Holz geschnitzt. Beide sind Egoisten und Opportunisten. J'drahn glaubt, er könne tun, was immer ihm beliebt. Und er ist überzeugt davon, daß er nicht verlieren kann.«

»Vielleicht wird er herausfinden, daß er sich in dieser Hinsicht irrt«, erwiderte Picard. »Aber wir werden sehr vorsichtig vorgehen müssen. Falls J'drahn tatsächlich in diese Sache verwickelt ist, könnte dies ernste politische Auswirkungen haben.«

»Ich weiß«, sagte Gruzinov. »Das ist ja das eigentlich Frustrierende daran. Was auch immer wir unternehmen, wir können uns nicht direkt gegen J'drahn wenden, oder er wird behaupten, die Föderation versuche, seine Regierung zu stürzen.«

»Ich glaube, ich werde mich noch einmal mit Oberherr J'drahn unterhalten müssen«, sagte Picard. »Mr. Data, setzen Sie Kurs auf Starbase 37. Mr. Worf, aktivieren Sie den Traktorstrahl und nehmen Sie die *Wyoming* ins Schlepptau.«

»Traktorstrahl aktiviert, Sir.«

»Bringen Sie uns hier weg, Mr. Data, aber nur mit Impulskraft. Wir wollen die *Wyoming* nicht stärker durchschütteln als unbedingt nötig.«

»Aye, aye, Sir.«

»Sie haben irgend etwas im Sinn, Jean-Luc«, sagte Gruzinov.

Picard nickte. »Ja, aber wir werden die Einzelheiten später besprechen. Ich vermute, die *Glory* hat stärkere

Schäden erlitten, als Blaze eingestanden hat. Und das bedeutet, daß er zu seiner Basis zurückkehren wird.«

»D'rahl«, sagte Gruzinov. »Dort befindet sie sich. Darauf würde ich meine Karriere verwetten.«

»Wirklich?« fragte Picard. »Denn vielleicht werden Sie genau das tun müssen.«

2

Während LaForge im Hauptdock der Starbase 37 die Reparaturen der Schäden überwachte, die die *Enterprise* erlitten hatte, trafen sich Picard, Riker, Troi und Worf mit Gruzinov im Gesellschaftsraum der Starbase.

»Nicht gerade ein guter Anfang, was?« sagte Riker trocken, während er an seinem Kaffee nippte.

»Ganz im Gegenteil, Commander«, erwiderte Gruzinov. »Ich würde sagen, es war ein ausgezeichneter Anfang.«

»Ein kleiner, arroganter Freibeuter aus dem Grenzland hat uns ausgetrickst«, sagte Riker voller Abscheu. »Verzeihen Sie mir, aber ich sehe nicht ganz ein, was daran so ausgezeichnet gewesen sein soll.«

»Dann erlauben Sie mir, es Ihnen zu erklären, Commander«, erwiderte Gruzinov. »Es ist Ihnen gelungen, die Fracht der *Wyoming* zu retten, deren Versicherungssumme insgesamt, dem Ladeverzeichnis zufolge, wesentlich höher ist als der Wert des Schiffes selbst. Und Sie haben Blaze' Schiff einen direkten Treffer verpaßt, der es für eine Weile außer Gefecht setzen müßte. Ich bezweifle sehr, daß er Zugang zu Reparatureinrichtungen hat, die so umfassend sind wie die, die uns hier zur Verfügung stehen. Er wird beträchtliche Schwierigkeiten haben, seine Reparaturen vorzunehmen, während unsere Wartungscrews unter Aufsicht von Mr. LaForge die *Enterprise* in weniger als achtundvierzig Stunden vollkommen wiederhergestellt haben müßten. Ehrlich gesagt, auf einen so guten Anfang hätte ich nicht zu hoffen gewagt.«

»Ich möchte Ihrem Optimismus keinen Dämpfer versetzen, Sir«, sagte Riker, »aber für jemanden, den man gerade aus dem Verkehr gezogen hat, hat Blaze es anscheinend ziemlich gelassen hingenommen.« Er schüttelte den Kopf. »Ich befürchte, wir haben ihn nicht so schwer getroffen, wie Sie glauben.«

»Auf jeden Fall haben wir zumindest eines mit Sicherheit in Erfahrung gebracht«, sagte Picard. »Die *Glory* ist kein verkleidetes romulanisches Schiff, sondern ein echter Raumer der Constitution-Klasse, der wieder mit einem Großteil seiner ursprünglichen Ausstattung versehen wurde. Man hat mit Phasern auf uns gefeuert und nicht mit romulanischen Intervallern.«

»Ich habe mich gefragt, was Sie meinten, als Sie Ihrem Chefingenieur Fragen über eine künstliche Hülle stellten«, sagte Gruzinov. »Ich hätte Ihnen gleich sagen können, daß die *Glory* kein verkleidetes romulanisches Schiff ist, Jean-Luc. Aber das habe ich ja schon getan, als ich sie Ihnen beschrieben habe.«

»Ich habe Ihr Wort keineswegs angezweifelt, Ivan«, sagte Picard, »aber ich mußte die Möglichkeit in Betracht ziehen, daß Sie einer cleveren Täuschung zum Opfer gefallen sind.«

»Ich verstehe«, sagte Gruzinov geradeheraus. »Na ja, schließlich bin ich *Verwaltungs*offizier. Es ist schon lange her, seit ich aktiven Dienst geschoben habe.«

»Ivan«, sagte Picard beschwichtigend, »ich wollte keineswegs andeuten ...«

»Nein, nein, ich verstehe vollkommen, Jean-Luc«, sagte Gruzinov. »Erklärungen sind überflüssig.«

»Ich will nicht respektlos sein, Sir«, sagte Riker schnell, »aber *ich* habe die Vermutung geäußert, daß die *Glory* ein verkleidetes romulanisches Schiff sein könnte. Nach allem, was Sie uns mitgeteilt haben, war ich sogar fest davon überzeugt.«

»Und Sie müssen eingestehen, daß es eine logische Schlußfolgerung war«, sagte Picard, »die ich nicht einfach so abtun konnte.«

Gruzinov nickte. »Ja, natürlich. Verzeihen Sie mir, ich wollte nicht übermäßig empfindlich sein. Um die Wahrheit zu sagen, als die *Glory* zum erstenmal auftauchte, habe ich das gleiche vermutet. Doch die Berichte der Handelsschiffe, die Blaze ausgeplündert hat, und die Aussagen der Offiziere meiner Kreuzer, die ihm begegnet sind, haben mich vom Gegenteil überzeugt.«

»Man muß auch berücksichtigen, daß Blaze über eine gemischte Crew verfügt«, sagte Picard. »Es wäre vorstellbar, daß die Romulaner ein paar K'tralli angeheuert haben, die sie bei ihrem Täuschungsmanöver unterstützen sollen, aber sie würden niemals Menschen einsetzen, geschweige denn Orioner oder Capellaner. Es besteht wohl nicht mehr der geringste Zweifel daran, daß Blaze genau der ist, der er zu sein scheint. Die Frage lautet nur, woher hat er sein Schiff bekommen, und wie und wo wurde es neu ausgestattet?«

»Er könnte den Großteil seiner Ausrüstung auf dem Schwarzmarkt gekauft haben«, sagte Gruzinov achselzuckend.

»Sogar Phaserbänke?« sagte Worf stirnrunzelnd.

»Sie wären überrascht, was da draußen alles erhältlich ist, Mr. Worf«, erwiderte Gruzinov. »Besonders hier an der Grenze, wo die Durchsetzung von Recht und Gesetz dank J'drahn ziemlich lasch gehandhabt wird. Wenn man genug Geld hat, könnte man wohl genug Einzelteile erwerben, um alles Mögliche bis hin zu einem Raumschiff der Galaxy-Klasse auszustatten. Leider ist nicht einmal Starfleet immun gegen Korruption. Gelegentlich verschwinden sogar Vorräte und Geschütze aus Lagerbeständen.«

»Genau deshalb müssen wir diese Fragen beantworten«, sagte Picard. »Wenn jemand in diesem Sektor auf dem Schwarzmarkt mit Starfleet-Geschützen handelt, müssen wir herausfinden, wer es ist, und die Operation beenden. Aber die Tarnvorrichtung hat Blaze nicht auf dem Schwarzmarkt bekommen.«

»Und die Triebwerke auch nicht«, fügte Riker hinzu. »Außer, er hat irgendwie herausgefunden, wie man eine Tarnvorrichtung einem Triebwerk der Föderation anpaßt, was ich aber einfach nicht glauben kann. Ich gehe davon aus, daß sein Schiff von romulanischen Triebwerken angetrieben wird.«

»Das scheint die einzig logische Erklärung zu sein«, sagte Picard stirnrunzelnd, »aber ich glaube nicht, daß sie zum bestehenden Entwurf des Schiffes passen. Und nach allem, was wir gesehen haben, ist die Hülle der *Glory* nicht modifiziert worden.«

»Dann muß er eine Möglichkeit gefunden haben, die *Triebwerke* anzupassen«, beharrte Riker. »Ich kann mir einfach nicht vorstellen, daß irgendein Freibeuter aus einer entlegenen Grenzregion ein technisches Problem gelöst hat, das die besten Ingenieure von Starfleet vor Rätsel stellt.«

»Tja, laut Lieutenant Dorns Datei hat Blaze keine technische Ausbildung genossen«, sagte Gruzinov. »Das schließt natürlich nicht aus, daß sich in seiner Crew ein Spezialist befindet.«

»Jemandem, der zu so einer Leistung fähig ist, stünden alle Türen offen«, sagte Riker. »Warum sollte so jemand sich einem kleinen Freibeuter wie Blaze anschließen?« Er schüttelte den Kopf. »Das ist einfach nicht logisch, Sir.«

»Vielleicht handelt es sich um einen brillanten Ingenieur, der früher bei Starfleet war, Schwierigkeiten bekam und unehrenhaft entlassen wurde«, schlug Gruzinov vor.

Riker schüttelte den Kopf. »Nein, Sir, das haut einfach nicht hin. Wäre er wirklich *so* gut gewesen, hätte die Privatwirtschaft ihn sich sofort geschnappt, ob er nun unehrenhaft entlassen wurde oder nicht, und zwar für viel mehr Geld, als er bei Blaze verdienen kann.«

»Was uns direkt zu den Romulanern zurückführt«, sagte Picard.

»Genau«, pflichtete Riker ihm bei. »Ganz egal, wie man es sieht, sie müssen die Hände im Spiel haben. Wer wäre besser geeignet, ein romulanisches Triebwerk anzupassen, als romulanische Ingenieure?«

Gruzinov seufzte schwer. »Ich fürchte, diese Frage kann ich nicht beantworten, Commander. Ehrlich gesagt hatte ich gehofft, Ihnen würde die eine oder andere Erklärung einfallen.«

Riker nickte. »Ich verstehe, Sir«, sagte er. »Diese Möglichkeit ist politisch sehr unbequem. Doch leider ist es die einzige, die zu allen Tatsachen paßt.«

»Ist es möglich, daß J'drahn nicht direkt in die Sache verwickelt ist?« fragte Picard.

Gruzinov schüttelte den Kopf. »Wahrscheinlich ist *alles* möglich«, erwiderte er achselzuckend. »Aber ich glaube keine Sekunde lang daran.«

»Oberherr J'drahn *hat* irgend etwas verborgen, Captain«, sagte Troi. »Davon bin ich überzeugt. Trotz seiner Worte war er von unserem Eintreffen nicht angetan. Er war sehr wachsam, und ich habe bei ihm eine beträchtliche Anspannung gespürt.«

»Zu unserem Leidwesen beweist nichts davon, daß er in diese Sache verwickelt ist«, sagte Picard.

»Nein, Jean-Luc, *nicht* zu unserem Leidwesen«, erwiderte Gruzinov. »Könnten wir *beweisen*, daß J'drahn in der Sache drinhängt, könnte der Rat der Föderation nicht einfach darüber hinwegsehen. Der Vertrag wäre eindeutig gebrochen, und das K'tralli-Reich müßte aus der Föderation ausgeschlossen werden. In diesem Fall würde J'drahn sich an die Romulaner wenden. Er hätte einfach keine andere Wahl. Ohne die Unterstützung der Föderation und die Handelsbeziehungen zu ihr würde die Wirtschaft des K'tralli-Reichs zusammenbrechen. J'drahn hat seine Schatzkammern geplündert. Und um eine weitere Revolution zu verhindern, die ihn seines Amtes entheben würde, würde er sich der Unterstützung der Romulaner vergewissern. Wir alle wissen, wie der Preis für diese Unterstützung aussieht. J'drahn würde zu ihrer Marionette werden, und die Romulaner hätten auf unserer Seite der Neutralen Zone einen rechtmäßigen Gebietsanspruch.«

»Aber der Vertrag über die Neutrale Zone legt die Grenzen zwischen dem Romulanischen Reich und der Föderation eindeutig fest«, sagte Worf. »Wie könnten die Romulaner ihren Einfluß über die Neutrale Zone hinaus ausdehnen, ohne gegen den Vertrag zu verstoßen?«

»Ganz einfach, Mr. Worf«, erwiderte Gruzinov. »Falls die Beziehungen belastet werden sollten – und das würden sie, sollte man J'drahns Zusammenarbeit mit den Romulanern beweisen können –, könnte J'drahn argumentieren, er sei nicht mehr an den Vertrag gebunden, den sein Vater geschlossen hat, und könne sich aufgrund seiner Machtbefugnis mit jedem verbünden, den er für den richtigen Partner hält. Sollte er sich zufällig für die Romulaner entscheiden – und ihm bliebe keine andere Wahl –, wäre die Föderation gezwungen, diese Allianz anzuerkennen. Die Auswirkung wäre de facto, daß die Neutrale Zone erweitert wird und nun auch den K'tralli-Sektor umfaßt. Dadurch würden die Romulaner ein Territorium gewinnen, das sich derzeit unter Kontrolle der Föderation befindet, und wir könnten absolut nichts dagegen tun. Alles wäre völlig legal.«

»Mit anderen Worten, Captain«, sagte Troi, »wir müssen Blaze aufhalten, ohne J'drahn zu belasten, selbst wenn er schuldig ist?«

»Selbst wenn er schuldig ist«, sagte Gruzinov.

»Na, ist das nicht einfach toll«, sagte Riker und verzog das Gesicht. »Er bricht den Vertrag, indem er den Romulaner erlaubt, Freibeuter auszurüsten, damit sie unseren Schiffsverkehr beeinträchtigen, bekommt einen Anteil vom Profit und macht uns eine lange Nase, und wir sollen einfach wegsehen?«

»Glauben Sie mir, Commander, mir gefällt das nicht besser als Ihnen«, sagte Gruzinov. »Aber die Alternative ist noch schlimmer.«

»Und J'drahn weiß das natürlich«, sagte Picard und

nickte. »Allmählich verstehe, wie er denkt. Er ermöglicht den Romulanern, Blaze zu benutzen, um die Föderationsschiffahrt zu stören, und bekommt im Gegenzug einen Anteil am Profit dafür, während er gleichzeitig damit rechnet, daß die Föderation die Romulaner davon abhält, offen in das K'tralli-Territorium einzufallen. Er verläßt sich darauf, daß dieser Sektor strategisch so wertvoll ist, daß die Föderation seine Verwicklung in die Sache offiziell nicht anprangern und ihn ausschließen wird.«

»Aber damit übernimmt er sich gewaltig«, sagte Riker.

»Allerdings geht er dabei sehr klug vor«, wandte Picard ein. »Das Problem ist, wenn wir Blaze ausschalten, haben wir nur einen Teil des Problems gelöst. Selbst wenn wir die *Glory* außer Gefecht setzten, könnte J'drahn sich einen anderen Freibeuter suchen und ihn heimlich mit Hilfe der Romulaner auf ähnliche Weise ausstatten. Solange wir hier sind, werden die Romulaner vielleicht das Risiko scheuen, verstohlen in diesen Sektor einzudringen, aber wir können nicht ewig hier bleiben. Und das weiß J'drahn ganz genau.«

»Dann müssen wir irgend etwas gegen J'drahn unternehmen«, sagte Riker.

»Dazu sehe ich aber keine Möglichkeit«, sagte Troi. »Jeder Versuch, J'drahn zu entmachten, würde gegen die Erste Direktive verstoßen.«

»Vielleicht auch nicht«, sagte Picard und wandte sich Gruzinov zu. »Sie haben gesagt, der ehemalige Oberherr, H'druhn, hätte sich gut mit der Föderation verstanden, und man käme mit ihm zurecht. Wenn wir ihn überzeugen könnten, daß sein Sohn gegen die Interessen der K'tralli verstößt, könnte man ihn vielleicht auch überreden, J'drahn die Macht wieder zu entziehen.«

»Daran habe ich auch schon gedacht, Jean-Luc«, sagte Gruzinov. »Aber General H'druhn ist ein alter Mann, und J'drahn ist sein einziger Sohn. Ich habe schon einmal versucht, mich mit ihm zu unterhalten, doch das Gespräch verlief nicht besonders gut. Er hört einfach nicht zu, wenn jemand eine Anschuldigung gegen J'drahn vorbringt. Mir ist es nur gelungen, ihn vor den Kopf zu stoßen, und J'drahn hat mich gewarnt, sollte ich noch einmal versuchen, mit seinem Vater zu sprechen, würde er bei Starfleet und dem Rat der Föderation offiziell Protest einlegen und mich einer Einmischung beschuldigen.«

»Tja, dann können wir uns das auch abschminken«, sagte Riker.

»Nicht unbedingt, Nummer Eins«, erwiderte Picard. »Als Captain eines Föderationsraumschiffs, das diesen Sektor besucht, kann mich niemand davon abhalten, dem Helden der K'tralli-Revolution und führenden Bürger dieses Reiches einen diplomatischen Höflichkeitsbesuch abzustatten.«

»Das stimmt allerdings«, sagte Gruzinov. »Und der General wird Sie unter diesen Umständen bestimmt empfangen. Doch in dem Augenblick, in dem Sie das Thema J'drahn zur Sprache bringen, wird die Audienz wahrscheinlich ein abruptes Ende nehmen, genau, wie es bei mir der Fall war. Und dann *wird* J'drahn einen formellen Protest einlegen.«

»Nein, der Ansicht bin ich nicht«, erwiderte Picard. »Ich glaube, er hat geblufft, als er diese Drohung vom Stapel ließ. Bedenken Sie, daß wir bei einem formellen Protest die Möglichkeit haben, unseren Bedenken offiziell Ausdruck zu verleihen, und das wird J'drahn unter allen Umständen vermeiden wollen. Wenn wir langsam und vorsichtig vorgehen, eine allgemeine Verständigung mit dem General suchen und sein Vertrauen gewinnen, können wir vielleicht gewisse Fortschritte erzielen. Auf jeden Fall ist es einen Versuch wert.«

Gruzinov nickte. »Wenn Sie recht haben und J'drahns Drohung, Protest einzureichen, tatsächlich nur ein Bluff war, haben wir nichts zu verlieren.«

»Vielleicht wäre es angesichts Ihres ersten Versuchs am

besten, wenn wir Sie offiziell heraushielten«, sagte Picard.

»Nein, falls der Schuß nach hinten losgehen sollte, lasse ich nicht zu, daß Sie die Schuld allein auf sich nehmen«, sagte Gruzinov. »So gehe ich nicht vor, Jean-Luc. Besonders nicht bei einem alten Freund.«

Picard lächelte. »Das weiß ich zu schätzen«, sagte er. »Bis dahin würde ich auch gern an einer anderen Front aktiv werden. J'drahn ist nur ein Teil des Problems. Da sind noch immer Blaze und derjenige, der ihn ausrüstet.«

»Das wird zweifellos T'grayn sein«, sagte Gruzinov.

»Der Kolonialgouverneur des Planeten, der als D'rahl bekannt ist?« fragte Picard.

Gruzinov nickte. »Von J'drahn persönlich ausgewählt«, sagte er. »Die ursprünglichen Gouverneure von N'trahns vier Kolonien waren hohe Offiziere in H'druhns Revolutionsrat. Zwei von ihnen sind mittlerweile tot und durch Bürokraten ersetzt worden, die J'drahn treu ergeben sind. Einer, Gouverneur M'dran von S'trayn, ist ein schwacher alter Mann, der kaum mehr als eine Galionsfigur ist. Er ist von J'drahns Beamten umgeben, die praktisch die Amtsgeschäfte für ihn führen. Der einzige verbleibende Gouverneur, der H'druhns ursprünglichem Rat angehörte, war Oberst Z'gral, und er hat als einziger versucht, sich J'drahn in den Weg zu stellen. Aber er ist nicht mehr in Amt und Würden.«

»Was ist mit ihm geschehen?« fragte Riker.

»J'drahn hat ihn aus dem Amt entfernen lassen. Wäre er damit durchgekommen, hätte er ihn bestimmt eliminiert, denn Z'gral hat unmißverständliche Kritik an J'drahns Verwaltung geäußert. Doch Oberst Z'gral ist einer der Helden der Revolution und unglaublich beliebt, fast so sehr wie General H'druhn. J'drahn war zu klug, um offen gegen ihn zu Felde zu ziehen. Statt dessen hat er ihn mit allen Ehren in den Ruhestand versetzt und ihm eine großzügige Pension zukommen lassen, ›aus Achtung vor seinem Alter und seinen treuen Diensten für das Reich‹. Natürlich hat er Z'gral damit keinen Augenblick lang täuschen können, aber der Oberst konnte nichts dagegen tun. J'drahn hat zu seinen Ehren einen Nationalfeiertag eingerichtet und keine Ausgaben gescheut, um eine große Feier zu inszenieren, mit Paraden, einem Staatsempfang und einer formellen Zeremonie, bei der Z'gral ausgezeichnet wurde und ein palastartiges Haus am Rand von K'trin geschenkt bekam, der Hauptstadt von D'rahl. Und dort lebt Z'gral bis zum heutigen Tage, umgeben von einer ›Ehrenwache‹, die J'drahn jede seiner Bewegungen meldet. Es läuft auf nichts anderes als ein luxuriöses Gefängnis hinaus.«

»Ich verstehe«, sagte Picard. »Wäre es möglich, ihn zu besuchen?«

»Das bezweifle ich«, erwiderte Gruzinov. »Z'gral empfängt keinen Besuch. Es heißt, daß er bei schlechter Gesundheit ist und nicht gestört werden möchte.«

»Als Held der Revolution und ehemaliger Offizierskollege wird Oberst Z'gral sich doch sicherlich bei General H'druhn Gehör verschaffen können, oder?« fragte Picard.

»Ganz bestimmt, wenn er ihn aufsuchen dürfte«, antwortete Gruzinov. »Aber dafür ist J'drahn zu schlau. Wenn Sie daran denken, Z'gral dazu zu bringen, sich bei H'druhn für uns einzusetzen ... dazu wäre er wohl kaum bereit. Aber er darf K'trin sowieso nicht verlassen. J'drahn hat alles in seiner Macht stehende getan, um ihn von seinem Vater fernzuhalten.«

»Ich bin der Ansicht, wir sollten trotzdem versuchen, mit ihm zu sprechen«, sagte Picard.

»Was haben Sie im Sinn, Jean-Luc?« fragte Gruzinov.

»Die Grundzüge eines Plans«, erwiderte Picard. »Aber zuerst möchte ich mit Ihrem Sicherheitsoffizier sprechen, Lieutenant Dorn.«

Das Display in der Wand von Holodeck 3 zeigte, daß gerade ein Programm ablief. Darauf stand: PROGRAMM AUFGERUFEN: DATA 1322-B. Lieutenant Dorn runzelte die Stirn, als sie das Display las. Die Zahl der Programme, die von diesem einen Mannschaftsmitglied abgespeichert waren, kam ihr überraschend hoch vor. Lieutenant Commander Data war ein Androide, doch er benutzte die Holodecks anscheinend genauso oft wie jedes menschliche Besatzungsmitglied der *Enterprise*. Das kam ihr sehr ungewöhnlich vor. Die Programmnummer war nicht als privat kodiert, also entschloß sie sich, das Holodeck zu betreten und ihre Neugier zu befriedigen.

Sie verlor fast den Halt, als der Boden unter ihr plötzlich einen Satz machte und die Gischt einer Welle, die gegen den Bugspriet klatschte, sie bis auf die Haut durchnäßte.

»Steuermann, hart leewärts!«

»Aye, aye, Sir!« übertönte die gerufene Antwort, die von einer Stelle über und hinter ihr kam, den Lärm des Windes und der Explosionen.

Explosionen? Lieutenant Dorn schaute über die Reling auf die wogende See hinaus und sah Backbord voraus ein großes, viermastiges Segelschiff. Rauch quoll empor, während die Kanonen des Schiffes eine Breitseite abfeuerten. Als das Schiff, auf dem sie stand, abdrehte, schlugen mehrere der von dem anderen Schiff abgefeuerten Geschosse ganz in der Nähe ein; Wasserfontänen schossen hoch in die Luft und durchnäßten sie schon wieder. Sie hörte gellendes Gelächter und höhnisches Gejohle.

»Sie 'at nicht unsere Reichweite, Cap'n!« rief jemand.

»Die verdammten Spanier konnten noch nie schießen, hol sie der Klabautermann!«

Lieutenant Dorn schaute sich auf dem Deck mit seinen Holzplanken und der Teakholzreling um, betrachtete die Belegklampen und Taue, die zu den Masten und der Takelung hinaufführten. Breite, quadratische Segel luvten kurz, als das Schiff wendete, und blähten sich dann mit lauten, peitschenden Geräuschen, als der Wind sie traf und das Schiff vorwärts trieb.

Die Männer um sie herum auf dem Deck sahen derb

und mürrisch aus. Ihre nackten Oberkörper waren vielfach tätowiert, sie trugen goldene Ringe in den Ohren und bunte Tücher um die Köpfe. Einige waren barfuß und mit zerlumpten Hosen bekleidet, die ihnen bis zu den Waden reichten; andere trugen hohe Lederstiefel. Alle waren mit Entersäbeln und Dolchen bewaffnet, und viele darüber hinaus mit Steinschloßpistolen, die in Stoffschärpen um ihre Taillen steckten.

»Steuermann, immer so weiter!«

»Aye, aye, Captain!« Diese Stimme kam ihr bekannt vor. Sie drehte sich um, schaute zum Achterdeck hinauf und sah Data, der an einem große Steuerrad mit Holzspeichen stand und das Schiff steuerte. Er war barfuß und trug braune Hosen, ein weit sitzendes, am Hals geschnürtes weißes Hemd mit sich blähenden Ärmeln und eine braune Lederweste. In einer roten Schärpe an seiner Taille steckten zwei Pistolen und ein Entersäbel, und er hatte ein rotes Tuch um den Kopf geschlungen.

»Wir schließen zu ihnen auf, Captain!« rief einer der Matrosen.

»Die Kanonen bemannen!« befahl eine stählerne, volltönend Stimme mit einem englischen Akzent.

Und dann sah sie ihn. Der Captain balancierte auf den Querbalken des Großmastes, hielt sich an der Takelung fest und schaute zu dem Schiff hinaus, das sie verfolgten. Sein blondes Haar wehte im Wind, sein weit sitzendes weißes Hemd kräuselte sich in der Brise. Er trug rot und weiß gestreifte Hosen, sein Hemd war am Hals offen und enthüllte eine gebräunte, muskulöse Brust. Seine klassischen angelsächsischen Gesichtszüge waren betörend markant. Er grinste, enthüllte dabei blitzende, völlig weiße Zähne, ergriff ein Tau und schwang sich von dem Querbalken über das Deck und auf das Achterdeck hinauf, auf dem Data hinter dem Steuerrad stand.

»Legt euch in die Riemen, Jungs!« rief er. *»Wir zeigen ihnen, wie's gemacht wird!«*

»Mr. Data!« rief Lieutenant Dorn. *»Mr. Data!«*

Endlich bemerkte der Androide sie. »Computer, Programm anhalten!« sagte er.

Plötzlich kam alles zum Stillstand. Die Männer, die die Kanonen hochzogen, erstarrten gebückt mitten in ihren Bewegungen. Das Schiff stampfte und schlingerte nicht mehr. Der Wind war verschwunden. Der stattliche blonde Captain stand reglos da, den Arm zu seiner Mannschaft gehoben und die Zähne zu einem breiten Grinsen entblößt.

»Verzeihen Sie mir, Lieutenant«, sagte Data und kam die Treppe zu ihr hinab. »Ich habe Sie nicht hereinkommen sehen.«

Lieutenant Dorn schaute zu ihm hinauf. Sie war bis auf die Haut durchnäßt, und das Haar klebte an ihrem Gesicht. Sie schüttelte den Kopf. »Mr. Data, was hat das alles zu bedeuten?«

»Ich habe ein neues Programm zusammengestellt, das das Segelschiff eines Piraten nachbildet, der im frühen achtzehnten Jahrhundert der Erde an der Nordostküste Südamerikas sowie dem angrenzende Teil der Karibik fährt«, erwiderte Data, während er auf das Hauptdeck hinabkam.

»Aber ... *warum?*«

»Ich versuche damit, etwas über die Psychologie von Freibeutern oder Piraten in Erfahrung zu bringen«, erwiderte Data. »Ich muß Commander LaForge erst in vier Stunden bei der Aufsicht der Reparaturen ablösen, und da entschloß ich mich, die Gelegenheit zu nutzen und ein paar Forschungen zu betreiben.« Er musterte sie von Kopf bis Fuß. »Verzeihen Sie mir, Lieutenant, aber ich scheine unabsichtlich bewirkt zu haben, daß Sie naß geworden sind.«

»Schon in Ordnung«, sagte sie. »Ich kann meine Ersatzuniform anziehen. Aber Sie scheinen bei Ihren Programmen wirklich auf Realismus Wert zu legen.«

»Ich will die Erfahrung so lebensnah wahrnehmen wie möglich«, erklärte Data.

»Ja, aber ... *so etwas?* Das ist zwar überaus faszinierend, aber warum windgetriebene Segelschiffe im frühen achtzehnten Jahrhundert?«

»Unseren historischen Datenbanken zufolge gilt der Zeitraum von 1692 bis 1725 als Höhepunkt des Zeitalters der Piraterie«, erwiderte Data. »Damals befuhren Freibeuter wie Blackbeard, Calico Jack Rackam, Captain Kidd und Henry Morgan die Meere mit Segelschiffen wie dem, das ich hier nachgebildet habe. Zu keiner anderen Zeit der Erdgeschichte, weder vorher noch nachher, wurde die Piraterie in solch einem Ausmaß ausgeübt wie während dieser kurzen Periode.«

»Und wer war der hier?« fragte Dorn und zeigte auf den schneidigen, stattlichen blonden Captain.

»Eigentlich ist er keiner von denen, die ich erwähnt habe«, erwiderte Data, »denn unsere Datenbanken enthalten keine körperlichen Darstellungen dieser Personen. Ich habe ihn einem Schauspieler nachempfunden, der einmal einen fiktiven Piraten in einer Filmproduktion dargestellt hat.«

Dorn runzelte anerkennend die Stirn, als sie den erstarrten Piratenkapitän betrachtete. »Er muß ein sehr stattlicher Schauspieler gewesen sein«, sagte sie. »Aber ich weiß noch immer nicht genau, wie das alles mit unserer derzeitigen Situation zusammenhängt.«

»Vielleicht spiegelt das die Bedingungen unserer derzeitigen Mission nicht genau wider«, sagte Data, »doch unsere Datenbanken enthalten nur wenig Informationen über die Lebensweise moderner Freibeuter. Sie sind heutzutage ein eher seltenes Phänomen. Doch in dieser Zeitraum ist sehr viel über die Piraterie geschrieben worden, und während die historischen Umstände der Veränderung unterworfen sind, habe ich herausgefunden, daß die menschliche Psychologie relativ konstant bleibt. Ich dachte, indem ich dieses Programm schaffe, kann ich vielleicht einige Einblicke in die Persönlichkeit und die Motive von Captain Blaze gewinnen. Computer, Programm beenden.«

Die Bilder um sie herum verschwanden und wurden durch die Dunkelheit des Holodecks ersetzt, die lediglich von seinem elektronischen Gitter erhellt wurde.

»Eine interessante Idee«, sagte Dorn, während Data sie zur Tür begleitete. »Und haben Sie? Einblicke gewonnen, meine ich.«

»Es hat den Anschein, daß Gier für diese Individuen ein bedeutender motivierender Faktor war«, erwiderte Data, »aber auch das Element des Risikos scheint eine wichtige Rolle gespielt zu haben.«

Mehrere Besatzungsmitglieder sahen sie neugierig an, als sie durch den Korridor gingen, Data mit dem Piratenkostüm und Lieutenant Dorn mit einer tropfnassen Uniform bekleidet.

»Ich habe das nie ganz verstanden«, fuhr Data fort, während sie zum Turbolift gingen, »aber viele Menschen scheinen eine Sehnsucht nach dem zu haben, was sie Abenteuer nennen. Die drohende Gefahr scheint den menschlichen Kampfinstinkt anzusprechen. Viele sportliche Aktivitäten, mit denen Menschen sich befassen, verbinden diese Elemente, doch Piraterie kann man bestimmt nicht als sportliche Aktivität bezeichnen. Es kommt mir sehr verwirrend vor.«

»Warum kann man sie nicht also solche bezeichnen?« fragte sie.

Data neigte den Kopf und runzelte leicht die Stirn, um Verwirrung auszudrücken. »Weil sie eine kriminelle Aktivität ist«, sagte er. »Das ist nicht das gleiche.«

»Vielleicht wäre es ganz hilfreich, wenn Sie Ihre Dateien über anomales menschliches Verhalten aufrufen würden, Mr. Data«, erwiderte Dorn, als sie den Turbolift betraten. »Deck sechs«, sagte sie. »Bei gewissen Typen sogenannter abnormer Persönlichkeiten nehmen kriminelle Aktivitäten oft den Aspekt eines Wettkampfsports an. Die Herausforderung liegt darin, das Verbrechen zu begehen und damit durchzukommen, weil es nicht nur das Risiko mit sich bringt – oder Abenteuer, wenn Sie so wollen –, in die Durchführung des Verbrechens selbst verwickelt zu sein, sondern auch den Wettstreit mit den Behörden, die die Gesetze der Gesellschaft repräsentieren. Solche Leute glauben, über dem Gesetz zu stehen, oder außerhalb davon.«

»Ich verstehe«, sagte Data. »Sie beziehen sich auf die soziopathische Persönlichkeit.«

»Das wäre ein Beispiel«, sagte Dorn, »aber es gibt andere, weniger extreme, wie etwa diejenigen, die sozial verhaltensgestört oder mißgünstig sind, oder die sich den meisten Mitgliedern der Gesellschaft überlegen wähnen.«

»Sie meinen die megalomanische Persönlichkeit«, sagte Data.

»Genau«, erwiderte Dorn.

»Und in welche Kategorie gehört Captain Blaze Ihrer Meinung nach?«

Der Turbolift erreichte Deck 6, und sie traten in den Gang hinaus.

»Zur letzteren, sollte man meinen«, sagte Dorn. »Zumindest nach allem, was ich bislang über ihn in Erfahrung bringen konnte. Sein Ego ist mit Sicherheit sehr groß.«

»Ich verstehe«, sagte Data. »Dann glauben Sie, daß sein Angriff auf die *Enterprise* von seinem Kampfinstinkt und seinem Glauben an die eigene Überlegenheit veranlaßt wurde?«

»Ja, das würde ich vermuten«, sagte sie, als sie die Tür zu ihrem Quartier erreichten.

»Sie müssen sich umziehen«, sagte Data. »Vielleicht können wir dieses Gespräch bei anderer Gelegenheit fortsetzen. Für mich ist es sehr erhellend.«

»Für mich auch«, sagte Dorn lächelnd. »Warum kommen Sie nicht mit herein? Wir können uns noch etwas unterhalten, während ich mich umziehe.«

»Ich möchte nicht in Ihre Privatsphäre eindringen«, sagte Data.

»Sie dringen nicht ein«, erwiderte sie. »Nun kommen Sie schon.« Als er ihr folgte und die Tür sich hinter ihm schloß, lächelte sie und kicherte dann. »Schließlich kann ich Ihnen doch vertrauen, oder?«

»In welcher Hinsicht?« fragte Data.

»Nun, äh ... daß Sie sich wie ein Gentleman benehmen«, sagte sie, während sie sich anschickte, die nasse Uniform auszuziehen.

»Aha«, sagte Data. »Wenn ich Sie richtig verstanden habe, haben Sie eine versteckte Anspielung in einem sexuellen Zusammenhang gemacht.«

Dorn warf ihre Uniformjacke auf das Bett und wollte ihr Unterhemd ausziehen. »Ihre Programmierung deckt so etwas also ab?«

»Meine Programmierung verfügt über umfassende Kenntnisse über die Technik des sexuellen Verhaltens der Menschen«, erwiderte Data. »Ich bin in dieser Hinsicht voll funktionsfähig.«

Dorn hielt abrupt damit inne, ihr Unterhemd über den Kopf zu ziehen. »Ach was?«

»Ja. Voll funktionsfähig.«

»Sie meinen ... das heißt ... haben Sie jemals ... äh ... Sie wissen schon ...«

»Ob ich mich sexuell betätigt habe? Ja, durchaus«, sagte Data.

Lieutenant Dorn zog ihr Unterhemd wieder herunter. »Wirklich?«

»Es kam mir sehr interessant vor«, sagte Data, »doch da ich zu Gefühlen nicht imstande bin, habe ich aus dieser Erfahrung wahrscheinlich nicht den größtmöglichen Nutzen gezogen.«

»Oh«, sagte Lieutenant Dorn. Irgendwie fehlte es ihr an Worten.

In diesem Augenblick piepte Datas Kommunikator. »Picard an Data.«

»Hier Data, Sir.«

»Haben Sie Lieutenant Dorn gesehen, Mr. Data?«

»Ja, Sir. Ich befinde mich mit dem Lieutenant in ihrem Quartier. Sie zieht gerade ihre Uniform aus.«

»Wie bitte?« sagte Picard.

Lieutenant Dorn legte eine Hand vor die Augen. »Oh, Mann«, sagte sie.

»Habe ich etwas Falsches gesagt?« fragte Data betroffen.

»Hier Lieutenant Dorn, Captain«, sagte sie schnell. »Ich war mit Commander Data auf dem Holodeck, und mir ist auf dem Meer ein kleines Mißgeschick widerfahren. Meine Uniform wurde naß, und ich mußte mich schnell umziehen.«

»Ah, ich verstehe«, sagte Picard. Irgendwie klang er erleichtert. »Nun, sobald Sie sich umgezogen haben, Lieutenant, würde ich Ihre Anwesenheit im Hauptkonferenzraum der Starbase zu würdigen wissen.«

»Ich komme sofort, Sir.«

»Sehr gut. Picard Ende.«

Sie warf Data einen Blick zu. »Vielleicht wäre es besser, wenn ich mich allein umziehen, Mr. Data.«

»Natürlich. Wie Sie wünschen.«

Die Tür schloß sich hinter ihm. Sie seufzte, schüttelte den Kopf, zog sich dann schnell um, fönte schnell ihr Haar und eilte zum Konferenzraum der Starbase.

Die anderen waren in ein Gespräch vertieft, als sie den Raum betrat, und ihr fiel auf, daß sie Karten und Hintergrunddateien konsultierten, die auf den Bildschirm des Konferenzraums projiziert wurden.

»Ah, Lieutenant«, sagte Picard, als sie hereinkam, »gut, daß Sie so schnell kommen konnte. Ich hoffe, Ihr Mißgeschick auf dem Holodeck war nicht ernst?«

»Nein, Sir. Ich bin lediglich naß geworden.«

»Was genau ist passiert?« fragte Picard neugierig.

Sie erzählte ihm schnell von Datas Piraten-Simulationsprogramm.

Picard lächelte. »Ich habe schnell herausgefunden, daß

es klug ist, Mr. Data zu informieren, bevor man das Holodeck betritt, wenn er eine seiner Simulationen aufgerufen hat«, sagte er. »Bei Mr. Data weiß man nie genau, in was man buchstäblich hineintritt.«

»Es war mit Sicherheit interessant«, sagte Lieutenant Dorn. »Es sah wirklich sehr authentisch aus. Ich kam mir vor, als wäre ich von echten Piraten umgeben.«

»Komisch, daß Sie das sagen, Lieutenant«, warf Riker ein. »Möchten Sie es mal in Wirklichkeit probieren?«

Sie sah ihn mit einem verwirrten Stirnrunzeln an. »Sir?«

»Lieutenant Dorn«, sagte Picard, »sind Sie während Ihrer geheimdienstlichen Tätigkeiten, bei denen Sie Informationen gesammelt haben, jemals auf D'rahl gewesen?«

»Nein, Sir, das bin ich nicht. Als Sicherheitsoffizier der Basis hatte ich zusätzliche Pflichten an Bord der Starbase.«

»Auf welche Weise haben Sie die Informationen dann gesammelt?«

»Ich habe einige Angehörige meiner Abteilung in den Außeneinsatz geschickt, Sir. Mit ziemlich begrenztem Erfolg, wie ich hinzufügen darf. Darüber hinaus habe ich alle zur Verfügung stehenden Datenbanken konsultiert, sowohl hier an Bord der Starbase als auch auf Artemis VI, und mehrere meiner Mitarbeiter beauftragt, mit Offizieren an Bord ziviler Handelsschiffe zu sprechen, die von Freibeutern angegriffen worden sind, aber auch mit jenen, die irgendwann auf D'rahl waren.«

»Ich verstehe«, sagte Picard. »Mit anderen Worten, Sie sind niemandem auf D'rahl persönlich bekannt? Denken Sie genau nach, Lieutenant.«

Sie schüttelte den Kopf. »Nein, Sir. Ich bin niemals auf D'rahl gewesen. Ich habe einmal an einem formellen Empfang auf N'trahn teilgenommen, und ich war auf Artemis VI, aber ansonsten habe ich meine Aktivitäten auf die Starbase beschränkt.«

»Was ist mit Kommunikation?« fragte Picard. »Haben

Sie jemals über Bildschirm mit jemandem auf D'rahl gesprochen? Denken Sie erneut genau nach, Lieutenant.«

Sie hielt kurz inne und schüttelte überlegend den Kopf. »Nein, Sir.« Plötzlich wurde ihr klar, worauf Picard hinaus wollte. »Captain, wollen Sie damit sagen, daß ich für eine verdeckte nachrichtendienstliche Operation auf D'rahl in Betracht gezogen werde?«

»›In Betracht gezogen‹ ist der richtige Ausdruck, Lieutenant«, erwiderte Picard. »Ich habe die Sache mit Captain Gruzinov und meinen Senior-Offizieren besprochen, und wir alle sind der Ansicht, daß wir bei dieser Mission nur auf Freiwillige zurückgreifen können. Sie könnte ein persönliches Risiko mit sich bringen, und daher würde niemand Ihnen Vorwürfe machen, wenn Sie ...«

»Ich akzeptiere, Sir.«

Picard runzelte die Stirn. »Sie haben die Details der Mission noch nicht gehört.«

»Das spielt keine Rolle, Captain«, sagte sie. »Wenn ich aufgrund meiner Qualifikationen der logische Kandidat für den Auftrag bin, akzeptiere ich. Was soll ich tun, Captain?«

»Sie sind sich ganz sicher, daß auf D'rahl Sie niemand kennt?«

»Ganz sicher, Sir.«

»Gut«, sagte Picard und schnippte mit den Fingern. »Warten Sie mal ... was ist mit diesem Empfang, an dem Sie auf N'trahn teilgenommen haben? War auch jemand von D'rahl anwesend? Vielleicht Gouverneur T'grayn?«

»Gouverneur T'grayn hat daran teilgenommen, aber wir wurden nicht miteinander bekanntgemacht. Ein niedriger Sicherheitswächter wird nicht dem Gouverneur einer Kolonie vorgestellt. Wir haben nicht miteinander gesprochen, und ich habe ihn nur aus der Ferne gesehen Sir. Ich bin mir ganz sicher, daß er mit meinem Gesicht nichts anfangen kann.«

»Ausgezeichnet«, sagte Picard. »Was halten Sie davon, Nummer Eins?«

»Sie weiß wesentlich mehr über die K'tralli als irgendeiner von uns, Sir«, erwiderte Riker. »Ich hatte nur den Vorbehalt, daß man sie vielleicht erkennt.«

»Lieutenant«, sagte Picard, »ich möchte Sie um die Teilnahme an einer verdeckten Operation auf D'rahl bitten. Sie werden mit Commander Riker und Lieutenant Commander LaForge zusammenarbeiten. Ihr Auftrag besteht darin, sich als freiberufliche Handelsraumfahrer auszugeben, die Anstellung auf einem neuen Schiff suchen. Wir werden uns bemühen, Ihnen einen ziemlich übel beleumdeten Hintergrund zu verschaffen.«

»Dabei kann ich Ihnen vielleicht helfen, Sir«, sagte Dorn. »Ich kann bestimmt arrangieren, daß ein Captain eines der Handelsschiffe, die das System demnächst verlassen werden und von Blaze überfallen worden sind, uns in dieser Hinsicht eine gute Tarnung verschafft. Wir können es so hinstellen, als wären wir wegen einer Pflichtverletzung oder notfalls auch etwas Ernsterem entlassen worden.«

»Gut«, sagte Picard. »Machen Sie das. Und wir werden falsche Akten und Dokumente vorbereiten, die diese Geschichte bestätigen. Lieutenant Commander Data, Lieutenant Worf und Counselor Troi werden als Außenteam nach D'rahl beamen, das eine offizielle Untersuchung durchführen soll. Sie werden Kontakt mit den örtlichen Behörden aufnehmen und sie daran erinnern, daß Oberherr J'drahn uns in dieser Hinsicht jegliche Unterstützung zugesichert hat. Doch während sie ihre Ermittlung in Zusammenarbeit mit den örtlichen Behörden durchführen, dienen sie gleichzeitig als Ablenkung von Commander Rikers Team, das unabhängig arbeiten wird.

Während wir uns im Orbit über D'rahl befinden«, fuhr Picard fort, »werden wir eine genaue Sensoruntersuchung der Planetenoberfläche und des umgebenden Gebiets vornehmen. Blaze kann mit seinem Schiff nicht landen, also muß er es irgendwo in diesem Sektor versteckt halten. Wenn er sich getarnt in einer Umlaufbahn befindet und das Haupttriebwerk nicht aktiviert, können wir ihn mit unseren Sensoren nicht entdecken. Aber er muß von irgendwoher auf dem Planeten Nachschub beziehen. Wir versuchen, seine Basis aus dem Orbit zu finden. Mittlerweile lassen wir zwei Teams auf der Planetenoberfläche eine Suche vornehmen, eines offen, eines verdeckt. Sollten die örtlichen Behörden versuchen, die Ermittlung des einen Teams zu behindern, kann das andere auf diese Weise ungehindert weitermachen.«

»Ich verstehe, Sir«, sagte Lieutenant Dorn. »Und falls Sie mir die Bemerkung gestatten, Sir, es scheint sich um einen ausgezeichneten Plan zu handeln.«

»Danke, Lieutenant. Hoffen wir, daß die Ausführung genauso ausgezeichnet ausfallen wird«, sagte Picard. »Bitte machen Sie sich umgehend mit Commander Riker an die Arbeit und bereiten Sie Ihre Tarnexistenzen vor. Sobald Lieutenant Commander LaForge sich überzeugt hat, daß die Reparaturen entsprechend vorangehen, werde ich Mr. Data beauftragen, ihn abzulösen, und LaForge wird zu Ihnen stoßen.«

»Darf ich eine Frage stellen, Sir?«

»Natürlich, Lieutenant.«

»Warum Mr. LaForge, Sir? Mit allem gebührenden Respekt für Lieutenant Commander LaForge, aber ein Sicherheitsoffizier ist für solch einen Auftrag doch qualifizierter als ein Ingenieur.«

»Unter normalen Umständen, Lieutenant, würde ich Ihnen beipflichten«, erwiderte Picard. »Aber es handelt sich um eine ziemlich außergewöhnliche Situation. Wir müssen genau herausfinden, was für Triebwerke die *Glory* antreiben. Und falls es sich um romulanische handelt, wie es ja der Fall zu sein scheint, müssen wir wissen, wie sie modifiziert wurden. Mr. LaForge ist von allen Offizieren an Bord der *Enterprise* am qualifiziertesten, um diese Fakten zu ermitteln. Ingenieure sprechen mit anderen Ingenieuren, und bei einem so ungewöhnlichen Schiff wie der *Glory* hat bestimmt irgend jemand irgend etwas gehört. D'rahl ist ein Freihafen, und ich möchte, daß Ihr Team sich unter die Leute mischt. Besonders unter die zwielichtigeren Handelsraumfahrer. Blaze muß ja irgendwo seine Crew rekrutieren. Freiberufliche Raumfahrer sind ein wilder Haufen. Mit Starfleet-Personal würden sie vielleicht nicht sprechen, mit anderen freien Raumfahrer aber schon.«

»Ich verstehe, Sir«, sagte Lieutenant Dorn. »Und ich weiß Ihr Vertrauen in meine Fähigkeiten zu schätzen.«

»Danken Sie Ihrem befehlshabenden Offizier«, sagte Picard. »Captain Gruzinov hält sehr viel von Ihnen. Das genügt mir. Also gut, die Konferenz ist beendet. Wegtreten. Machen wir uns an die Arbeit.«

3

Gouverneur T'grayn empfing sie in der Rotunde des Staatspalastes in der Hauptstadt K'trin. Als Picard und die anderen Angehörigen des Außenteams die große, runde Halle durchschritten, watschelte T'grayn, begleitet von seinem Gefolge, zu ihnen hinaus, um sie zu begrüßen. *Watscheln* ist das einzige Wort, mit dem man seinen Gang beschreiben kann, dachte Picard. Der Gouverneur war ungeheuer dick, und in seinem weit sitzenden, weißen Gewand sah er aus wie ein Zelt, das sich ihnen näherte.

»Ah, Captain Picard«, sagte er und streckte die Hand aus, als er sie erreicht hatte. »Es ist mir eine Ehre, Sir, wirklich eine Ehre! Erlauben Sie mir, Sie und Ihre illustre Gruppe in unserer schönen Stadt willkommen zu heißen!«

»Danke, Gouverneur«, erwiderte Picard. »Ich weiß zu schätzen, daß Sie uns so kurzfristig empfangen.«

»Kurzfristig? Kurzfristig? Aber jeder im Reich weiß doch mittlerweile, daß ein Raumschiff der Föderation eingetroffen ist. Nachrichten verbreiten sich schnell, sogar hier in den Kolonien. Wir haben nämlich absolut moderne Kommunikationsmittel. Ja, ja, wir wußten von Ihrer Ankunft, hätten aber kaum damit gerechnet, daß Sie uns mit einem formellen Besuch beehren! Darf ich Ihnen und Ihrer Gruppe ein paar Erfrischungen anbieten, Captain?« Er klatschte mit den dicken Händen, und ein Angehöriger seines Gefolges trat mit einem Tablett vor, auf dem tropfenförmige Früchte lagen.

»Nein, danke, Gouverneur«, sagte Picard. »Darf ich

Ihnen meine Offiziere vorstellen? Lieutenant Worf, Chef der Sicherheitsabteilung, und die Schiffscounselor Deanna Troi.«

»Ein so namhaftes Gefolge«, sagte T'grayn, warf aber kaum einen Blick auf sie. »Kann ich Sie wirklich nicht in Versuchung führen? Die sind wirklich köstlich.« Er ergriff eines der Früchte mit Daumen und Zeigefinger und steckte es in den Mund. Purpurner Saft tropfte sein Kinn hinab, als er hineinbiß, und augenblicklich trat ein Mitglied seines Gefolges mit einem Tuch vor, um sein Gesicht abzuwischen, bevor der Saft auf sein Gewand tropfen konnte. Worf verzog bei diesem Anblick angewidert das Gesicht. »Oh, und sie sind auf der Höhe der Reife!« sagte T'grayn, und sein Gesicht brachte schiere Ekstase zum Ausdruck. »Wirklich, Captain, Sie sollten mal eine probieren!«

»Danke, Gouverneur, vielleicht ein andermal«, sagte Picard.

»Wie schade, wie schade«, erwiderte T'grayn und zuckte übertrieben mit den Achseln. »Sie wissen wirklich nicht, was Ihnen entgeht. Nun ja, ich werden Sie nicht bedrängen. Über Geschmack läßt sich nicht streiten. Kommen Sie, kommen Sie«, sagte er und winkte dem Captain, während er sich umdrehte, »wir werden uns im Garten unterhalten. Es ist ein so schöner Tag. Und die *Talla*-Reben stehen in voller Blüte. Ein prachtvoller Anblick, wirklich prachtvoll. Ah, und ihr Geruch! Man kann ihn einfach nicht beschreiben!«

»Das ist der Gouverneur des gesamten Planeten?« sagte Worf ungläubig, als sie T'grayn und seinen Dienern in den Garten folgte. »Er kann nicht einmal seinen Appetit unter Kontrolle halten!«

»Leise, Mr. Worf«, sagte Picard. »Wir wollen ihn nicht gegen uns aufbringen. Wir müssen uns lediglich seiner offiziellen Kooperation versichern, ob er sie uns nun tatsächlich gewährt oder nicht.«

Worf knurrte leise, sagte aber nichts mehr. Man konnte ihm seinen Abscheu allerdings deutlich anmerken.

Der Garten war in der Tat prächtig. Sie traten durch einen Torbogen auf einen Pfad aus glasierten, handverlegten Ziegelsteinen, der sich durch mehrere Morgen üppigen Laubwerks schlängelte. Es war ein riesiges Gewächshaus, bedeckt von einer durchsichtigen Kuppel, und die Temperatur darin war hoch und drückend. Blätter von fast zwei Metern Durchmesser hingen über dem Weg und boten etwas Schatten, und überall wucherten Blumen mit großen, widerlich süß riechenden Blüten. Worf verzog angesichts des Geruchs die Nase. Sie folgten dem Gouverneur und seinen Dienern den Weg entlang zu einem runden Platz mit einem Springbrunnen, neben dem aus Stein gemeißelte Bänke standen. T'grayn suchte sich eine aus, setzte sich mit einem zufriedenen Seufzen und fächerte sich schwach mit einer dicken, beringten Hand Luft zu. Sofort tauchten zwei Diener mit großen, gefiederten Fächern an Stöcken auf und begannen sanft zu wedeln.

»Ah«, stöhnte T'grayn wohlig, »so ist es schon viel besser. Mein Garten ist nämlich mein Stolz und meine Freude. Ich habe alle Pflanzen selbst ausgesucht. Es riecht immer so köstlich hier.« Jemand erschien mit einem weiteren Tablett an seiner Seite, auf dem etwas lag, das wie ein Stapel kleiner Kristalle aussah. T'grayn nahm einige und steckte sie in den Mund. Er schloß die Augen und seufzte erneut. »Probieren Sie wenigstens davon eins, Captain«, sagte er. »Es sind *Kanna*-Kristalle. Sie lösen sich langsam im Mund auf und erzeugen ein wunderbares, kühles, prickelndes Gefühl. Wenn man zu viele nimmt, kann man einen ziemlichen Rausch bekommen, aber das Gefühl ist wirklich köstlich.«

»Nein, vielen Dank, Gouverneur«, sagte Picard und wehrte den Diener mit dem Tablett mit einer Handbewegung ab. »Wir wollen Ihre Zeit wirklich nicht übermäßig beanspruchen.«

»Ja, ja, es besteht wirklich eine große Nachfrage nach meiner Zeit«, sagte T'grayn müde. »Trotzdem stattet mir nicht jeden Tag der Captain eines Raumschiffs der Föderation einen Besuch ab. Die meisten Würdenträger wenden sich an den Oberherrn auf N'trahn. Leider schenken sie uns hier draußen in den Kolonien nicht viel Beachtung.«

»Nun, wir haben auch Oberherrn J'drahn unsere Aufwartung gemacht, aber ich hielt es für wichtig, Ihnen ebenfalls einen Höflichkeitsbesuch abzustatten, Gouverneur«, sagte Picard. »D'rahl ist ein wichtiger Planet. N'trahn mag die Heimatwelt der K'tralli sein und ist wirklich eine wunderschöne Welt, aber D'rahl ist ein wichtiges Schiffahrtszentrum, und K'trin ist eine blühende Hafenstadt. Als solche ist sie für die Föderation von großer Bedeutung.«

»Ja, ja, wir haben hier immer so viel zu tun«, sagte T'grayn und machte eine abschätzige Handbewegung. »Die ganze Aufregung nimmt nie ein Ende. So viel Verkehr, so viele Geschäfte, so viele Dinge, die es zu sehen gibt. Ich habe kaum Zeit für mich selbst.«

»Ja, Gouverneur, uns ist klar, daß Sie sehr beschäftigt sein müssen«, sagte Picard, ohne die Miene zu verziehen, »und deshalb möchte ich direkt zur Sache kommen. Wir wurden hierher beordert, um dem Kommandanten von Starbase 37 bei dem Problem zu helfen, daß die Freibeuter in diesem Sektor darstellen.«

»Ach ja, sie sind wirklich sehr lästig«, sagte T'grayn, und sein Gesicht brachte Abscheu zum Ausdruck. »Freibeuter, Freibeuter, Captain Gruzinov scheint über nichts anderes zu sprechen. Man könnte glauben, ich hätte nichts anderes zu tun, als alles stehen und liegen zu lassen und mich allein auf sein Problem zu konzentrieren. Als könnte ich etwas gegen die Freibeuter ausrichten! Ich habe keine Schiffe, mit denen ich sie verfolgen kann! Wir haben hier nur kleine Transporter und Handelsschiffe. Die K'tralli-Flotte steht unter direktem Befehl von Oberherr J'drahn, und er versichert mir, daß er bereits alles tut, was in seiner Macht steht, um sich mit diesem ärgerlichen Problem zu befassen. Ich weiß ehrlich nicht, was *ich* noch tun könnte. Sie verstehen das hoffentlich, Captain.«

»Ja, natürlich«, sagte Picard. »Sie müssen sich in der beschränkten Zeit, die Ihnen zur Verfügung steht, zweifellos um viele andere Probleme kümmern.«

»Es ist ja nicht so, daß ich kein Verständnis hätte«, sagte T'grayn. »Aber ich habe gehört, daß diese Freibeuter gut bewaffnet sind, und einer von ihnen hat sogar eine Tarnvorrichtung! Können Sie sich das vorstellen? Wie sollen meine kleinen und leicht bewaffneten Patrouillenschiffe etwas aufhalten, das sie nicht mal *sehen* können?«

»Richtig, Gouverneur«, sagte Picard. »Genau deshalb hat Starfleet uns beauftragt, Ihnen bei diesem Problem zu helfen. Eine Tarnvorrichtung im Besitz eines Freibeuters wie Captain Blaze ist in der Tat eine beunruhigende Entwicklung und wirft die Möglichkeit einer romulanischen Einmischung auf.«

»Captain Blaze, Captain Blaze, ich habe die Nase gestrichen voll von diesem Captain Blaze! Er ist der Nagel zu meinem Sarg! Wer weiß schon, woher Captain Blaze seine teuflische Tarnvorrichtung hat? Vielleicht hat er sie von den Klingonen bekommen. Sie verfügen doch auch über die Tarnvorrichtungs-Technologie, oder? Und man weiß nicht, wozu *Klingonen* imstande sind!« Er steckte zwei weitere Kristalle in den Mund; offensichtlich war er sich nicht bewußt, daß er soeben Picards Sicherheitsoffizier beleidigt hatte. Worf erstarrte, riß sich aber nach einem scharfen Blick Picards mit offensichtlicher Mühe zusammen. »Ah! Köstlich! Ich wünschte wirklich, ich könnte mehr gegen diese lästigen Freibeuter unternehmen, aber sie machen die Schiffahrtslinien im Weltraum unsicher, und ich habe mit den Problemen auf D'rahl schon alle Hände voll zu tun. Schließlich stehen mir nur beschränkte Möglichkeiten zur Verfügung.«

»Ich verstehe vollkommen«, sagte Picard. »Deshalb

habe ich mein Team, das auf D'rahl Nachforschungen betreiben wird, angewiesen, eigenständig zu arbeiten und Sie nicht zu belästigen.«

T'grayn runzelte die Stirn. »Nachforschungen betreiben?«

»Oberherr J'drahn hat uns seiner uneingeschränkten Unterstützung bei unseren Bemühungen versichert, die Freibeuter festzunehmen«, sagte Picard. »Daher wollte ich Sie nicht mit überflüssigen Gesuchen belästigen. Mir ist klar, daß Sie ein sehr beschäftigter Mann sind, Gouverneur, und Oberherr J'drahn hat uns bereits offiziell seine Unterstützung gewährt. Doch ich sah es angesichts Ihrer hohen Position als meine Pflicht an, Sie in dieser Hinsicht formell zu konsultieren, bevor wir mit unserer Arbeit beginnen.«

»Ich verstehe, ich verstehe«, sagte T'grayn und schaute ein wenig besorgt drein. »Was für eine Arbeit meinen Sie?«

»Nun, D'rahl ist in diesem Sektor ein Handelszentrum«, erklärte Picard. »Und in K'trin herrscht daher starker Handelsverkehr. Es ist vielleicht ganz nützlich, ein Team damit zu beauftragen, mit einigen Mannschaftsmitgliedern der auf der Durchreise befindlichen Handelsraumer zu sprechen, und auch mit einigen hier ansässigen Geschäftsleuten und Vertretern Ihrer Polizeibehörden, um Informationen zu sammeln, die dazu beitragen könnten, etwas mehr über diese Freibeuter zu erfahren.«

»Ja, ja, ich verstehe«, sagte T'grayn. »Aber ich war der Ansicht, daß Captain Gruzinov schon eine ähnliche Untersuchung durchgeführt hat.«

»Das hat er in der Tat, Gouverneur«, erwiderte Picard, »aber ich befürchte, sie hat keine nennenswerten Resultate erbracht.«

»Nun, dann sehe ich nicht ganz ein, welchen Sinn es haben sollte, die ganze schreckliche Prozedur noch einmal zu wiederholen«, sagte T'grayn stirnrunzelnd.

»Vielleicht läuft es wirklich nur auf eine bloße Wiederholung hinaus«, erwiderte Picard, »die keine besseren Ergebnisse bringt, aber ich muß meinen Vorgesetzten Bericht erstatten, und sie verlangen, daß alle erdenklichen Anstrengungen unternommen werden, um eine gründliche Untersuchung durchzuführen. Ich muß die Untersuchung wenigstens pro forma in die Wege leiten, Sie verstehen. Wir können schließlich nicht ewig in diesem Sektor bleiben, und ich möchte mit meinem Schiff gern wieder die Patrouillenflüge aufnehmen. Ich bin der Ansicht, draußen im Weltraum haben wir die größte Aussicht auf Erfolg.«

»Ja, ich verstehe, ich verstehe«, erwiderte T'grayn. »Nun, tun Sie, was Sie tun müssen, Captain Picard. Ich werde dafür sorgen, daß die Angehörigen unserer Polizeibehörden mit Ihnen kooperieren und Ihnen ihre volle Unterstützung zukommen lassen.« Er klatschte in die Hände und sprach mit einem Mitglied seines Gefolges. »Sorgen Sie dafür, daß Captain Picard alles bekommt, was er verlangt.«

»Haben Sie vielen Dank, Gouverneur«, sagte Picard. »Und nun haben wir Ihre Zeit wirklich genug in Anspruch genommen. Ich weiß zu schätzen, daß Sie uns empfangen haben.«

»Das Vergnügen war meinerseits, Captain. Sie können sich jederzeit wieder an uns wenden.«

»Danke, Gouverneur, Sie sind sehr freundlich. Ach ja, da wäre noch eine andere kleine Sache. Ich habe gehört, daß der angesehene Oberst Z'gral, ein Held der K'tralli-Revolution, der eine bedeutende Rolle bei den Verhandlungen mit der Föderation gespielt hat, hier in K'trin wohnt. Ich würde es als Pflichtverletzung ansehen, wenn ich ihm nicht wenigstens einen Höflichkeitsbesuch abstattete.«

»Leider, Captain, ist Oberst Z'gral heutzutage bei sehr schlechter Gesundheit und empfängt keinen Besuch«, erwiderte T'grayn. »Das wäre in seinem Alter eine zu starke Belastung für ihn, und er hat gebeten, daß man seinen Wunsch nach Zurückgezogenheit respektiert. Das werden Sie sicher verstehen. Er ist einer der führenden Bürger des Reichs und hat sein Leben dem Dienst an unserem Volk gewidmet. Wir sehen uns verpflichtet, ihm zu ermöglichen, seine letzten Tage in der friedlichen Einsamkeit zu verbringen, die er sich ersehnt. Doch ich werde ihm Ihre Grüße ausrichten.«

»Danke, Gouverneur, das verstehe ich natürlich«, sagte Picard. »Und jetzt müssen wir wirklich gehen. Sie waren sehr entgegenkommend. Ich werde das in meinem Bericht erwähnen.«

T'grayn neigte den Kopf und machte eine großzügige Handbewegung. »Es war mir ein Vergnügen, Captain Picard. Ich freue mich stets, der Föderation helfen zu können.«

Als sie gingen, knurrte Worf leise. »Dieser Mann wird uns so nützlich sein wie ein Phaser einer denebianische Nacktschnecke!«

»Genau das habe ich erwartet, Mr. Worf«, sagte Picard. »Was halten Sie von ihm, Counselor?«

»Ein überaus unangenehmer Mann, Captain«, erwiderte Troi, »und durch und durch falsch. Er war keineswegs erfreut, von unserer Anwesenheit zu erfahren, und noch weniger von der Ermittlung, die wir durchführen wollen. Ich habe genau gespürt, daß er sie als Bedrohung ansieht. Doch seine Besorgnis schien etwas nachzulassen, als Sie ihm gesagt haben, daß Sie sie lediglich pro forma anordnen wollen, um Ihre Vorgesetzten zufriedenzustellen.«

»Ja, das habe ich vermutet«, sagte Picard. »Wenn er glaubt, daß wir nur den Schein wahren wollen und darauf zählen, die Freibeuter im Weltraum zu stellen, wiegt er sich vielleicht in falscher Sicherheit.«

»Vielleicht, Captain«, sagte Troi, »aber trotz seines freundlichen Gehabes ist er überaus hinterhältig. Als er Ihnen sagte, Oberst Z'gral sei bei schlechter Gesundheit und wolle keinen Besuch empfangen, habe ich gespürt, daß er gelogen hat.«

»Das habe ich mir schon gedacht«, sagte Picard. »Aber ich konnte schlecht darauf bestehen. Wichtig ist, daß wir seine offizielle Erlaubnis zur Durchführung einer Untersuchung bekommen haben. Haben Sie das alles mitbekommen, Mr. Data?«

»Laut und deutlich, Captain«, erwiderte Data vom Schiff aus.

Worf sah Picard überrascht an. »Ihr Kommunikator war die ganze Zeit über aktiviert?«

»Ja, Mr. Worf. Wir haben nun Aufzeichnungen sowohl von meinem Gespräch mit Oberherr J'drahn als auch von dem mit Gouverneur T'grayn.«

»Also werden sie keinen Protest einlegen können, daß Sie sich eingemischt und ohne ihre vorherige Zustimmung eine Untersuchung durchgeführt haben«, sagte Troi und lächelte. »Sehr clever, Captain.«

»Ich kann auch hinterhältig sein, Counselor«, erwiderte Picard. »Und ich habe sorgsam darauf geachtet, nicht verlauten zu lassen, um was für eine Untersuchung es sich handelt oder wie viele Personen daran teilnehmen werden.«

»Also könnte man die Zustimmung des Gouverneurs auch so auslegen, daß sie ebenfalls für Commander Rikers verdeckt arbeitendes Team gilt«, sagte Troi.

»Er hat gesagt: ›Tun Sie, was Sie tun müssen.‹ Und das ist ein direktes Zitat«, erwiderte Picard. »Ich würde das als Carte blanche auffassen, Counselor. Wir bewegen uns hier auf einem ziemlich schmalen Grat, doch da T'grayn uns nicht alles sagt, sehe ich auch keinen Grund, ihm gegenüber völlig aufrichtig zu sein.«

Sie hatten den Garten kaum verlassen, als eine abrupte Wandlung über Gouverneur T'grayn kam. Er klatschte in die Hände und schickte sein Gefolge fort; seine Miene wurde sehr ernst, als er die Augen zusammenkniff und leise fluchte. Er griff in die Falten seines Gewands und zog einen romulanischen Kommunikator hervor. »Haben Sie es gehört?« fragte er.

Hinter ihm erklangen Schritte auf dem Weg. »Ja, ich habe es gehört«, sagte die Gestalt, die auf den Platz trat. Körperlich ähnelte sie einem K'trall, doch ihre romulanische Militäruniform machte deutlich, um wen es sich handelte.

»Er könnte Ärger machen«, sagte T'grayn.

»Ein Raumschiff der Galaxy-Klasse bedeutet immer Ärger«, sagte der Romulaner. »Aber Ärger, mit dem man fertig werden kann.«

»Müssen Sie diese Uniform tragen?« sagte T'grayn nervös. »Ihre Anwesenheit hier ist sowieso schon riskant genug.«

»Wenn ein Raumschiff der Föderation sich im Orbit um diese Welt befindet und man mich in Zivilkleidung oder einer K'trall-Uniform ergreift, könnte man mich als Spion hinrichten.«

»Die Föderation richtet ihre Gefangenen nicht hin«, erwiderte T'grayn.

»Das behauptet sie«, sagte der Romulaner. »Ich habe nicht die Absicht, es selbst herauszufinden. Falls etwas schiefgehen und ich gefangengenommen werden sollte, dann als Offizier des romulanischen Militärs.«

»Und wenn Sie als Offizier des romulanischen Militärs gefangengenommen werden sollten, könnte dies Krieg bedeuten«, sagte T'grayn. »Dieser Captain Picard ist kein Narr. Er wollte mit Z'gral sprechen.«

»Sie haben das sehr gut gehandhabt«, erwiderte der Romulaner.

»Ein Höflichkeitsbesuch«, sagte T'grayn verächtlich. »Eine sehr wahrscheinliche Geschichte! Hier hat bestimmt Gruzinov seine Hand im Spiel. Er muß Picard gesagt haben, daß Z'gral der einzige ist, der eine Chance hätte, H'druhn davon zu überzeugen, daß J'drahn mit den Freibeutern zu tun hat. Ich weiß, worauf Picard hinaus will, konnte ihm aber schlecht die Erlaubnis verweigern, seine Ermittlung durchzuführen. Besonders nicht, da er sich bereits J'drahns Einwilligung eingeholt hat. Und J'drahn konnte sie unter diesen Umständen schlecht verweigern. Dieser Captain Picard ist ein wesentlich geschickterer Taktierer als Gruzinov. Ich hätte Z'gral schon vor langer Zeit eliminieren sollen.«

»Das läßt sich leicht bewerkstelligen«, sagte der Romulaner. »Z'gral ist alt und seit langem nicht mehr in der Öffentlichkeit aufgetreten. Sie haben bereits Geschichten über seine angeblich schlechte Gesundheit in Umlauf gebracht. Sollte er in diesem Alter sterben, kann niemand behaupten, der Tod sei allzu früh zu ihm gekommen.«

T'grayn kniff die Lippen zu einer angespannten Grimasse zusammen. »Es muß unauffällig und ohne Zwischenfälle geschehen«, sagte er. »Es wäre mein Ende, sollte man mich mit Z'grals Tod in Verbindung bringen.«

»Vertrauen Sie mir«, sagte der Romulaner. »Ich werde mich darum kümmern. Haben Sie von Blaze gehört?«

»Ja! Dieser verdammte Narr!« sagte T'grayn gehässig. »Er hat die *Enterprise* angegriffen und für seinen Fehler bezahlt: Sein Schiff wurde beschädigt. Er behauptet, einige Teile des Triebwerks seien schwer in Mitleidenschaft gezogen worden und müßten ausgetauscht werden. Ihm ist nur mit knapper Not die Flucht gelungen. Und wie sollen wir ihn nun mit Nachschub versorgen, nachdem die *Enterprise* hier eingetroffen ist?«

»Überlassen Sie das mir«, sagte der Romulaner. »Wir haben diese Möglichkeit vorhergesehen. Blaze wird nicht sehr lange außer Gefecht sein.«

»Je länger er außer Gefecht ist, desto wohler fühle ich mich«, sagte T'grayn. »Die anderen Freibeuter haben alle Operationen eingestellt, solange die *Enterprise* hier ist, doch Blaze kann man einfach nicht kontrollieren. Ich habe ihm gesagt, er soll sich nicht mehr sehen lassen, bis die *Enterprise* wieder verschwindet, aber er hat mich nur ausgelacht! Er hat *mich* ausgelacht!«

»Die *Enterprise* ist nur wegen Blaze hier«, sagte der Romulaner. »Picard wird nicht verschwinden, bis er entweder Blaze gefangengenommen oder sein Schiff zerstört hat.«

»Was sollen wir also tun?«

»Geben Sie Blaze den Auftrag zu beenden, was er angefangen hat«, sagte der Romulaner.

»Sind Sie verrückt? Sie wollen, daß er die *Enterprise* zerstört? Ist Ihnen nicht klar, was das bedeutet? Sie würden nur weitere Schiffe als Ersatz schicken! Außerdem hat Blaze noch nie ein Schiff zerstört. Er schießt sie nur manövrierunfähig und plündert sie aus.«

»Ich würde bestimmt keine Einwände erheben, sollte er die *Enterprise* kampfunfähig schießen«, sagte der Romulaner.

»Und was, wenn Picard statt dessen ihn kampfunfähig schießt? Wenn er die *Glory* erbeutet, wird Blaze *mich* belasten!«

»Und Sie würden zweifellos J'drahn belasten«, erwiderte der Romulaner. »Und mich. Ich mache mir keine Illusionen, daß Sie ein heldenhaftes Schweigen bewahren werden, T'grayn. Doch wenn Blaze die *Enterprise* manövrierunfähig schießt und erbeutet, hätten wir Zugriff auf alle Geheimnisse und die gesamte Technik der stärksten Waffe im Arsenal der Föderation. Ein Raumschiff der Galaxy-Klasse wäre in der Tat eine ausgezeichnete Beute.«

»Andererseits ... wenn Blaze gefangengenommen wird, wird unsere Beteiligung mit Sicherheit aufgedeckt!«

»Richtig. Aber die Föderation ist schwach. Sie wird deshalb keinen Krieg anfangen. Sie kann J'drahn nicht absetzen, denn das verhindert ihre Erste Direktive. Also bleibt ihr keine andere Wahl, als ihn aus der Föderation auszuschließen. Und dann wird J'drahn sich uns zuwenden, denn ohne die Unterstützung der Föderation kann er nicht überleben. Der K'tralli-Sektor wird Teil des Romulanischen Reichs, und die Grenze der Neutralen Zone muß ausgeweitet werden, um ihn zu umfassen. So oder so, wir können nicht verlieren.«

»Aber *ich* könnte verlieren!« sagte T'grayn bestürzt. »Ich könnte alles verlieren!«

»Das hätten Sie sich überlegen müssen, bevor Sie sich entschlossen, die Freibeuter Ihres persönlichen Vorteils wegen zu unterstützen«, erwiderte der Romulaner. »Sie stecken zu tief drin, um jetzt einen Rückzieher machen zu können, T'grayn.«

»Aber da ist noch immer H'druhn«, sagte T'grayn. »Er glaubt nicht, daß sein Sohn zur Korruption fähig ist, doch wenn man es ihm zweifelsfrei beweist und dem K'tralli-Reich der Ausschluß aus der Föderation droht, würde H'druhn persönlich J'drahn aus dem Amt entfernen, zum Wohl des Reiches.«

»Das wäre in der Tat sehr ungünstig für Sie«, erwiderte der Romulaner. »Würde H'druhn sein Amt wieder antreten oder einen Nachfolger ernennen, der J'drahn ersetzt, würde das K'tralli-Reich in der Föderation bleiben, was bedeutet, daß J'drahn und seine Komplizen für ihre Verbrechen bestraft werden müssen. Doch ich glaube nicht, daß J'drahn sich die Macht so leicht nehmen läßt, und General H'druhn ist alt. Sein Tod würde, wie der von Oberst Z'gral, keinen Argwohn erregen.«

»Sie sprechen von der Ermordung der geachtetsten Persönlichkeit des Reiches!« sagte T'grayn leise. »Das ist nicht das gleiche wie die Beseitigung von Oberst Z'gral! Z'gral ist hier, unter unserer Kontrolle. H'druhn ist auf N'trahn und wird von seiner persönlichen Wache beschützt!«

»Das ist nicht mein Problem«, sagte der Romulaner.

»Sie wollen doch nicht vorschlagen, daß ich...« T'grayns Stimme wurde schwächer, bis er schließlich ganz verstummte, während er den Romulaner ungläubig anstarrte.

»Es ist mir gleichgültig, wie es geschieht. Sie sind derjenige, der am meisten zu verlieren hat, T'grayn. Sie und Ihr Komplize J'drahn. Es ist nur logisch, daß er die Tat ausführt. Sie können ihn bestimmt von der Notwendigkeit überzeugen.«

»Aber ... seinen eigenen *Vater?*«

»Wenn H'druhn wirklich so ist, wie Sie ihn mir geschildert haben, würde er seinen eigenen Sohn auch nicht verschonen«, erwiderte der Romulaner. »Besonders, wenn man das Ausmaß seines Verrats betrachtet. J'drahn weiß das ganz genau. Warum sonst hätte er eingewilligt, Oberst Z'gral zu inhaftieren?«

»Aber angenommen, die Föderation wird J'drahn nicht ausschließen?« fragte T'grayn. »Sie unterhält schließlich eine Starbase in diesem Sektor, und die Kolonie auf Artemis VI. Um zu verhindern, daß alles in die Hände der Romulaner fällt, wird sie ihn vielleicht begnadigen und lediglich mit gewissen Sanktionen belegen.«

»Ich fürchte, diese Möglichkeit bleibt der Föderation verwehrt«, sagte der Romulaner. »Das offene Eingeständnis, daß J'drahn sich mit dem Romulanischen Reich eingelassen hat, bedingt ihren eigenen Gesetzen zufolge seinen Ausschluß. Sie können ihn nicht seines Amtes entheben und gegen ihre Erste Direktive verstoßen, das Fundament, auf dem die Föderation errichtet wurde, und sie können ihn nicht begnadigen, denn damit würden sie gegen ihre eigenen Gesetze verstoßen und sie bedeutungslos machen. Der Ausschluß ist die einzige Möglichkeit, die ihnen bleibt, ob es ihnen nun gefällt oder nicht. Und wir würden ihnen großzügigerweise eine gewisse Frist zugestehen, um ihre Starbase zu verlegen und Artemis VI zu evakuieren.«

»Bei den Göttern! Sie haben das von Anfang an so geplant!« sagte T'grayn.

»Natürlich«, erwiderte der Romulaner. »Und zwar sehr sorgfältig.«

»Sie haben mich zum Narren gehalten!« sagte T'grayn verbittert. »Und auch J'drahn.«

»Sie und J'drahn haben sich selbst zum Narren gemacht. Lediglich Ihre Gier hat Sie glauben lassen, unsere Motive wären den Ihren ähnlich. Wir haben doch nicht derartige Anstrengungen unternommen, um lediglich einen Prozentsatz des Profits Ihrer Freibeuteroperation zu bekommen.«

»Nein, Ihr Ehrgeiz ist beträchtlich größer«, sagte T'grayn. »Sie haben es auf das gesamte Reich abgesehen. Und Sie beschuldigen mich und J'drahn der Gier?«

»Was ich getan habe, T'grayn, habe ich für den Ruhm des Romulanischen Reichs getan. Was Sie und J'drahn getan haben, diente nur dazu, Ihre eigenen Taschen zu füllen, und dabei haben Sie Ihr eigenes Volk verraten. Doch ich werde nicht undankbar sein. Zum Dank für meine Bemühungen wird man mich zum Militärgouverneur des K'tralli-Reichs ernennen, und ich werde nachgiebige Verwalter brauchen. Sie und J'drahn werden sichere Posten bekommen, die es Ihnen ermöglichen, Ihre dekadenten Lebensstil beizubehalten. Sie dürfen Ihren duftenden Garten behalten, sich nach Herzenslust vollstopfen und das romulanische Recht auf D'rahl durchsetzen. Ihr Volk wird Sie dafür nicht lieben, aber andererseits hat es Sie noch nie geliebt, oder?«

Die letzte Einsatzbesprechung ist immer die wichtigste, dachte Picard, als er schnellen Schrittes den Korridor entlang ging. Sie bot die letzte Gelegenheit, irgend etwas aufzugreifen, das vielleicht übersehen worden war. Mannschaftsmitglieder der *Enterprise* würden zwar nicht zum erstenmal verdeckt agieren, um Informationen zu sammeln, doch so ein Auftrag war trotzdem ungewöhnlich. Er machte sich bei solch einer Mission stets Sorgen. Und diesmal würden sich mehrere Teams gleichzeitig im Einsatz befinden.

Lieutenant Worf und Counselor Troi hatten ihre letzte Einsatzbesprechung bereits hinter sich und waren gemeinsam mit drei Angehörigen der Sicherheitsabteilung auf die Oberfläche von D'rahl gebeamt worden. Picard hätte gern mehr Leute losgeschickt, aber offiziell handelte es sich ja um ein Team, das in enger Zusammenarbeit mit den vermeintlich kooperativen örtlichen Behörden eine Ermittlung durchführen sollte. Der Captain befürchtete, hätte er ein größeres Außenteam ausgeschickt, hätte es den Anschein haben können, daß er T'grayn nicht traute. Natürlich traute er ihm nicht, aber er mußte den Schein wahren, selbst wenn Gouverneur T'grayn sich in dieser Hinsicht keinerlei Illusionen machte. Es war ein komplizierter Tanz, ein dummes diplomatisches Schauspiel, bei dem keiner sagte, was er wirklich meinte, und jeder seine geheimen Beweggründe und Ziele hatte.

Nun war es an der Zeit für Rikers Team, auf die Oberfläche zu beamen. Picard machte sich um seinen Ersten Offizier und seine Leute wesentlich größere Sorgen als um das Team von Worf und Troi. T'grayn würde darauf achten, daß ihnen nichts zustieß. Er würde auch sein Bestes geben, um zu verhindern, daß sie nichts von Bedeutung herausfanden, und aus diesem Grund hatte Picard die Counselor dem Team zugewiesen. Er konnte sich darauf verlassen, daß sie jeden Betrug spürte, und die K'trall wußten nicht, daß sie eine Halbbetazoidin mit empathischen Fähigkeiten war. Aber T'grayn würde schon dafür sorgen, daß ihnen nichts zustieß.

Rikers Team hingegen ging ohne jede Rückendeckung ans Werk, und zwar in den gefährlichsten Bezirken von D'rahls Hauptstadt. Handelsfahrer waren ein knallharter, ungebärdiger Haufen, und viele Kapitäne von Handelsschiffen waren beim Anheuern ihrer Crew nicht besonders wählerisch. Die Handelsflotte war zu einer Zuflucht für alle möglichen zwielichtigen Gestalten geworden – Leute, die vor ihren Problemen flohen, sozial Unzufriedene, harte Abenteurer, sogar Kriminelle, die in den Weltraum geflohen waren, um den Behörden auf ihren Heimatwelten zu entkommen. Wenn man solch einen Flüchtling aufnahm und ihm einen Posten auf einem Handelsschiff anbot, verstieß man gegen das Raumrecht der Föderation, doch selbst Kapitäne von Handelsschiffen, die nur die besten Absichten hatten, konnte man mit geschickt gefälschten Papieren täuschen. Einige scherten sich einfach einen Dreck darum, solange sie behaupten konnten, hereingelegt worden zu sein.

In Freihäfen war das Leben oft rauh, ja sogar gewalttätig, und wenn die Polizeibehörden lasch vorgingen, zogen die Gegenden, in denen Raumfahrer lebten, oft das Verbrechen an. Raumfahrer auf der Durchreise waren oft leichte Beute für Straßenräuber und Prostituierte, Schwindler und Kartenhaie, die den Bezirk besser kannten als ihre Opfer. Und in vielen Freihandelshäfen hatten die örtlichen Behörden schon genug damit zu tun, die Ordnung zu bewahren. Wenn ein Raumfahrer auf der Durchreise in Schwierigkeiten geriet, mußte er sich normalerweise selbst um seine Probleme kümmern. Und angesichts dessen, was er bereits über Gouverneur T'grayn wußte, war Picard sich ziemlich sicher, daß die örtlichen Polizeibehörden wohl genauso korrupt wie die Verwaltung waren.

Riker und seine Gruppe warteten bereits im Transporterraum, als er dort eintraf. Sie alle trugen die marineblauen Uniformen von Offizieren der Handelsflotte, doch da die Kleidungsvorschriften in dieser Organisation nicht allzu streng beachtet wurden, hatte Riker sich klugerweise entschlossen, ihre Aufmachung etwas persönlicher zu gestalten. Sie alle trugen kurze schwarze Stiefel sowie blaue Hosen und Hemden, aber Riker hatte zusätzlich eine kurze schwarze Lederjacke mit breitem, offenem Kragen und Schulterklappen angezogen. Er hatte mehrere Abzeichen der Handelsflotte darauf genäht, von denen manche Schiffe und andere Häfen bezeichneten, und auf der linken Brusttasche der Jacke stand in militärischen Blockbuchstaben der Name

STRYKER. Auch sein Haar hatte er anders frisiert. Normalerweise kämmte er es hoch und zurück, doch nun trug er es legerer, mit einem Seitenscheitel und auf die Stirn fallend.

LaForge hatte sich für eine dunkelblaue, weit sitzende Mehrzweckjacke mit zahlreichen Taschen entschieden, wie ein Ingenieur der Handelsflotte sie bevorzugen würde, und Lieutenant Dorn trug eine braune, gepanzerte Weste im Stil der Klingonen. Auch sie hatte das Haar heruntergelassen und es zu einem Pferdeschwanz zusammengebunden.

»Nun, was halten Sie davon?« fragte Riker, als Picard sie musterte.

Picard schüttelte den Kopf. »Sie sehen aus wie die drei traurigsten Weltraumpenner, die mir jemals untergekommen sind«, sagte er. »Auf D'rahl dürften Sie nicht auffallen.«

»Genau so war es beabsichtigt«, sagte Riker. »Wir sind mit Kommunikatoren der Handelsflotte ausgerüstet, so daß wir nichts bei uns haben, das uns mit Starfleet in Verbindung bringen könnte.«

»Was ist mit Phasern?« fragte Picard.

»Daran habe ich auch gedacht«, sagte Riker. »Aber Raumfahrer der Handelsflotte sind nicht mit Phasern ausgerüstet, und die K'tralli-Gesetze untersagen das Tragen von Energiewaffen ohne entsprechende Genehmigung. Trotz der Versuchung, sie verborgen zu tragen, will ich mich nicht auf Ärger mit den Behörden einlassen. Außerdem würden sie unsere Tarnung auffliegen lassen, wenn wir sie benutzen müßten. Also nehmen wir keine mit.«

Picard nickte. »Ja, das ist wahrscheinlich klug«, sagte er. »Aber ich fühle mich nicht wohl, wenn Sie ohne jede Waffe auf den Planeten beamen.«

»Das haben wir auch nicht vor«, sagte Riker. Lieutenant Dorn zog einen gefährlich aussehenden Schlagring aus irgendeiner Legierung hervor, und Geordi hatte sich mit einem Betäubungsstab ausgerüstet. Riker öffnete seine Jacke und enthüllte ein riesiges Messer in einer Lederscheide.

»Großer Gott«, sagte Picard erstaunt. »Ist das ein *Bowie*messer?«

»Ich habe es replizieren lassen«, sagte Riker. »Ich glaube, ein Typ mit meinem Ruf würde so etwas tragen.«

»Mit Ihrem Ruf?«

»Lieutenant Dorn und ich haben Tarnidentitäten mit entsprechenden Papieren für uns alle geschaffen«, sagte Riker. »Wir haben uns Namen ausgedacht, die so ähnlich wie unsere klingen, damit wir leichter darauf reagieren können. Ich bin Lieutenant Bill Stryker, Absolvent der Handelsraumflotten-Akademie, früher Erster Offizier auf dem Handelsschiff *Phoenix*, das vor zwei Wochen auf Artemis VI angelegt hat und gestern morgen zum Mars aufbrach. Geordis Tarnidentität ist Chief George LaBeau, Schiffsingenieur ...«

»Genau«, sagte Geordi.

»... und Lieutenant Dorn ist Lieutenant Angie Thorn, Beschaffungsoffizier mit ärztlichem Dienstgrad. Wir haben gemeinsam auf der *Phoenix* gedient, wurden aber erwischt, als wir Schiffsvorräte gestohlen und verkauft und die Lagerpapiere gefälscht haben. Wir sind aufgeflogen, als wir gierig wurden und damit anfingen, Frachtgut umzuleiten. Wir haben behauptet, die Fracht sei beschädigt worden, und Versicherungsberichte gefälscht. Statt sich die zeitraubende Mühe zu machen, formell Anklage zu erheben und sich den dazu gehörigen Papierkram aufzubürden, hat der Captain uns einfach von seinem Schiff geworfen, als wir Artemis VI erreichten. Es ist uns gelungen, einen Transporter nach D'rahl zu bekommen, und jetzt suchen wir einen neuen Job. Sollte jemand unsere Angaben überprüfen, ob nun in den Datenbanken der Starbase oder der Handelsflotte, wird genau das dabei herauskommen. Unter diesen Umständen wird kein anständiger Schiffskapitän uns auch nur mit der Kneifzange anfassen. Aber ein paar Diebstähle in unserer Akte machen uns vielleicht für Freibeuter und Schwarzmarkthändler interessant.«

»Die Tarnung hört sich hervorragend an«, sagte Picard und nickte. »Sehr gut ausgedacht. Wie wollen Sie vorgehen?«

»Wir beamen auf eine Start-und-Lande-Bahn direkt außerhalb von K'trin hinab«, sagte Riker. »Die meisten Landeflächen für Shuttles liegen am südlichen Stadtrand, in der Nähe des Lagerhaus-Bezirks. Dort werden wir die Aktion durchziehen. Wir melden uns beim Gewerkschaftsbüro der Handelsflotte, werden erfahren, daß angesichts unserer Akten kaum eine Chance besteht, bald ein neues Schiff zu finden, und dann stürzen wir uns in die Kampfzone und ziehen durch die Raumfahrerbars, um neue Jobs zu suchen. Mit anderen Worten, wir unternehmen genau das, was man von Leuten in unserer Lage erwartet. Derweil halten wir die Augen und Ohren offen und versuchen, etwas in Erfahrung zu bringen.«

»Ausgezeichnet«, sagte Picard. »Achten Sie darauf, sich regelmäßig zu melden.«

»Das haben wir schon mit Data besprochen«, sagte Riker. »Wir werden es zumindest versuchen.«

»Könnten Sie nicht auffliegen, wenn Sie ungeschützte Frequenzen der Handelsflotte benutzen?« fragte Picard.

»Darum habe ich mich bereits gekümmert, Sir«, sagte LaForge. »Ich habe diese Kommunikatoren dahingehend verändert, daß sie außer auf den üblichen Kanälen auch auf einer kodierten Starfleet-Frequenz senden können. Wenn man sie nicht gerade auseinandernimmt, dürfte niemand den Unterschied bemerken.«

»Nun, Sie scheinen an alles gedacht zu haben«, sagte Picard. »Viel Glück. Und seien Sie vorsichtig.«

»Natürlich, Sir«, sagte Riker. Sie traten auf die Transporterflächen. »Energie«, sagte der Commander.

Picard beobachtete, wie ihre schimmernden Gestalten verschwanden, und atmete tief durch. Nun waren beide

Teams unterwegs. Bislang war alles wie geplant verlaufen. Aber sie standen erst ganz am Anfang. Nun war es an der Zeit, sich an die ihm zugedachte Aufgabe zu machen, und die war möglicherweise noch riskanter als das, was Rikers Team vorhatte. Er beabsichtigte, die Sicherheitsvorkehrungen der K'tralli zu durchdringen und mit Oberst Z'gral zu sprechen.

4

Nachdem Riker, LaForge und Dorn zu einer einsamen Stelle in der Nähe einer Shuttle-Landebahn hinabgebeamt worden waren, marschierten sie zu den Raumhafen-Gebäuden und dem Büro der Gewerkschaft der Handelsraumfahrer. In einer geschäftigen Raumhafenstadt wie K'trin gab es immer Stellenangebote für Raumflottenmitglieder, die der Gewerkschaft angehörten. Raumfahrer der Handelsflotte waren immer auf Achse, und nur wenige von ihnen blieben lange auf ein und demselben Schiff. Doch als der Gewerkschaftssekretär auf seinem Monitor ihre sorgsam gefälschten Akten aufrief, betrachtete er eine Weile den Bildschirm schweigend und schaute dann langsam zu Riker hoch.

»Diese ... äh ... letzte Leistungseinschätzung«, sagte er und räusperte sich leise, »von Ihrem früheren Kommandanten, dem Captain der *Phoenix* ...«

»Ja, was ist damit?« fragte Riker mit herausforderndem Tonfall.

»Mr. Stryker, Ihnen ist doch klar, daß *ich* nichts damit zu tun habe ...«

»Ich weiß, was da steht«, erwiderte Riker barsch. »Aber es wurde keine formelle Anklage erhoben.«

»Ja, Sir, das ist mir klar«, erwiderte der Sekretär. »Doch *obwohl* keine formelle Anklage erhoben wurde, gestaltet allein die Bewertung Ihres befehlshabenden Offiziers die Aufgabe, Ihnen einen neuen Job zu verschaffen, etwas ... äh ... problematisch.«

»Sind freie Stellen ausgeschrieben oder nicht?« fragte Riker.

»Na ja, es gibt freie Stellen«, erwiderte der Sekretär, »aber zu diesem Zeitpunkt kann ich lediglich Ihre Bewerbungen weitergeben und den interessierten Kapitänen Zugang zu Ihren Akten verschaffen. Wenn ich eine positive Reaktion erhalte, lasse ich es Sie sofort wissen.«

»Und wie lange wird das dauern?« fragte Riker.

Der Sekretär zuckte unbehaglich mit den Achseln. »Normalerweise ein paar Stunden bis hin zu einem Tag, aber angesichts Ihrer ... äh ... kürzlichen Schwierigkeiten ...« Er räusperte sich erneut. »Ich kann es Ihnen einfach nicht sagen. Ich meine, Ihnen ist ja bestimmt klar, in welcher Lage Sie sich befinden. Ich habe wirklich keinen Einfluß darauf.«

»Ja, klar«, sagte Riker und schnitt eine Grimasse.

»Wenn Sie morgen noch mal nachfragen könnten, hat sich vielleicht etwas ergeben ... Ich meine, man weiß ja nie, manchmal braucht ein Schiff dringend Besatzungsmitglieder, und der Captain kann es sich nicht leisten, im Hafen zu warten, und dann ...« Der Mann zögerte.

»Dann greift er vielleicht zu verzweifelten Maßnahmen?« fragte Riker. »Meinen Sie das?«

»Das habe ich nicht gesagt, Mr. Stryker. Ich tue natürlich für Sie, was ich kann, doch unter diesen Umständen wird es ziemlich schwierig werden. Vielleicht sollten Sie darauf bestehen, daß Ihr ehemaliger Captain Anklage erhebt ... angesichts dieses Berichts haben Sie auf jeden Fall Anspruch darauf. Dann könnten Sie vor Gericht gehen, und wenn Sie den Prozeß gewinnen oder der Captain seine Beschuldigungen nicht beweisen kann, muß dieser Bericht gelöscht werden, und ...«

»Das ist nicht möglich«, sagte Riker. »Die *Phoenix* hat diesen Sektor bereits verlassen.«

»Oh«, sagte der Sekretär und schaute wieder auf den Bildschirm. »Ja, hier steht es ja.« Er seufzte und schüttelte den Kopf. »Na ja, mal sehen, was ich tun kann. Aber um ganz ehrlich zu sein, es könnte eine Weile dauern.«

»Wie lange?« fragte Riker.

Der Sekretär zuckte mit den Achseln. »Ein paar Tage, vielleicht sogar Wochen oder noch länger. Es tut mir leid.«

»Ja«, sagte Riker verdrossen. »Bis dahin werden wir total pleite sein.«

»Ich wünschte wirklich, ich könnte mehr für Sie tun«, sagte der Sekretär. »Hören Sie ...« Er räusperte sich, beugte sich vor und fuhr wesentlich leiser fort: »Ich darf Ihnen das eigentlich nicht sagen, aber vielleicht haben Sie bessere Aussichten, wenn Sie versuchen, in der Zone Verbindungen zu knüpfen. Da unten gibt es ein paar Bars ... die *Ramjet*, das *Wrack*, der *Fliegende Holländer* ... fragen Sie einfach, jeder kennt sie. Sie haben das nicht von mir gehört, verstehen Sie, aber es heißt, wenn man es eilig hat, unbedingt Besatzungsmitglieder braucht und nicht allzu wählerisch ist, kann man dort ständig ein paar Leute finden, die den Planeten unbedingt verlassen wollen und denen es ziemlich egal ist, zu welchem Hafen es geht, wenn Sie wissen, was ich meine.«

Riker nickte. »Ja, ich glaube schon«, sagte er. »Danke. Ich weiß das zu schätzen.«

»Aber seien Sie vorsichtig«, sagte der Sekretär. »Wir sind hier draußen im Grenzgebiet, und obwohl wir in diesem Sektor eine Starbase haben, werden Sie dort keine Sicherheitswächter von Starfleet finden. Und den örtlichen Behörden ist es scheißegal, was in der Zone geschieht, solange es nicht auf den Rest der Stadt übergreift. Mit anderen Worten, halten Sie sich den Rücken frei. *Besonders* in solchen Kneipen.«

»Ich werde daran denken«, sagte Riker. »Nochmals vielen Dank.«

»Nicht der Rede wert«, sagte der Sekretär. »Und das meine ich wörtlich. Reden Sie nicht drüber.«

»Tja, das hat ja wie am Schnürchen geklappt«, sagte LaForge, als sie das Gewerkschaftsbüro verließen.

»Und wir haben schon ein paar mögliche Spuren aufgenommen«, sagte Riker. »Wenn jetzt jemand bei der Gewerkschaft nachfragen sollte, wird der Sekretär sich an uns erinnern und bestätigen, daß wir Arbeit auf einem Schiff suchen.« Er wandte sich an Dorn. »Wissen Sie etwas über diese Bars, die er erwähnt hat?«

»Ich habe von ihnen gehört«, erwiderte sie. »Sie haben einen üblen Ruf. Es handelt sich um richtige Schlachthäuser. Man erzählt sich, daß da öfter Leute reingehen und nie wieder rauskommen. Unsere Zuständigkeit erstreckt sich nicht über den Raumhafen hinaus. Und selbst wenn wir die Erlaubnis hätten, die Zone zu überwachen, hätten wir einfach nicht genug Personal, um dort regelmäßig Streife zu gehen. T'grayn würde es aber sowieso nicht erlauben. Die Stadt verdient an der Zone eine Menge Geld.«

»Sie wollen damit sagen, daß wir dort auf uns selbst gestellt sind«, sagte LaForge.

»Wir sind auf uns selbst gestellt, seit wir den Fuß aus dem Raumhafentor gesetzt haben«, erwiderte Lieutenant Dorn trocken.

Die Gegend, durch die sie gingen, als sie sich vom Raumhafen entfernten, bestand aus einer Mischung aus Lagerhäusern und Bars, zwischen denen auf beiden Straßenseiten vereinzelte Geschäfte lagen. Die meisten Gebäude an der stark belebten Straße waren nur fünf oder sechs Stockwerke hoch, und so ziemlich alle wurden von knallbunten Reklametafeln erhellt, die Bars und Nachtclubs anpriesen, Tätowierungs- und Piercingzentren, Cyberentertainment-Salons und exotische Etablissements, die ganz offen Darbietungen anpriesen, die in der gesamten Föderation verboten waren. Als LaForge eines der Reklameschilder betrachtete, das eine bunte und schockierende digitale Darstellung dessen zeigte, was in dem Schuppen vor sich ging, konnte er nur den Kopf schütteln. »Bei mir stellt sich der entschiedene Eindruck ein, daß wir nicht mehr in Kansas sind«, murmelte er.

Riker nickte, während er sich umschaute. »Ich habe

schon einige ziemlich wilde Freihäfen gesehen«, sagte er, »aber der hier ist eine Klasse für sich.«

K'trin war eine geschäftige Hafenstadt, und auf den Straßen der Zone drängten sich Raumfahrer der Handelsflotte aus der gesamten Föderation, die Urlaub von ihren im Orbit stationierten Schiffen bekommen hatten, aber auch Einheimische und verschiedene Durchreisende. Riker wußte, daß es in den meisten Raumhafenstädten der Föderation normalerweise eine ›Kampfzone‹ gab, einen kleinen Stadtteil, in dem Raumfahrer die Art von Unterhaltung fangen, die es ihnen erlaubte, sich von ihren langen Reisen zu entspannen. Raumfahrer wurden normalerweise beim Einlaufen in den Hafen bezahlt. Viele von ihnen gaben ihr Geld gern für Alkohol und Glücksspiele und andere Ablenkungen aus, und Bezirke wie die Zone waren geschaffen worden, um ihnen diese Unterhaltung zu bieten.

Die Gesetze, die die Existenz solcher Bezirke regelten, waren von Welt zu Welt verschieden. In einigen Fällen hatten die örtlichen Behörden eine Vereinbarung mit der Föderation geschlossen, die es Sicherheitspersonal von Starfleet ermöglichte, den Stadtteil zu überwachen und alles unter Kontrolle zu halten. In anderen Fällen kümmerten sich die örtlichen Polizeibehörden darum, und wenn Raumfahrer sich in Schwierigkeiten brachten, mußten sie sich vor den örtlichen Behörden verantworten. In einigen wenigen Häfen neigten die Behörden dazu, einfach wegzusehen, wenn es nicht gerade um sehr ernste Übertretungen ging, und tolerierten Aktivitäten, die überall sonst auf ihrer Welt illegal waren. Doch es hatte den Anschein, daß auf D'rahl einfach keine Gesetze galten. Solange das, was in der Zone geschah, innerhalb der Zone blieb, schienen die Behörden sich einfach nicht darum zu kümmern. Und Starfleet hatte hier keine Handhabe. Riker konnte sich keine idealere Umgebung für Kriminelle vorstellen, und besonders für Freibeuter wie Blaze.

Als sie sich dem Zentrum der Zone näherten, wurden die Straßen noch voller. Kleine Gruppen von Gyroschlitten mit behelmten Fahrern rasten über den Straßen hin und her und vollführten akrobatische Manöver, stürzten dann mit beunruhigender Geschwindigkeit herab, bis ein fürchterlicher Aufprall unvermeidlich schien, nur um im letzten Augenblick aus ihrem Sturzflug hochzuziehen und waagerecht weiterzufliegen oder gar senkrecht wieder emporzusteigen. Bei den Fahrern handelt es sich um Jugendliche, die ordentlich einen draufmachen wollen. Riker fragte sich, wie viele von ihnen sich bei ihren wagemutigen Kunststückchen umbrachten oder schwer verletzten, und wie viele unschuldige Fußgänger sie dabei töteten oder verstümmelten.

Als sie an einer Seitenstraße vorbeigingen, trat plötzlich eine mit einem Umhang bekleidete Gestalt in ihren Weg, zog die Kapuze zurück und nahm eine provokative Pose ein. »Suchen Sie nach einem wirklich *guten* Zeitvertreib?«

Riker fuhr erschrocken zusammen und griff instinktiv nach dem Phaser, der nicht vorhanden war. Dann riß er sich zusammen. Einen unglaublichen Moment lang dachte er, ein weiblicher Borg stünde ihm gegenüber, doch dann erkannte er, daß es sich um völlig andere Modifikationen handelte. Die Frau hatte sich einer umfassenden kybernetischen Erweiterungsoperation unterzogen, aber darüber hinaus verfügte sie auch über Biomodifikationen.

Der obere Teil ihres Gesichts, von den Wangenknochen bis hin zum Ansatz ihres dichten, üppigen Haars, war von einer Nystahl-Legierung bedeckt, so daß es aussah, als trüge sie eine funkelnde Stahlmaske, durch die bionische Linsen ihn mit ihrem elektronischen Blick fixierten. Hinter ihren geöffneten Lippen konnte er künstliche Zahnimplantate sehen, die den Reißzähnen eines Vampirs ähnelten. Die rechte Hand und der Arm waren natürlich, aber der linke Arm war von der Schulter abwärts robotisch und wies ungewöhnlich komplex gegliederte Finger auf. Unter ihrem Umhang trug sie kaum genug, um ein Mindestmaß an Schicklichkeit zu wahren, wodurch ein erschreckend muskulöser Körper enthüllt wurde. Sie trug hohe, bis über die Knie reichende Stiefel, und ihre Beine waren nackt. Darüber trug sie einen schmalen Lederriemen, über dem sich wiederum waschbrettartige Bauchmuskeln und große, feste Brüste befanden, die von einem winzigen BH mit Nackenträger bedeckt wurden. Ihr volles, üppiges schwarzes Haar fiel fast bis auf ihre Hüfte, aber die linke Hälfte ihres Kopfes war kahlrasiert und wurde von einer leuchtenden Nystahl-Legierung bedeckt, die von winzigen Mikroschaltkreis-Rezeptoren und Interfacebuchsen übersät war. Sie hob ihre natürliche rechte Hand und drehte die Handfläche zu ihrem Gesicht, und als zehn Zentimeter lange Nadeln unter ihren Fingern hervorglitten, sah Riker ein Beispiel ihrer Biomodifikationen.

»Natürliche Endorphine, Adrenochrom, verstärkte Biopeptide«, sagte sie und lächelte raubtierhaft. Dann hob sie mit einer schwungvollen Bewegung ihre robotische Hand, und Riker sah, daß dort, wo sich bei einer normalen Hand Fingernägel befunden hätten, kleine Injektoren eingebaut waren. »Chinesisches Heroin, K'tralli-Frost, rigelianisches Zerebrokain, Morphetomin von Laborqualität, orionisches Ambrozid, ich habe alles da.«

Ihre Zungenspitze huschte aus dem Mund und fuhr über ihre Oberlippe, und Riker sah, daß auf ihrer Unterseite eine kleine Drüse chirurgisch implantiert worden war. Sie sonderte einen winzigen Tropfen himmelblauen Speichels ab, der auf ihrer Unterlippe funkelte. Riker unterdrückte ein Schaudern. Die Frau trug keine Waffen, aber sie brauchte auch keine. Sie mußte nur mit ihren robotischen Fingernägeln über die Haut eines Widersachers fahren und konnte ihm eine ganze Palette tödlicher Drogen injizieren oder einfach die Nadeln benutzen, die in ihre natürliche Hand eingelassen waren, um mit ihren gentechnisch erzeugten Drüsensekreten das Nervensystem des Gegners völlig zu ruinieren. Er hatte keine Ahnung, was ein Kuß oder ein zärtlicher Biß beim Liebesspiel anrichten konnte, und wollte es auch gar nicht herausfinden.

»Äh ... nein, danke«, sagte er.

»Bestimmt nicht?« sagte sie und fuhr ihre Vampirzähne ein, als sie lächelte und nach ihm griff. »Ihnen würde ich einen Sonderrabatt gewähren. Ich könnte mich auch um Ihre Freunde kümmern.«

Riker trat zurück. »*Nein, danke,* habe ich gesagt.«

»Wie schade«, sagte sie und musterte ihn von oben bis unten. »Es würde mir wirklich Spaß machen, Sie zu bedienen.«

»Ist nicht persönlich gemeint«, sagte Riker. »Aber das ist einfach nicht mein Bier.«

»Bier ist eine der wenigen Sachen, die ich *nicht* habe«, erwiderte sie lächelnd und trat zur Seite, um ihnen Platz zu machen. »Sollten Sie es sich anders überlegen, fragen Sie im Fliegenden Holländer nach Katana.«

»Der Fliegende Holländer«, wiederholte Riker. »Wo finde ich den?«

»Einfach diese Seitenstraße entlang, die letzte Tür links«, sagte sie. »Eine der besten Bars in der Zone. Schauen Sie mal rein. Sagen Sie dem Barkeeper, daß ich Sie geschickt habe. Dann gibt er Ihnen einen aus. Vielleicht sehe ich Sie später dort.« Sie fuhr wieder ihre Nadeln aus. »Wenn das nicht dein Bier ist, kann ich auch was ganz anderes für dich tun.«

»Ich denk drüber nach«, sagte Riker.

»Tun Sie das«, sagte Katana über die Schulter hinweg, während sie sich schon umdrehte und davonging.

LaForge pfiff leise. »Was war denn *das?*« fragte er.

»Sie werden hier im Viertel ›Shooter‹ genannt«, sagte Lieutenant Dorn kurz angebunden, »aber der richtige Ausdruck lautet Kybride, für kybernetisch aufgerüsteter, biomodifizierter Hybride.«

»Was? Davon habe ich noch nie *gehört*«, sagte Riker stirnrunzelnd.

»Das gilt für die meisten«, sagte Dorn und sah der sich entfernenden Kybridin nach. »Sie sind sehr selten. Zum Glück.«

Riker bemerkte ihre betonte Steifheit, eine feindselige Reaktion, die darauf hindeutete, daß sie wahrscheinlich persönliche Erfahrungen mit einem Kybriden gemacht hatte. »Kommen Sie, gehen wir«, sagte er und betrat die Gasse. »Auf uns wartet noch viel Arbeit.«

»Warum tun Leute sich selbst so etwas an?« fragte LaForge.

»Es war wohl kaum ihre eigene Entscheidung«, erwiderte Dorn. »Haben Sie schon mal was von der Diversified Biotronics Corporation gehört?«

»Augenblick mal, da klingelt was«, sagte LaForge. »War das nicht eins der alten Industriekonglomerate draußen im Gürtel? Ich kann mich entsinnen, an der Akademie etwas über ihre Patente für kybernetische Techniken gelesen zu haben.«

»Genau das meine ich«, sagte Dorn. »Sie haben eine neue Generation kybernetischer Bioerweiterungsprozeduren perfektioniert, die ursprünglich für medizinische Anwendungen gedacht waren. Aber dann entschloß sich jemand in der Firma, ganz neue Marktbereiche zu erobern. Sie kamen auf die Idee, Biohybriden zu klonen und sie während der Schlüsselstadien in ihrer körperlichen Entwicklung mit verschiedenen kybernetischen Implantaten aufzurüsten.«

»War das *legal?*« fragte LaForge.

»Es war wohl eine Frage der Interpretation«, erwiderte Dorn, während sie weitergingen. »Das Klonen menschlicher Zellen zu kommerziellen Zwecken ist seit Jahren verboten, aber die DBC beharrte auf der Auffassung, daß die Kybriden in strengem Sinne keine Menschen und daher eine patentierte, biotechnisch erzeugte Lebensform sind. Das Projekt war schon weit fortgeschritten, als eine

Verfügung gegen die Firma erlassen und die Frage vor Gericht geklärt wurde. Es dauerte Jahre, bis ein Urteil erging, und als alles vorbei war, hatte DBC den Prozeß verloren, und die Aktien waren in den Keller gestürzt. Die Firma überlebte nicht, und mehrere ihrer leitenden Angestellten wurden wegen zahlreicher Kapitalverbrechen verurteilt.«

»Wann ist das alles passiert?« fragte Riker. Es erschien ihm seltsam, daß er nie davon gehört hatte.

»Vor etwa sechzig Jahren«, sagte Dorn.

»Vor sechzig Jahren?« wiederholte Riker ungläubig. »Aber diese Frau sah aus wie höchstens fünfundzwanzig!«

»Der Anschein kann täuschen«, erwiderte Dorn, »besonders bei Kybriden. Bedenken Sie, sie wurden auf biotechnische Weise erzeugt. Wenn sie eine der letzten war, die DBC hergestellt hat, muß sie mindestens fünfzig Jahre alt sein.«

»Sie haben gesagt, sie sei ein biologischer Hybride«, sagte Riker. »Was genau ist das?«

»Ich habe keine Ahnung, was in die Matrix einfloß«, erwiderte Dorn. »Wahrscheinlich weiß sie selbst es auch nicht.«

»Wie viele von ihnen gab es?« fragte LaForge.

»Das scheint niemand genau zu wissen«, sagte Dorn. »Als gegen DBC Anklage erhoben wurde, geriet jemand in Panik und vernichtete alle Unterlagen. Man weiß noch nicht mal, zu welchem Zweck sie angeblich geschaffen wurden. DBC blieb bei der Behauptung, sie wären zu medizinischen Zwecken geschaffen worden, und nach allem, was ich weiß, könnte das sogar der Wahrheit entsprechen, aber im allgemeinen ging man davon aus, daß sie als Söldnertruppe entworfen worden waren, die die Firma vermieten wollte. Das hört sich in meinen Ohren ganz plausibel an. Es handelt sich in der Tat um ausgezeichnete Kämpfer.«

»Woher wissen Sie das?« fragte Riker und sah sie scharf an.

»Ich habe mich darüber informieren müssen«, erwiderte Dorn. »Es gehörte zu meinem Job. Kurz nach meiner Versetzung hierher hatten wir mit ein paar von ihnen Ärger auf Artemis VI. Sie sind von N'trahn rübergekommen, und es gab keine gesetzliche Bestimmung, die ihnen die Einreise verwehrte. Jetzt gibt es eine.«

»Was ist passiert?« fragte Riker.

»Drei von ihnen haben siebenundzwanzig Kolonisten getötet und etwa ein weiteres Dutzend schwer verletzt.«

»Mein Gott«, sagte LaForge. »Warum?«

»Das haben wir nie so ganz herausbekommen«, sagte Dorn. »Wir konnten die Kybriden nicht verhören. Keiner von ihnen hat überlebt. Sie ließen sich nicht lebend gefangennehmen.«

»Was ist aus all den anderen geworden?« fragte Riker.

»Meinen Nachforschungen zufolge verschwanden die Kybriden einfach, als DBC unterging. Gerüchte besagen, daß sie liquidiert wurden, aber einige sind offensichtlich entkommen. Und ein paar sind anscheinend hierher gekommen. Wir haben herausgefunden, daß General H'druhn einige von ihnen bei der K'tralli-Revolution einsetzte. Rechtlich kommen wir nicht an sie heran. Wir wissen nicht mal, wie viele von ihnen hier sind. J'drahn behauptet, er habe keine Ahnung und seit Jahren keine mehr gesehen. Er ist der Auffassung, daß sie mittlerweile alle tot sind. Offensichtlich irrt er sich.«

»Tja, das ist wirklich nicht unser Problem«, sagte Riker.

»Es ist meins«, sagte Dorn scharf. »Als wir diese drei Shooter auf Artemis VI aus dem Verkehr gezogen haben, habe ich sechs meiner Leute verloren.«

»Lieutenant«, sagte Riker, blieb stehen und sah sie eindringlich an. »Ich habe gesagt, das ist nicht *unser* Problem. Wir haben hier eine Aufgabe zu erledigen. Ist das klar?«

»Ja, Sir«, erwiderte sie steif.

»Ich verstehe, wie Sie sich fühlen, Lieutenant«, sagte Riker mitfühlend. »Das war ihr erster Außeneinsatz, nicht wahr?«

Sie starrte ihn an. »Ja, Sir.«

»Glauben Sie mir«, sagte Riker aufrichtig. »Ich weiß, wie Sie sich fühlen. Ich habe so etwas auch mitgemacht. Aber wenn Sie es mit sich herumschleppen, wird es Sie innerlich zerfressen. Es ist vorbei. Lassen Sie es dabei bewenden.«

»Ist das ein Befehl, Sir?« sagte sie widerspenstig.

»Nein, Lieutenant, nur ein guter Rat«, erwiderte er. »Und wenn Sie klug sind, befolgen Sie ihn.«

»Ich unterbreche Sie nicht gern«, sagte LaForge, »aber wir haben Gesellschaft bekommen.«

Sie befanden sich fast am Ende der Gasse, in der Nähe des Fliegenden Holländers, und drei Gestalten waren plötzlich aus den Schatten getreten. Die Haltung, mit der sie in der Mitte der Gasse standen und ihnen den Weg versperrten, war unmißverständlich.

»Hinter uns nähern sich noch drei«, sagte LaForge.

Riker schaute über die Schulter zurück.

»Die verdammte Shooter hat uns reingelegt!« sagte Dorn.

Die drei vor ihnen waren Menschen. Bei den drei, die dicht hinter ihnen stehen geblieben waren, um ihnen den Rückzug zu versperren, war Riker sich nicht sicher. Dann ergriff der in der Mitte der Gruppe vor ihnen das Wort.

»Wir können es auf die leichte oder auf die harte Tour machen«, sagte er. Er zog ein zweischneidiges Klappmesser hervor, und an beiden Enden sprangen jeweils fünfzehn Zentimeter leuchtenden Nystahls hervor. »Wie willst du es haben, Kumpel?«

»Ich gehe mit und will sehen«, sagte Riker und zog das Bowiemesser mit der dreißig Zentimeter langen Klinge.

Der Mann riß die Augen auf, als er das riesige Messer sah. LaForge zückte den Betäubungsstab. Dorn hatte ihren Schlagring übergestreift und zog einen Peitschenschläger unter ihrer Weste hervor. Sie drückte auf den Kontrollknopf, und die Peitsche aus einer flexiblen Legierung sprang mit ihrer vollen Länge von achtzig Zentimetern heraus. Die Waffe gehörte zur Standardausrüstung des Sicherheitspersonals, und Riker hatte nicht gewußt, daß sie sie mitgenommen hatte, doch nun war wohl kaum der richtige Zeitpunkt, sich darüber den Kopf zu zerbrechen. Die beiden anderen Männer hatten ebenfalls Messer gezogen, und Riker hörte auch hinter sich Bewegungen. Er konnte nur hoffen, daß keiner der Angreifer über Phaser oder Projektilwaffen verfügte.

LaForge drehte sich schnell zu den Leuten hinter ihnen um. Riker ließ die vor ihnen nicht aus den Augen, und Dorn drehte sich leicht zur Seite, damit sie schnell sowohl vorn als auch hinten eingreifen konnte. Plötzlich sahen die Männer, die ihnen in den Weg getreten waren, nicht mehr so selbstsicher aus.

»Ihr seid nur drei, wir sind aber sechs«, sagte derjenige, der auch zuvor gesprochen hattet. »Wie schätzt ihr eure Chancen ein?«

»Ach, in etwa ausgeglichen«, sagte eine andere Stimme, und zwei der Männer hinter dem Außenteam stöhnten auf und erstarrten, als Katana hinter sie trat und ihnen Injektionen verpaßte. Als die beiden zusammenbrachen, drehte der dritte sich schnell um, doch die Kybridin packte ihn mit der robotischen Hand an der Kehle und brach ihm mühelos das Genick, bevor er auch nur ein Geräusch von sich geben konnte. Die restlichen drei Angreifer liefen davon; offensichtlich gefiel ihnen die plötzliche neue Entwicklung ganz und gar nicht.

Dorn drehte sich zu der Kybridin um und hielt ihre Peitsche bereit. Riker legte seine Hand beschwichtigend auf ihren Oberarm. Gleichzeitig steckte er das Messer wieder ein. »Danke«, sagte er. »Ich bin Ihnen etwas schuldig.«

»Sie sind mir *drei* Gefallen schuldig«, erwiderte die Kybridin und schaute zu den Leichen zu ihren Füßen. »Ich habe sie von der Straße aus gesehen, als sie euch in die Gasse folgten. Ich wollte nicht, daß Sie glauben, ich hätte Sie reingelegt.«

LaForge betrachtete die drei Männer auf dem Boden ebenfalls. »Was haben Sie ihnen gegeben?« fragte er, womit er sich auf die beiden bezog, denen sie Injektionen verpaßt hatte.

Die Kybridin zuckte mit den Achseln. »Einen kleinen Cocktail«, erwiderte sie. »Und ich verwässere meine Drinks nicht.«

»Den Eindruck habe ich auch«, sagte LaForge unbehaglich.

»Das war schnelle Arbeit«, sagte Riker. »Ich bin beeindruckt.«

»Ich auch«, erwiderte Katana. »Ich wollte sehen, was ihr tun würdet. Ihr drei gebt nicht klein bei, was?«

»Hab ich noch nie getan«, sagte Riker. »Außerdem haben wir nicht viel Geld, und es muß reichen, bis wir ein anderes Schiff finden. Ich hab den Eindruck, daß dieses Viertel ziemlich teuer werden könnte.«

»Na, in dem Fall kann ich euch ja eine Runde ausgeben.«

»Danke, aber Sie haben schon mehr als genug getan«, sagte Riker.

»Nicht der Rede wert. Wie ich schon sagte, ich wollte nicht, daß ihr glaubt, ich hätte was damit zu tun. So groß ist die Zone nun auch wieder nicht, und ich habe einen Ruf zu verlieren. Kommen Sie schon, Sie Heißsporn, ich gebe Ihnen einen aus.« Sie griff nach seinem Arm. Riker wich unwillkürlich zurück. Sie fixierte ihn mit einem Blick aus den beunruhigenden, kristallklaren bionischen Linsen. »Keine Angst, Schatz, ich steche nicht.«

»Ja. Das hat der Skorpion zu dem Frosch auch gesagt«, erwiderte Riker.

»Was?«

»Das ist aus einem alten Volksmärchen. Nicht weiter wichtig.« Riker ließ zu, daß sie seinen Arm nahm. »Tut mir leid«, sagte er. »Ist nicht persönlich gemeint. Aber ich habe noch nie jemanden wie Sie getroffen.«

»Es gibt auch keinen wie mich«, sagte sie und fügte

dann leise hinzu: »Nicht mehr.« Sie warf einen Blick auf die Waffe, die Dorn noch in der Hand hielt. »Das ist ein Schlagstock von der Starfleet-Sicherheit«, sagte sie.

»Ja«, erwiderte Dorn. »Hab ihn bei einem Kampf auf Abraxis IV erbeutet und behalten. Manchmal erweist er sich als wirklich nützlich.«

»Abraxis IV, was?« sagte Katana, während sie zu der Bar gingen. »Ich hab gehört, dort soll es ziemlich rauh zugehen.«

»Ich habe rauhere Häfen gesehen«, erwiderte Dorn.

»Tja, Schwester, viel rauhere als den hier gibt's nicht«, sagte die Kybridin. Wie als Bestätigung ihrer Worte wurde die Tür der Bar aufgestoßen, als sie sich ihr näherten, und jemand flog auf die Gasse. Der Raumfahrer landete zusammengekrümmt auf dem Boden und blieb stöhnend liegen. Katana trat einfach über ihn hinweg, ohne ihn eines zweiten Blickes zu würdigen. Riker und die anderen folgten ihr.

Von außen war der Fliegende Holländer nur an einem geschnitzten Holzschild zu erkennen, das über einer nicht lackierten Stahltür hing, von einer kleinen Lampe über dem Türrahmen beleuchtet wurde und den Namen der Bar und die grobschlächtige Darstellung eines antiken Segelschiffs zeigte. Sonst nichts. Keine digitronischen Displays, nicht einmal Fenster. Es war eine Kneipe, nach der man hier, am Ende einer Gasse, fernab von der funkelnden Hauptstraße der Zone, buchstäblich suchen mußte. Aber innen sah die Bar ganz anders aus.

Riker hatte eine dunkle und schmuddelige Kaschemme erwartet, in der die Gäste an der Bar über ihren Drinks kauerten und an den Tischen ihren Rausch ausschliefen. Statt dessen schlugen, als sie eintraten, blitzende Lichter und der pochende Lärm lauter Musik auf sie ihn, der von einer Liveband auf einer Bühne stammte, die von einer bruchsicheren Polymerabschirmung geschützt wurde. Der Grund für den Schild wurde fast sofort offensichtlich, als eine auf einen der Musiker gezielte

Flasche zur Bühne flog. Der Synthezizer-Spieler reagierte nicht einmal, als die Flasche, ohne Schaden anzurichten, an dem Schutzschild zerbrach und ihn mit Schaum und einer bernsteinfarbenen Flüssigkeit benetzte.

In dem Raum befanden sich mehrere erhöhte Bühnen, auf denen sowohl K'tralli- als auch Menschenfrauen tanzten und provokante Strips hinlegten. Auch auf der Bar waren mehrere Tänzerinnen aktiv. Sie wurden nicht durch Abschirmungen von den Gästen getrennt, und Körperkontakt zwischen den Tänzerinnen und den Gästen war offensichtlich gestattet – für ein Trinkgeld, dessen Höhe das Ausmaß des Kontaktes zu bestimmen schien. Doch als die Neuankömmlinge sich den Weg zwischen den Tischen bahnten, wurde einer der Gäste für den Geschmack einer Tänzerin etwas zu zudringlich. Sie wehrte sich, und sofort fielen zwei sehr große Männer über den rowdyhaften Gast her und schmetterten seinen Kopf gegen die Vorbühne. Er brach blutend und bewußtlos zusammen, und die anderen Gäste an der Bühne gaben der Tänzerin sofort großzügige Trinkgelder.

»Wollen Sie einen Tisch mit Blick auf die Bühne?« fragte Katana und sprach dabei lauter, damit Riker sie überhaupt verstand.

»Mir wäre einer lieber, an dem es ruhiger ist«, erwiderte er genauso laut.

»Hier entlang«, sagte sie und begab sich zum hinteren Teil der Bar, wo einige Tische standen, die auf drei Seiten von Raumteilern umgeben waren. Bei den Raumteilern handelte es sich offensichtlich auch um Schalldämpfer, denn als sie in einer der Nischen Platz nahmen, senkte der Geräuschpegel sich immerhin so weit, daß sie sich unterhalten konnten.

»Na, was haltet ihr davon?« fragte Katana. »Eine ehrliche, schnörkellose Raumfahrerbar. Keine Tricks, keine Mätzchen, keine Holos, nur guten Schnaps, gutes Essen und ehrliche Unterhaltung.«

»Das nennen Sie Unterhaltung?« fragte Lieutenant Dorn und betrachtete voller Abscheu die Stripperinnen, die ihre Becken kreisen ließen.

»Schätzchen, wenn das nicht Ihr Geschmack ist, müssen Sie es nur sagen, und ich besorge Ihnen einen netten Kerl, der nur für Sie auf dem Tisch tanzt.«

»Danke, ich verzichte«, sagte Dorn verdrossen. »Und nennen Sie mich nicht ›Schätzchen‹.«

»Wie Sie wollen«, sagte sie und drehte sich zu Riker um. »Was möchten Sie trinken, Heißsporn?«

»Sie schmeißen die Runde«, sagte er. »Ich bin nicht wählerisch.«

»Ach, wirklich? Da hab ich aber was anderes vermutet«, sagte Katana und grinste wie ein Wolf. Sie winkte eine Bedienung herbei. Eine junge K'tralli, die kaum mehr trug als die Tänzerinnen, kam zu ihrem Tisch.

»Hallo, Shooter«, sagte sie. »Was darf's sein?«

»Einen Krug *Bahari*, S'bele, und vier gekühlte Becher.«

»Kommt sofort.« S'bele ließ den Blick anerkennend über Riker gleiten und lächelte vielsagend, bevor sie wieder abzog.

»Ich glaube, Sie gefallen ihr«, sagte Katana und stieß Riker an. »Wenn das auf Gegenseitigkeit beruht, könnte ich was arrangieren.«

»Nein, danke«, sagte Riker. »Darauf habe ich es nicht abgesehen.«

»Ach?« sagte Katana. »Das falsche Geschlecht?«

»Das richtige Geschlecht, die falsche Priorität«, sagte Riker.

»Wirklich? Worauf *haben* Sie es denn abgesehen?«

»Auf ein Schiff«, sagte Riker. »Für mich und meine Kollegen.«

»Kann die Gewerkschaft denn keine freien Stellen vermitteln?«

»Freie Stellen gibt es schon«, sagte Riker, »aber nicht für uns.«

»Hm. Ich glaube, allmählich verstehe ich«, sagte Katana. »Was haben Sie angestellt, Heißsporn? Sind Sie wegen Faulheit rausgeflogen?«

»So was in der Art«, sagte Riker. »Auch wenn es Sie nichts angeht.«

»Na, spricht man so mit jemandem, der gerade eine Runde schmeißt?« fragte sie.

»Sie haben recht«, sagte Riker. »Tut mir leid. Ich bin wohl etwas gereizt. War nicht böse gemeint.«

»Schon gut.« Sie musterte sie nacheinander. »Ihr alle drei seid vom selben Schiff geflogen, was? Steht euch eine Anklage ins Haus?«

»Nein«, sagte Riker und zog eine Masse. »Zu großer bürokratischer Aufwand. Unser Captain wollte deshalb keine Verspätung riskieren.«

»Also hat er euch einfach rausgeschmissen und euch mit seiner Arbeitsbewertung alles versaut, was?«

»Für eine Nutte scheinen Sie aber viel darüber zu wissen«, sagte Dorn.

Katana richtete ihre bionischen Linsen auf sie. Ihr Blick war ausdruckslos und undeutbar, aber sehr direkt. Dorn schreckte nicht davon zurück. »Ich kenne mich mit vielen Dingen aus«, sagte Katana. »Das kommt davon, wenn man hier lebt. Es ist sogar möglich, daß ihr von meinem Wissen profitieren könnt, falls ihr langsam mal eine andere Einstellung findet.« Sie wandte sich LaForge zu. »Sie sagen nicht sehr viel, was?«

Geordi zuckte mit den Achseln. »Schon, wenn ich was zu sagen habe.«

Katana nickte anerkennend. »Klug.« Sie wandte sich Dorn zu. »Sie könnten von ihrem Kumpel hier was lernen.« Sie wandte sich wieder LaForge zu. »Das ist ein VISOR, oder?«

»Stimmt«, sagte Geordi. »Ich wurde blind geboren.«

Katana nickte. »Die Firma, für die ich mal gearbeitet habe, hat Patente für einige dieser Mikroschaltkreise. Was für einen Dienstgrad haben Sie?«

»Chefingenieur«, sagte LaForge.

»Wirklich? Und eure Captain hat euch *rausgeschmissen*? Gute Ingenieure findet man nicht so leicht. Verdammt, was habt ihr angestellt, eine Meuterei angezettelt?«

»Wissen Sie, Sie stellen eine Menge Fragen, erzählen aber kaum etwas von sich«, sagte Riker.

»Nein, ich habe gerade drei Hafenratten für euch umgebracht, Heißsporn«, erwiderte sie. »Damit habe ich mir wohl ein paar Antworten verdient. Meinen Sie nicht auch?«

»Habe verstanden«, erwiderte Riker. »Was wollen Sie wissen?«

»Wie wäre es für den Anfang mal mit euren Namen?«

»Bill Stryker, ehemals Erster Offizier des Föderations-Handelsraumers *Phoenix*. Und meine Kollegen George LaBeau« – Geordi nickte ihr zu – »und Angie Thorn, Beschaffungsoffizier und Schiffsärztin.«

»Bei solchen Qualifikationen müßt ihr wirklich einen gewaltigen Bock geschossen haben, um einfach rausgeworfen zu werden«, sagte Katana. »Also raus damit. Was habt ihr angestellt?«

»Wir wurden erwischt, als wir Fracht umgeleitet haben«, sagte Riker.

»Umgeleitet, was? So kann man es wohl auch ausdrücken«, erwiderte die Kybridin grinsend. »Laßt mich mal raten. Sie waren Erster Offizier, und mit Thorn als Beschaffungsoffizier konnten Sie Frachtbriefe manipulieren und Schadensberichte fälschen, was?« Sie sah LaForge an. »Und als Chefingenieur war es Ihnen problemlos möglich, die geraubte Fracht auf dem Maschinendeck zu verstecken, bis ihr irgendwo landet und sie einem Käufer übergeben könnt. Lief es so ähnlich ab?«

»Es lief *genauso* ab«, sagte Geordi. »Verdammt, woher wissen Sie das?«

Katana grinste. »Ich bin viel herumgekommen, LaBeau. Ich habe nämlich nicht immer in der Zone gearbeitet und war Crewmitglied auf einigen Schiffen. Das hört sich doch nach einer ganz guten Masche an. Wieso seid ihr erwischt worden?«

»Wir haben zu viele Versicherungsansprüche für beschädigte Frachten eingereicht«, sagte Riker. »Jemand schöpfte Verdacht und versteckte einen Sender im Frachtgut.«

»Und eine Ladung, die angeblich beschädigt oder zerstört wurde, tauchte irgendwo auf, wo sie nichts zu suchen hatte«, sagte Katana und nickte. »So fliegt man meistens auf. Die Leute werden zu gierig. Es ist nichts daran auszusetzen, gierig zu sein«, fügte sie schnell hinzu. »Man muß nur wissen, ob man damit durchkommt oder nicht.«

»Wieso arbeiten Sie in einem Freihafen auf der Straße, wenn Sie eine solche Expertin sind?« fragte Dorn.

Katana fixierte sie erneut mit diesem erbarmungslosen kristallinen Blick. »Weil ich es so will, *Schätzchen*«, sagte sie und betonte das letzte Wort absichtlich. »Ich verkaufe nicht nur tolle Erlebnisse, sondern handle auch mit Informationen. Außerdem bin nicht *ich* in K'trin rausgeworfen worden und gestrandet, oder?«

»Immer mit der Ruhe«, sagte Riker. »Sie ist nur etwas nervös, das ist alles.«

»Nein, das ist nicht alles«, sagte Katana geradeheraus. »Sie mögen mich nicht, nicht wahr, Thorn? Sie halten mich für irgendeinen Freak, oder?«

»Das habe ich nicht gesagt«, erwiderte Dorn barsch. »Sondern Sie.«

»Immer mit der Ruhe, habe *ich* gesagt«, warf Riker scharf ein. »Das gilt für alle beide. So etwas bringt uns nicht weiter.« Er wandte sich an Katana. »Sie scheinen sich hier auszukennen. Und Sie haben gesagt, Sie handeln mit Informationen. Wir haben nicht viel Geld, würden aber dafür bezahlen, wenn Sie uns mit irgend jemandem zusammenbringen, der uns Arbeit auf einem Schiff gibt, das den Planeten verläßt.«

»Ja? Und was dann?« fragte Katana. »Bei dem, was ihr durchgezogen habt, heuert euch doch nur ein Captain an, der entweder verzweifelt Leute braucht oder selbst ein

Schurke ist. Wenn er verzweifelt Leute braucht, seid ihr Geschichte, sobald er in einem anderen Hafen Ersatz für euch findet, und dann seid ihr wieder genau da, wo ihr angefangen habt. Und wenn er ein Schurke ist, müßte er mal sein Gehirn untersuchen lassen, wenn er euch anheuern würde; denn mit euren Personalakten würde er nur unnötig auf das Ding aufmerksam machen, das er gerade abzieht. Sehen Sie es ein, Stryker, ihr drei habt euch mit eurem Betrug selbst aus der Handelsflotte geworfen.«

»Sie wollen also sagen, Sie können uns nicht helfen?« fragte Riker.

»Hören Sie mir *zu*, Stryker?« erwiderte sie. »Wachen Sie auf und lernen Sie, wie der Hase läuft, Heißsporn. Es ist *vorbei*. Ihr drei habt eure Karrieren soeben das Klo runtergespült. Ihr habt nur noch die Chance, euch auf einer Rostlaube von Frachter zu verpflichten, bei einem Skipper, der finanziell am Ende ist und Giftmüll oder irgendeinen anderen Dreck transportiert, den niemand sonst anfassen will. Ihr bedient dann eine Route, die so weit von den Schiffahrtslinien entfernt ist, daß der einzige Freihafen, den ihr noch mal sehen werdet, eine Kuppel auf einem beschissenen Asteroiden ist. Sehen Sie es ein, ihr habt gespielt und verloren.«

»Sprechen Sie ruhig frei von der Leber weg«, sagte Riker. »Rücken Sie raus damit, was Sie wirklich denken.«

Sie lächelte. »Ich bin nur ehrlich zu Ihnen, Heißsporn. Aber wer weiß, vielleicht ist das ja nicht das Ende der Welt.«

»Was meinen Sie damit?«

Die Kybridin zuckte mit den Achseln. »Verdammt, das hier ist die Grenze. Sehen Sie sich um. Die Zone hat alles mögliche zu bieten. Es gibt hier eine Menge Gelegenheiten für Leute, die wissen, wie sie sie nutzen können.«

»Sie meinen, wie diese Hafenratten, die gerade versucht haben, uns auszunehmen?« sagte Riker und schnaubte spöttisch. »Das ist nicht gerade meine Vorstellung von einer ertragreichen Karriere.«

»Verdammt, davon habe ich nun wirklich nicht gesprochen«, sagte Katana. »Das waren doch nur kleine Fische. Bei euren Qualifikationen könnt ihr was Besseres aufreißen.«

»Wenn Sie irgend etwas im Sinn haben – ich bin ganz Ohr«, sagte Riker.

Die Kellnerin brachte die Getränke, warf Riker erneut einen sinnlichen Blick zu und ging wieder.

»Trinken sie in Ruhe aus«, sagte Katana und erhob sich. »Ich höre mich mal ein bißchen um.«

»Was ist für Sie dabei drin?« fragte Riker.

Sie grinste. »Wir werden uns bestimmt einigen. Haut nicht ab, ich bin gleich wieder da.«

Sie sahen ihr nach, wie sie sich den Weg durch die Menge bahnte. »Sie wollen diesem Kybriden-Miststück doch wohl nicht vertrauen?« fragte Dorn.

»Ich vertraue nur darauf, daß sie ihre eigenen Interessen verfolgt«, erwiderte Riker. »Aber in diesem Fall könnten ihre Interessen auch die unsrigen sein.«

»Solange sie ihre Hände dort läßt, wo ich sie sehen kann«, sagte LaForge unbehaglich. »Diese Lady macht mich sehr nervös.«

»Sie ist keine Lady«, sagte Dorn.

»Bis jetzt ist sie jedenfalls die beste Spur, die wir haben«, sagte Riker.

»Was hat sie wohl vor?« fragte LaForge.

»Sie wird versuchen, einen Kontakt zu vermitteln und von beiden Seiten zu kassieren«, erwiderte Riker.

»Ja, aber was für einen Kontakt?« fragte LaForge.

»Das werden wir früh genug herausfinden«, sagte Riker. »Ich vermute, sie hat Beziehungen zum örtlichen Schwarzmarkt. Die Drogen, die sie in ihren eingebauten Injektoren mit sich herumschleppt, sind nicht gerade an jeder Ecke erhältlich. Morphetomin von Laborqualität ist ein Schwarzmarkt-Medikament und nicht gerade billig.«

»Sie wären überrascht, wenn Sie wüßten, was man in der Zone alles kriegen kann«, sagte Dorn.

»Vielleicht«, sagte Riker, »aber exotische Drogen wie Zerebrokain und Ambrozid sind wirklich nicht überall erhältlich. Um die herzustellen, braucht man ein hochmodernes pharmazeutisches Labor. Und das läßt sich nicht so einfach verstecken.«

»Wenn man nicht gerade eine Regierung hat, die einfach wegschaut«, sagte LaForge.

»Oder vielleicht eine Tarnvorrichtung«, sagte Dorn.

»Sie meinen Blaze' *Schiff?*« fragte LaForge.

»Denken Sie doch mal drüber nach«, sagte Dorn. »Wenn J'drahn oder T'grayn dulden, daß auf D'rahl oder irgendeiner anderen K'tralli-Welt illegale Drogen hergestellt werden, müssen sie sich noch immer über den Vertrieb Gedanken machen. Sie müssen die Drogen von dem Labor in irgendein Lager und von dort auf die anderen Planeten schaffen.«

»Vielleicht arbeiten sie mit verbrecherischen Handelskapitänen oder kleinen Unabhängigen zusammen«, sagte LaForge.

»Vielleicht«, sagte Dorn, »aber das wäre riskant. Sollte einer davon erwischt werden, würde die gesamte Operation auffliegen. Wenn man andererseits ein Labor an Bord eines *Schiffes* einrichtet, würde man nicht mal dann, wenn etwas schiefgeht, mit einer illegalen Fabrik im eigenen Hinterhof auffliegen. Und wenn man der Mittäterschaft angeklagt wird, läßt sich kaum etwas beweisen. Man kann einfach alles abstreiten.«

»Sie haben einen sehr verschlagenen Verstand, Lieutenant«, sagte LaForge.

»Den bekommt man unweigerlich, wenn man nur lange genug hier herumhängt«, erwiderte sie trocken.

»Es wäre durchaus möglich«, sagte Riker nachdenklich. »Auf einem Schiff der Constitution-Klasse kommt er mit einer kleineren Crew und weniger Annehmlichkeiten aus und könnte die Labors in überzähligen Mannschaftsquartieren einrichten. Und er könnte mit den gestohlenen Frachten die Rohmaterialien bezahlen, die er braucht.«

»Und wo könnte man ein illegales Labor, in dem Drogen hergestellt werden, besser verstecken als auf einem getarnten Schiff?« fragte LaForge.

»Es ist vielleicht etwas weit hergeholt«, sagte Riker. »Aber von irgendwem muß Katana sich ihren Nachschub beschaffen. Und wer auch immer ihr Lieferant ist, ein kleiner Fisch ist er auf keinen Fall. Vielleicht sind wir auf der richtigen Spur.«

»Und wie geht es nun weiter?« fragte Dorn.

»Wir müssen ihr Spiel mitspielen«, sagte Riker. »Sie können darauf wetten, daß ihre Kontaktperson uns erst einmal überprüfen wird.«

»Und was er in den offiziellen Dateien findet, bestätigt alles, was wir gesagt haben«, warf LaForge ein. »Bei uns scheint es sich wirklich um drei unehrliche Raumfahrer zu handeln, die erwischt wurden und nun mit dem Rücken zur Wand stehen.« Er verzog das Gesicht. »Allmählich glaube ich fast selbst daran.«

»Das müssen Sie auch, wenn wir diese Sache durchziehen wollen«, sagte Riker. »Wir bewegen uns auf sehr dünnem Eis und können uns keinen Ausrutscher leisten.«

Kurz darauf kam Katana zurück. »Vielleicht habt ihr Glück«, sagte sie. »Es ist möglich, daß meine Kontaktperson etwas für euch hat.«

»Worüber genau sprechen wir hier?« fragte Riker.

»Es ist noch zu früh, um schon in die Einzelheiten zu gehen«, erwiderte sie ausweichend. »Ich weiß wirklich nicht, was meine Kontaktperson im Sinn hat, aber es klang ganz so, als könnte sie euch etwas anbieten, das euch interessieren wird.«

»Ich interessiere mich im Augenblick nur dafür, worauf ich mich einlasse«, sagte Riker.

»Haben Sie ein wenig Geduld, Stryker«, erwiderte sie. »So etwas braucht seine Zeit. Man muß ein paar Anrufe und Absprachen tätigen. Sobald ich von meiner Kontaktperson höre, vereinbaren wir ein Treffen, und dann erfahren Sie alle Einzelheiten.«

»Und wenn mir diese Einzelheiten nicht gefallen?« fragte Riker.

»Hat sich die Sache erledigt«, sagte Katana. »Aber es sieht nicht so aus, als hätten Sie noch viele Möglichkeiten, oder?«

»Nein«, sagte Riker. »Da haben Sie wohl recht. Na schön. Was machen wir bis dahin?«

»Halten Sie sich zur Verfügung«, sagte sie. »Sie können oben ein Zimmer kriegen. Es ist wahrscheinlich ein wenig laut, aber billig, wenn Sie nichts dagegen haben, es sich zu dritt zu teilen. Ich kann mit dem Geschäftsführer sprechen und ihn bitten, noch ein paar Pritschen hineinzustellen. Und Essen können Sie aus der Küche kriegen. Es ist nicht übel.«

»Und Sie kriegen Prozente, wenn wir uns hier einmieten, oder?« fragte Riker.

Sie zuckte mit den Achseln. »Jeder muß sehen, wo er bleibt. Aber wenn es Ihnen hier nicht gefällt, können Sie sich auch eine andere Bleibe suchen. Aber die wird nicht so billig sein.«

»Und während wir hier herumsitzen, warten und unser Geld ausgeben, verschwinden Sie einfach, was?« sagte Dorn.

»Das könnte ich«, gestand Katana ein, »aber dann würde ich die Provision verlieren, die ich dafür bekomme, daß ich den Kontakt hergestellt habe. Und das wäre kein gutes Geschäft, oder?«

»Wie lange werden wir warten müssen?« fragte LaForge.

Sie zuckte mit den Achseln. »Ich würde sagen, bis morgen oder übermorgen. Aber wenn mein Kontaktmann sagt, daß er was hat, dann hat er auch etwas. Wenn Ihnen der Handel nicht gefällt, haben Sie lediglich die Zimmermiete für zwei Tage bezahlt. Und die müssen Sie sowieso bezahlen, wenn Sie nicht hier im Sitzen schlafen wollen.«

Riker nickte. »Na schön, wir nehmen das Zimmer.

Aber bis ich etwas Genaueres erfahren, ist das auch alles, was wir nehmen.«

»Hört sich völlig fair an«, sagte Katana. »Ich besorge Ihnen das Zimmer. Sie können hier warten und was essen oder nach oben gehen. Aber bleiben Sie in der Nähe. Sobald man mir Bescheid gegeben hat, wird alles sehr schnell gehen, und ich will wissen, wo ich Sie finden kann.«

Sie verließ den Tisch erneut, um ein Zimmer für sie zu mieten.

»Woher sollen wir wissen, daß sie uns nicht an ein paar Hafenratten verkauft?« fragte Dorn.

»Das hätte sie auch draußen tun können«, erinnerte Riker sie. »Und wenn wir nur auf Nummer Sicher gehen, kommen wir auf keinen Fall weiter. Wir müssen versuchen, das Risiko so gering wie möglich zu halten. Wir vergewissern uns, daß keiner in diesem Raum auf uns wartet, wenn wir ihn betreten, durchsuchen ihn dann gründlich und schlafen abwechselnd. Einer von uns hält ständig Wache.«

»Mir wäre wohler, wenn ich einen Phaser hätte«, sagte LaForge.

»Mir auch«, sagte Riker, »aber wenn man uns durchsucht – und wir müssen damit rechnen, daß das irgendwann geschieht –, können wir kaum erklären, wie es uns gelungen ist, an Phaser heranzukommen.« Er sah Dorn an. »Sie können doch nicht noch mit weiteren Überraschungen wie dieser Peitsche aufwarten, oder? Wenn doch, will ich *jetzt* davon erfahren.«

»Sonst habe ich nichts mitgenommen«, erwiderte sie.

»Sollte ich herausfinden, daß Sie mich belogen haben, werde ich Sie wegen Insubordination belangen«, sagte Riker.

»Ich habe gesagt, sonst habe ich nichts mitgenommen, *Sir*«, erwiderte sie.

»Das war nicht sehr klug, Lieutenant«, sagte Riker. »Sie haben damit die gesamte Mission in Gefahr gebracht.«

»Sie hat mir die Erklärung abgekauft, wie ich an die Waffe gekommen bin«, rechtfertigte Dorn sich in übertriebener Weise.

»Darum geht es nicht, und das wissen Sie auch«, sagte Riker. »Ich habe für einzelgängerische Aktionen nichts übrig, Lieutenant. Ganz besonders nicht während einer solchen Mission. Haben Sie mich verstanden?«

»Jawohl, Sir.«

»Sie kommt zurück«, sagte LaForge, der Katana entdeckt hatte, die sich wieder ihrem Tisch näherte.

»Okay, alles klar«, sagte sie, als sie bei ihnen war. »Ich habe Ihnen ein Zimmer im dritten Stock besorgt, es dürfte also nicht allzu laut werden. Es ist nicht gerade eine Luxussuite, aber, wie ich schon gesagt habe, es ist billig.«

»Na schön, sehen wir es uns an«, sagte Riker und erhob sich.

»Keine Eile. Trinken Sie in Ruhe aus.«

»Wir gehen sofort«, sagte Riker.

Katana lächelte. »Was ist los, vertrauen Sie mir nicht?«

Riker erwiderte das Lächeln. »Ehrlich gesagt, nein«, erwiderte er. »Gehen Sie voran.«

Sie mußten den Raum durch eine Hintertür verlassen, gingen dann einen kurzen Korridor entlang und stiegen die Treppe zum dritten Stock hinauf. Es gab keinen Lift. Das Treppenhaus war schwach beleuchtet und nicht sehr sauber. Auf dem Weg nach oben kam ihnen eine Tänzerin entgegen, die gerade Geld zählte. Sie sah sie an und runzelte die Stirn, sagte aber nichts. Riker konnte sich denken, wozu die meisten Räume oben benutzt wurden.

Als sie den dritten Stock erreichten, führte Katana sie ein kurzes Stück einen Gang entlang und blieb dann vor einer Tür stehen. »Das ist Ihr Zimmer«, sagte sie und gab Riker den Schlüssel.

Er öffnete damit die Tür und trat dann zur Seite. »Nach Ihnen.«

Sie sah ihn an, doch ihren beunruhigenden, künstlichen Augen war nicht das geringste zu entnehmen. »Wie Sie wollen.« Sie drehte sich zur Tür um, und Riker stieß sie hindurch und folgte ihr dann schnell mit gezogenem Messer. In dem Zimmer war niemand.

»Zufrieden?« sagte Katana trocken.

Riker schaute sich um und stellte fest, daß es keine Verbindungstüren gab. Er steckte das Messer wieder ein und gab den anderen ein Zeichen; sie durchsuchten den Raum schnell, aber gründlich. »Es wird schon reichen«, sagte er, als sie fertig waren.

»Sie gehen nicht viele Risiken ein, was, Stryker?« sagte Katana lächelnd.

»Nicht, wenn ich es vermeiden kann.«

Sie nickte. »Ich glaube, Sie sind geeignet.«

»Wozu geeignet?«

Sie lächelte und trat zu ihm. »Das werden Sie früh genug herausfinden.«

Plötzlich tauchten auf der Schwelle hinter ihr zwei Männer auf. Riker griff schnell nach seinem Messer, doch Katana war noch schneller. Ihre Hand schoß zu seiner Wange empor, und ein leises, zischendes Geräusch erklang, als sie ihm mit einem ihrer eingebauten Injektoren eine Dosis verpaßte. Als LaForge und Dorn nach ihren Waffen griffen, feuerten die Männer in der Türöffnung Betäubungswaffen ab. Rikers Kameraden brachen zusammen.

»Sie ...« Riker packte Katana an der Kehle, doch sie nahm seine Hand und schob sie mühelos zurück. Er sank auf die Knie.

»Kämpf nicht dagegen an, Heißsporn«, sagte sie. »Wenn ich dir eine stärkere Dosis verpassen muß, wird dir nur schlecht davon.«

»Du verdammte ...«, sagte Riker schwerfällig, und dann kreiste der Raum immer schneller um ihn. Er verdrehte die Augen und fiel zu Boden.

5

»Das gefällt mir nicht, Jean-Luc«, sagte Gruzinov. »Sie gehen ein zu großes Risiko ein.«

»Wir sind hier, um Risiken einzugehen, Ivan«, erwiderte Picard, als sie den Transporterraum betraten. »Außerdem bin ich der Ansicht, daß Sie das mögliche Risiko überschätzen.«

»Das kann schon sein, aber mir gefällt es trotzdem nicht«, beharrte Gruzinov. »Sie haben zwei Außenteams auf D'rahl, zu denen Ihr Erster Offizier, Ihr taktischer Offizier und Sicherheitschef, Ihre Schiffscounselor *und* Ihr Chefingenieur gehören. Wenn irgend etwas schiefgeht, haben Sie gar keine Senior-Offiziere mehr an Bord.«

»Keineswegs. Sie werden feststellen, daß Mr. Data überaus fähig ist«, erwiderte Picard, »und auch Dr. Crusher hat Brückenerfahrung. Außerdem ist die Crew mehr als nur qualifiziert, sich mit jedem Notfall zu befassen, der während meiner kurzen Abwesenheit eintreten könnte.«

»Verdammt, Jean-Luc, darum geht es mir nicht, und das wissen Sie auch!« sagte Gruzinov eindringlich. »Unter diesen Umständen dürfen Sie das Schiff nicht verlassen! Und ganz besonders nicht allein auf den Planeten beamen! Das ist ein Verstoß gegen die Vorschriften!«

»Captain Gruzinov hat recht, Sir«, sagte Data. »Die Starfleet-Vorschriften besagen eindeutig, daß ...«

»Ich kenne die Vorschriften durchaus, Mr. Data«, unterbrach Picard den Androiden. »Aber sie können nicht auf diese besonderen Umstände angewandt werden. Ich lasse das Schiff nicht ohne einen Offizier zurück, der qualifiziert ist, während meiner Abwesenheit das Kommando zu führen. Während ich fort bin, hat Captain Gruzinov das Kommando. Und ich beame nicht auf feindliches Territorium hinab. Die Risikofaktoren bei dieser Situation sind minimal.«

»Sie suchen doch nur bei Haarspaltereien Zuflucht«, sagte Gruzinov. »Ich kommandiere eine Starbase. Ich habe nie ein eigenes Schiff gehabt. Es ist sogar schon Jahre her, daß ich auf einem gedient habe.«

»Und wie ich mich erinnere, waren Sie ein ausgezeichneter Offizier«, sagte Picard, »der qualifiziert ist, jede Brückenstation zu übernehmen. Ich glaube nicht, daß Sie das alles vergessen haben können.«

»Vielleicht nicht«, sagte Gruzinov, »aber es ist wirklich lange her. Und ich wurde bei Beförderungen wiederholt übergangen.«

»Ivan, wäre ich nicht völlig von Ihren Fähigkeiten überzeugt, würde ich Ihnen die *Enterprise* nicht übergeben«, erwiderte Picard. »Meines Erachtens liegt es nur an der zeitlichen Abstimmung und an zufälligen Gegebenheiten, daß man Ihnen kein Kommando über ein Schiff angeboten hat. Hätten Sie nicht das Kommando über die Starbase 37 akzeptiert, hätte man vielleicht Ihnen statt mir die *Enterprise* angeboten.«

»Ich mache mir keine solchen Illusionen, Jean-Luc«, erwiderte Gruzinov. »Aber mal ganz davon abgesehen ... was Sie vorhaben, könnte einen ernsten diplomatischen Zwischenfall schaffen. Z'grals Residenz wird bewacht. Er befindet sich praktisch unter Hausarrest. Wenn Ihr Besuch entdeckt wird, hätte J'drahn die Möglichkeit, Sie wegen Einmischung in ...«

»J'drahn ist kaum in der Lage, mir irgend etwas vorzuwerfen«, erwiderte Picard. »Er hat sowohl uns als auch seinem Volk gegenüber öffentlich verkündet, daß Oberst Z'gral bei schlechter Gesundheit und freiwillig in den Ruhestand gegangen ist. Sollte er einen offiziellen Protest einlegen, wäre ich imstande, diese Behauptungen öffentlich zu widerlegen.«

»Falls Sie nicht doch der Wahrheit entsprechen«, sagte Gruzinov.

»Sie haben mir versichert, daß sie nicht stimmen«, erwiderte Picard.

»Tja, ich bin zwar dieser Ansicht«, sagte Gruzinov, »aber Z'gral ist ein alter Mann, und es ist schon eine Weile her, daß er zum letzten Mal in der Öffentlichkeit aufgetreten ist. Er könnte tatsächlich krank geworden sein. Es ist sogar möglich, daß er schon tot ist.«

»Warum behauptet man dann weiterhin, daß er noch lebt?« fragte Picard. »J'drahn hat dadurch nichts zu gewinnen. Außerdem hat Counselor Troi den entschiedenen Eindruck gewonnen, daß T'grayn gelogen hat, als wir mit ihm sprachen und er behauptete, Oberst Z'gral sei bei schlechter Gesundheit. Sie hat noch nie etwas steif und fest behauptet, wenn sie sich ihrer empathischen Eindrücke nicht völlig sicher war.«

»Na schön, dann lassen Sie *mich* gehen«, sagte Gruzinov.

»Nein, Ivan, das wäre nicht klug«, sagte Picard. »Falls aus irgendeinem Grund tatsächlich etwas schiefgehen sollte, bin ich auf Ihre Kenntnisse der Gesetze und Politik der K'tralli angewiesen. Sollte ich erwischt werden, ist es durchaus möglich, daß man mich unter Arrest stellt, und dann sind Sie am besten dazu geeignet, J'drahn davon abzuhalten, etwas Törichtes zu tun. Sie kennen die Lage hier weitaus besser als jeder andere. Und falls Oberst Z'gral tatsächlich gegen seinen Willen festgehalten wird, wie wir vermuten, will ich ihn mit zurück an Bord bringen und ihm politisches Asyl gewähren. Unter diesen Umständen ist es viel besser, wenn ich die Hauptlast der Verantwortung für diese Entscheidung trage und nicht Sie.«

Gruzinov seufzte schwer. »Na schön, das hat etwas für sich. Aber im Prinzip läuft diese Aktion auf eine Gefangenenbefreiung hinaus. Also seien Sie um Gottes willen vorsichtig. Wenn Sie erwischt werden, könnte J'drahn Sie verhaften und erschießen lassen und dann behaupten, ein übereifriger Wachposten hätte Sie für einen Eindringling gehalten.«

»Deshalb wird mein Kommunikator ständig aktiviert bleiben, damit Sie und Mr. Data alles, was geschieht, überwachen und aufzeichnen können«, sagte Picard. »Selbst übereifrige Wachposten schießen nicht so einfach auf jemanden in einer Starfleet-Uniform, und falls ich ergriffen werden sollte, werde ich meine Gegner sofort darauf aufmerksam machen, daß sie belauscht werden. Sie werden es nicht riskieren, einem Starfleet-Captain etwas anzutun, Ivan. Schlimmstenfalls werden sie mich in Gewahrsam nehmen und Gouverneur T'grayn benachrichtigen, der nichts unternehmen wird, ohne zuvor Oberherr J'drahn zu informieren. Sehen Sie eine Schwäche in meiner Logik, Mr. Data?«

Der Androide schüttelte den Kopf. »Keine, Sir.«

»Zufrieden?« sagte Picard zu Gruzinov.

»Nehmen Sie wenigstens ein paar Sicherheitswächter mit«, sagte Gruzinov.

»Nein«, erwiderte Picard. »Meine Anwesenheit allein wird vielleicht nicht als Drohung empfunden, doch mehrere Personen vergrößern das Risiko, daß jemand nervös wird. Ich gestehe ein, es ist ein kalkuliertes Risiko, Ivan, aber ich habe es sorgsam abgewogen. Und wir brauchen Oberst Z'gral.«

Gruzinov nickte. »Ja, das befürchte ich auch. Der alte H'drun wird einfach auf niemanden sonst hören.«

»Dann wäre alles klar. Machen wir uns an die Arbeit«, sagte Picard und trat auf die Transporterfläche.

Data ging zum Kontrollpult hinüber.

»Haben Sie den Landsitz erfaßt, Mr. Data?« fragte Picard.

»Einen Augenblick, Sir, ich gebe die Koordinaten ein, die Captain Gruzinov mir genannt hat ...« Kurz darauf sagte er: »Ich habe ihn erfaßt, Sir.«

»Scannen Sie nach Lebensformen«, sagte Picard.

»Ich messe eine beträchtliche Anzahl von Lebensformen auf dem Gelände des Landsitzes an, Sir, wie auch in den Nebengebäuden, dem Erdgeschoß und dem ersten Stockwerk der Residenz selbst. Doch im zweiten Stock entdecke ich nur einen K'tralli, und zwar im Ostflügel.«

»Das wird Z'gral sein«, sagte Gruzinov.

»Geben Sie diese Koordinaten ein, Mr. Data, und halten Sie sich bereit«, sagte Picard.

»Koordinaten erfaßt, Sir. Bin bereit.«

»Energie«, sagte Picard.

In dem Augenblick, in dem Picard dematerialisierte, berührte Gruzinov seinen Insignienkommunikator und aktivierte ihn damit. »Gruzinov an Brücke«, sagte er.

»Hier Lieutenant Koski, Sir.«

»Überwachen Sie Captain Picards Übertragung«, sagte Gruzinov. »Wir werden sie ebenfalls von hier aus überwachen. Stellen Sie das Signal an die Datenbanken des Schiffes durch uns zeichnen Sie es ab sofort auf.«

»Aye, aye, Sir.«

»Gruzinov Ende.« Er nickte Data zu. »Legen Sie es auf die Bordlautsprecher, Mr. Data.«

»Aye, Sir.«

»Halten Sie den Transporterfocus ständig auf den Captain gerichtet, und holen Sie ihn sofort da raus, wenn etwas schiefgehen sollte«, sagte Gruzinov. »Und drücken Sie die Daumen.«

Data schaute verwirrt drein. »Beide, Sir?«

Gruzinov lächelte und hob eine Hand. »Nein, Mr. Data. Nur den hier.«

Data begriff nicht, tat aber wie geheißen.

»Und jetzt können wir nur hoffen, daß niemand etwas Dummes tut«, sagte Gruzinov.

Picard materialisierte in einem großen, luftigen und gut eingerichteten Wohnzimmer im zweiten Stock von Oberst Z'grals Residenz. Schnell schaute er sich um. Der

Boden bestand aus einem überaus kostbaren, auf Hochglanz polierten Parkett aus verschiedenen Holzarten, und die Wände wurden von Tapisserien geschmückt. In dem Raum standen einige gepolsterte, bequeme Sessel, prachtvolle Tierfelle lagen herum, und in der Mitte stand ein Sofa, vom dem aus man auf eine in die Wand eingebaute Unterhaltungskonsole schauen konnte. An einer Seitenwand befand sich ein großer, wundervoll geschnitzter Tisch mit einigen Stühlen, auf dessen Mitte eine Schale mit frischem Obst stand. Picard spürte eine sanfte Brise, die durch die offene Balkontür wehte.

Der Raum sah nicht einmal entfernt wie ein Gefängnis aus. Eher wie der palastartige Landsitz eines Aristokraten, und genau darum hatte es sich bei dem Anwesen einmal gehandelt. Gruzinov hatte ihm erzählt, daß das riesige Gut vor der Revolution die Privatresidenz eines K'tralli-Prinzen war. Nun waren die meisten alten Anwesen und Paläste Privatresidenzen der Gouverneure und hochrangigen Bürokraten in J'drahns Verwaltung. Es gab eine neue Ordnung, aber für das Volk der K'tralli hatte sich nicht viel geändert.

Picard hörte durch die offene Schlafzimmertür Klikkende Geräusche; dort arbeitete offensichtlich jemand an einer Computertastatur. Er trat leise zur Tür, schaute hindurch und sah eine Gestalt in einer reich bestickten Robe, die an einem Schreibtisch saß und ihm den Rücken zuwandte. Der Mann schien alt zu sein, denn sein Kopf war oben kahl, das bis über die Schultern fallende restliche Haar völlig weiß. Doch seine Schultern wirkten noch immer breit und kräftig; der Mann saß aufrecht auf seinem Stuhl. Es war nicht die Gestalt eines gebrechlichen und kranken Greises, dachte Picard, sondern die eines Mannes, der sich trotz seines Alters in einem ausgezeichneten körperlichen Zustand hielt.

»Oberst Z'gral?« sagte er.

Der Mann unterbrach das Tippen und drehte sich um. Seine dunklen Augen verrieten Überraschung, als er Picard sah, und er erhob sich sofort mit einer flüssigen Bewegung. Auch das, dachte Picard, ist nicht die Reaktion eines gebrechlichen alten Mannes. Seinem Gesicht merkte man das Alter zwar an, doch seine Augen waren hell und klar, und seine Haltung war die eines Soldaten. »Wer *sind* Sie?«

»Mein Name ist Captain Jean-Luc Picard, vom Föderationsraumschiff *Enterprise*. Gehe ich recht in der Annahme, daß Sie gegen Ihren Willen hier festgehalten werden?«

»Ein Föderationsraumschiff?« sagte Z'gral. »Bei den Göttern! Endlich! Ich hatte die Hoffnung fast schon aufgegeben. Ist J'drahn aus dem Amt entfernt worden? Wurde die Regierung gestürzt?«

»Nein, Oberst, leider nicht«, sagte Picard. »Auch aus diesem Grund habe ich Sie aufgesucht.«

»Wie viele Männer haben Sie mitgebracht?«

»Ich bin allein.«

»*Allein?* Sind Sie verrückt? Wie sind Sie an den Wächtern vorbeigekommen?«

»Ich habe mich von meinem Schiff direkt hierher beamen lassen«, erwiderte Picard. »Auf dieselbe Weise können wir Sie hier herausholen, Sir. Doch der Formalität halber müßte dies auf Ihre Bitte hin geschehen.«

»O ja, natürlich«, sagte Z'gral. »Ich muß um ... wie nennen Sie es ... politisches Asyl bitten?«

»Genau, Sir«, sagte Picard.

Z'gral nickte. »Dann spreche ich die Bitte hiermit aus, Captain«, sagte er. »Aber zuerst muß ich diese Computerdateien überspielen.« Er setzte sich wieder an den Schreibtisch. »Ich schreibe meine Memoiren, auch wenn ich nur wenig Hoffnung habe, daß jemand sie je zu lesen bekommt. Aber ich habe alles festgehalten, eine vollständige Auflistung von J'drahns ruchlosen ...« Auf dem Korridor näherten sich Schritte. Z'gral schaute auf. »Schnell, auf den Balkon!«

Picard drehte sich sofort um und lief auf den Balkon.

Er postierte sich neben der Türöffnung, damit man ihn vom Zimmer aus nicht als Silhouette wahrnehmen konnte. Er hatte sich gerade gegen die Wand gedrückt, als die Tür zu Oberst Z'grals Zimmer geöffnet wurde. Mehrere Wachen kamen hereinmarschiert, und Picard riskierte einen schnellen Blick in den Raum. Was er sah, ließ ihn sofort nach seinem Phaser greifen. Die Wachen trugen die Uniformen romulanischer Zenturios.

Picard drückte sich wieder gegen die Wand. Seine Gedanken rasten. Romulaner! Hier im Föderationsgebiet! Er schaute vom Balkon hinab. Draußen war es dunkel, doch im Licht der Scheinwerfer, die den Landsitz erhellten, konnte er weitere Wächter ausmachen, die dort unten patrouillierten. Und auch bei ihnen handelte es sich ausschließlich um Romulaner.

Er hörte, wie Z'gral die Wachen fragte: »Was wollen Sie?«

»Ihr Leben, Oberst«, erwiderte einer der Romulaner.

»Keine Bewegung!« sagte Picard und trat in das Zimmer. Als die überraschten Romulaner sich zu ihm umdrehten und ihre Intervaller hoben, feuerte Picard mit seinem Phaser einen breit gefächerten Strahl ab. Die Romulaner brachen geräuschlos zusammen.

»Sind sie tot?« fragte Z'gral.

»Nein, nur betäubt«, erwiderte Picard.

»Schade«, sagte Z'gral.

»*Enterprise* an Picard!« erklang Gruzinovs Stimme aus dem Kommunikator. »Jean-Luc, sind Sie in Ordnung? Was ist passiert?«

»Halten Sie sich bereit, *Enterprise*«, erwiderte Picard. »Oberst, wir müssen *sofort* aufbrechen.«

Z'gral hob den Chip hoch, auf den er seine Dateien überspielt hatte. »Ich bin bereit, Captain.«

»*Enterprise*, zwei Personen hochbeamen«, sagte Picard.

Er hörte Schritte, die den Gang entlangrannten. Das Geräusch des Phaserschusses mußte die Wachen unten alarmiert haben. Einen Augenblick später stürzten sie in den Raum, doch Picard und Z'gral waren bereits verschwunden.

»Was ist da unten geschehen? Ich habe gehört, daß Sie Ihren Phaser abgefeuert haben«, sagte Gruzinov, während er mit einem besorgten Gesichtsausdruck zu ihnen lief.

»Wir haben größere Probleme, als wir dachten«, sagte Picard grimmig, während er mit Z'gral von der Transporterfläche trat. »Ich kam gerade noch rechtzeitig, um Oberst Z'grals Ermordung zu verhindern. Durch romulanische Zenturios.«

»Romulaner!« sagte Gruzinov.

»Oberst Z'gral, ich glaube, Sie kennen Captain Ivan Gruzinov, den Kommandanten der Starbase 37?«

»Captain«, sagte Z'gral und nickte. »Ich danke Ihnen beiden. Ich verdanke Ihnen mein Leben.«

»Es ist mir in der Tat eine Freude, Sie lebend zu sehen, Oberst«, sagte Gruzinov. »Aber *Romulaner*? *Auf D'rahl?* Was ist mit den Wachen?«

»Die Wachen *waren* Romulaner«, sagte Picard. »Zumindest die, die ich gesehen habe.«

»Sie alle waren Romulaner, Captain Picard«, sagte Z'gral. »Die gesamte Wache.«

»Sämtliche Wachen?« fragte Gruzinov ungläubig.

»Können Sie uns in etwa sagen, wie viele es sind, Oberst?« fragte Picard.

»Zwei Kompanien romulanischer Zenturios«, sagte Z'gral.

In seinem Erstaunen griff Gruzinov auf seine russische Muttersprache zurück. *»Bosche moj!«* sagte er.

»In der Tat, mein Gott«, sagte Picard ernst. »Damit kann man ja einen Sturmangriff durchführen.«

»Der Landsitz war mehr als nur mein Gefängnis, Captain«, sagte Z'gral. »Mit seinen weiten Ländereien, den Nebengebäuden und hohen Mauern war er auch eine ideale Kaserne für sie. Und ein Übungsplatz. Hinzu kommt, daß jeder Flugverkehr über dem Gelände gesperrt war.«

»Was für Übungen?« fragte Picard.

»Angriffsübungen«, erwiderte Z'gral. »Sie haben mich oft des Nachts wachgehalten, als sie auf dem Gelände hin und her und durch die Gänge liefen. Ein romulanischer Tribun hat das Kommando. Er heißt Kronak.«

»Dann steckt Gouverneur T'grayn mit den Romulanern unter einer Decke?« sagte Picard.

»Man könnte wohl eher sagen, daß er ihr Lakai ist«, erwiderte Z'gral voller Abscheu. »Und J'drahn macht ebenfalls mit ihnen gemeinsame Sache. Er war schon immer korrupt, aber jetzt ist er zum Verräter geworden und verkauft sein Volk um seines eigenen Vorteils willen.«

»Das verändert alles«, sagte Picard besorgt. »Wir müssen sofort unsere Außenteams zurückholen. Mr. Data, setzen Sie sich mit Mr. Worfs Team in Verbindung und beordern Sie es augenblicklich auf das Schiff zurück. Dann rufen Sie Mr. Riker und ... nein, warten Sie, führen Sie diesen Befehl nicht aus. Wenn wir mit Riker Kontakt aufnehmen, riskieren wir, seine Tarnung auffliegen zu lassen und ihn in Gefahr zu bringen. Holen Sir Mr. Worfs Außenteam zurück, erfassen Sie dann Rikers Position und erstatten Sie mir auf der Brücke Bericht.«

»Aye, aye, Sir.«

»Oberst, wenn Sie so freundlich wären, mich zu begleiten ...«

»Mit Vergnügen, Captain«, sagte Z'gral.

Sie ließen Data im Transporterraum zurück und machten sich auf den Weg zum Turbolift.

»Oberst, seit wann sind die Romulaner schon auf D'rahl präsent?« fragte Picard.

»Das kann ich nicht genau sagen«, erwiderte der alte Soldat. »Die K'tralli, die mich bewacht haben, wurden aber unmittelbar vor dem letzten Befreiungstag abgezogen und durch romulanische Zenturios ersetzt.«

»Das war vor etwa drei Monaten«, erklärte Gruzinov.

»Drei Monate!« wiederholte Picard, erstaunt darüber, daß sie schon so lange auf dem Planeten waren.

»Doch ich glaube, die Romulaner müssen schon eine geraume Weile zuvor auf D'rahl präsent gewesen sein«, fuhr Z'gral fort. »Der Kontakt mußte insgeheim hergestellt werden, man mußte Vorkehrungen treffen ... Ich fürchte, sie sind schon wesentlich länger hier, Captain. Und mit ihren getarnten Schiffen war es ihnen ein leichtes, jede Entdeckung zu vermeiden.«

»Und unsere Sensoren können nicht zwischen den Biodaten von K'tralli und Romulanern unterscheiden«, sagte Picard grimmig. »Bei dieser politischen Situation hätte es keine idealeren Bedingungen für eine romulanische Infiltration geben können.«

»Ich verstehe nicht, warum sie sich ausgerechnet jetzt, nach so langer Zeit, entschlossen haben, mich zu töten«, sagte Z'gral.

»Der Grund dafür wird das Eintreffen der *Enterprise* gewesen sein«, sagte Gruzinov. »T'grayn muß in Panik geraten sein.«

»Oder die Romulaner haben ihn zum Handeln gezwungen«, sagte Picard. »Und jetzt habe ich sie zum Handeln gezwungen.«

»Die Frage lautet ... was werden sie tun?« sagte Gruzinov.

»Noch wichtiger ist, wo ist ihr Schiff?« fügte Picard hinzu.

»Vielleicht haben sie gar kein Schiff«, sagte Oberst Z'gral. »Als sie eintrafen, habe ich beobachtet, wie sie eine große Menge an Vorräten heranschafften. Genug, um mehrere der Nebengebäude damit zu füllen. Und seitdem hat es keine personellen Veränderungen gegeben.«

Picard atmete tief ein. »Dann haben wir vielleicht Glück«, sagte er. »Wenn sie von einem Kriegsvogel abgesetzt wurden und das Schiff dann wieder abflog, sind diese Truppen wahrscheinlich für einen langfristigen Einsatz in Stellung gebracht worden.«

»Eine Vorhut für eine Invasion?« fragte Gruzinov.

»Der Ansicht bin ich nicht«, sagte Picard, als sie aus dem Turbolift und auf die Brücke traten. »Warum einen Krieg anfangen, wenn man sein Ziel auch mit anderen Mitteln erreichen kann? Alles läuft wieder auf Blaze hinaus.«

»Auf Blaze?« fragte Z'gral mit einem verwirrten Stirnrunzeln.

»Ein Freibeuter, von dem wir annehmen, daß er von Gouverneur T'grayn unterstützt wird«, erklärte Picard. »Sein Schiff ist mit einer Tarnvorrichtung ausgerüstet. Es ist durchaus möglich, Oberst, daß ein Teil der Vorräte, die Sie gesehen haben, aus Geräten bestand, die für Blaze bestimmt waren.«

»Natürlich!« sagte Gruzinov. »Allmählich fügt sich alles zusammen. Sie haben Blaze ausgerüstet, damit er Schiffe der Föderation überfällt, und wußten dabei ganz genau, daß ein getarntes Piratenschiff Starfleet auf den Plan rufen wird. Wenn bewiesen werden kann, daß es eine Verbindung zwischen J'drahn und den Freibeutern gibt, wird man ihn vielleicht nicht gleich aus der Föderation ausschließen, aber zumindest Sanktionen gegen ihn verhängen, und das würde ihn zwingen, sich an die Romulaner zu wenden. Aber der Beweis, daß J'drahn daran beteiligt war, Blaze mit romulanischen Geräten und Waffen auszurüsten, würde auf *jeden Fall* für seinen Ausschluß sorgen. Dann hätten die Romulaner bereits eine Streitmacht an Ort und Stelle, die dafür sorgen wird, daß J'drahn tut, was man ihm befiehlt. So oder so, die Romulaner bekommen, was sie haben wollen.«

»Außer, es gelingt uns, die *Glory* im Kampf zu zerstören«, sagte Picard stirnrunzelnd. »Wenn wir Blaze' Schiff gemeinsam mit der Crew vernichten, gibt es keine handfesten Beweise. Aber die Romulaner werden auch diese Möglichkeit in Betracht gezogen haben.« Er schüttelte den Kopf. »Wir müssen irgend etwas übersehen.«

»Ich nehme an, keiner der Herren ist schon mal auf die Jagd gegangen«, sagte Z'gral.

Beide Captains drehten sich zu ihm um und sahen ihn an. »Nein«, bestätigte Picard verwirrt. Er sah Gruzinov an, doch der schüttelte lediglich den Kopf.

»Das habe ich mir gedacht«, sagte Z'gral. »Sonst wäre Ihnen nämlich etwas klargeworden. Wenn Sie beabsichtigen, ein lebendes Tier als Köder zu benutzen, um ein größeres Tier zu erlegen, müssen Sie das kleinere zuerst einmal fangen.«

Picard wechselte einen Blick mit Gruzinov. »Natürlich, ein Sündenbock. Sie *wollen*, daß wir Blaze' Schiff aus dem Verkehr ziehen«, sagte er, als es ihm langsam dämmerte.

»Aber ... wieso?«

»Wir hätten die *Glory* schon beim erstenmal erwischt, wäre Blaze nicht so clever gewesen, die *Wyoming* als Schild zu benutzen«, sagte Picard. »Und als er uns angriff, hat er uns völlig überrascht. Unsere Schilde waren nicht aktiviert. Doch trotz seines angeblichen Geschicks ist es ihm nicht gelungen, uns einen Schlag zu versetzen, der uns manövrier- oder kampfunfähig machte.«

»Ein Saboteur?« sagte Gruzinov, als ihm klar wurde, worauf Picard hinauswollte.

»Ein romulanischer Agent, der Blaze' Mannschaft infiltriert hat«, sagte Picard. »Man hat ihn lediglich eingeschleust, um sicherzustellen, daß im entscheidenden Augenblick irgend etwas an Bord der *Glory* schiefgeht, damit wir das Schiff erbeuten können.«

Sie wurden von Data unterbrochen, der sie aus dem Transporterraum rief.

»Hier Picard. Was gibt's, Mr. Data?«

»Sir, Lieutenant Worfs Außenteam ist zurück an Bord«, meldete der Androide. »Doch ich bin nicht imstande, Commander Rikers Gruppe zu lokalisieren.«

»Sie meinen, sie befindet sich nicht mehr in der Zone?« fragte Picard stirnrunzelnd. »Haben Sie versucht, den Suchradius auszuweiten?«

»Sir, ich habe bereits mehrere Sensorscans der gesamten Stadt vorgenommen«, erwiderte Data. »Sie befinden sich nicht mehr in K'trin. Danach habe ich mit den Fernsensoren gescannt und ein Signal gesendet, um ihre Kommunikatoren aufzuspüren. Das Signal wurde nicht empfangen, Sir. Es hat den Anschein, daß Sie sich nicht mehr auf dem Planeten befinden.«

Als Riker langsam zu sich kam, spürte er noch immer die Nachwirkungen der Droge. Er lag auf einer Koje. Er öffnete die Augen und blinzelte mehrmals, um wieder klar sehen zu können. Dann hörte er ein Stöhnen und setzte sich auf, aber etwas zu schnell. Der Raum begann sich zu drehen. Er stützte sich mit einem Arm ab, schloß die Augen und öffnete sie erst nach einer Weile wieder. Der Raum drehte sich nun nicht mehr, aber er fühlte sich noch immer ziemlich groggy.

Das Stöhnen erklang erneut. Dann sagte LaForge: »Mein Gott, was tut mir der Kopf weh.«

»Verdammt, wo sind wir?« fragte Lieutenant Dorn. Sie setzte sich auf, schwang die Beine langsam auf den Boden, stöhnte und nahm den Kopf in die Hände.

Gute Frage, dachte Riker. Er sah sich um. »Wir sind an Bord eines Schiffes«, sagte er.

Dorn schaute sich verwirrt um. »Sind wir etwa im *Bau*?«

LaForge betrachtete ihre Umgebung, musterte die Raumaufteilung und Bauweise – die Wände, die Lampen, die Belüftungsschlitze, das Energiefeld, das sie gefangen hielt – und sah dann Riker an. »O nein. Sagen Sie mir bloß nicht ...«

»Doch«, sagte Riker grimmig.

»Was sollen Sie ihm nicht sagen?« fragte Dorn.

Die Außentür des Zellentrakts öffnete sich, und Katana kam herein, gefolgt von den beiden Männern, die sie im Fliegenden Holländer überrascht hatten. Bei ihnen war ein dritter Mann, groß, schlank, von exotischem Aussehen und fremdartig gekleidet, mit langem, schwarzem Haar, scharfgeschnittenen Gesichtszügen und einer

Klappe über einem Auge. »Ich möchte Sie an Bord der *Glory* willkommen heißen«, sagte er. »Mein Name ist Captain Blaze. Ich entschuldige mich für Ihre Unannehmlichkeiten, und dafür, daß wir Ihnen die Waffen und Kommunikatoren abgenommen haben, aber ich wollte sicherstellen, daß Sie nichts Törichtes versuchen.«

»Captain Blaze?« sagte Riker. »Ich habe von Ihnen gehört. Sie sind der Freibeuter, der sämtliche Schiffe in diesem Sektor überfällt?«

Blaze lächelte. »Wie ich sehe, eilt mein Ruf mir voraus. Aber auch *Ihr* Ruf eilt *Ihnen* voraus.«

Riker verkrampfte sich. »Ach ja?«

»Sie sind Bill Stryker, ehemals Erster Offizier des Handelsschiffes *Phoenix*«, sagte Blaze. »Ich habe gehört, daß Sie und Ihre Freunde abgemustert haben, Stryker.«

Riker verspürte Erleichterung. Einen schlimmen Moment lang hatte er befürchtet, ihre Tarnung sei aufgeflogen. »Von ihr?« sagte er und warf Katana einen Blick zu.

»Und der Gewerkschaft der Handelsflotte«, erwiderte Blaze. »Es war kein Problem, dort anzurufen und um Zugang zu ein paar Dateien von Stellungsuchenden zu bitten. In diesem Hafen herrscht reger Betrieb, und bei so einer Routineanfrage hat man mich nicht mal um meinen Namen gebeten. Ihre Akten führen einige ziemlich interessante Aktivitäten auf. Schwarzmarkthandel, Versicherungsbetrug, Verschwörung ...« Blaze schüttelte den Kopf. »Sie scheinen ziemlich beschäftigt gewesen zu sein.«

»Was wollen Sie von uns?« fragte Riker.

»Sie haben gesagt, Sie suchen ein Schiff«, erwiderte Blaze. »Na ja, ich besitze zufällig eins. Und ich brauche zufällig auch qualifiziertes Personal, besonders einen fähigen Schiffsingenieur. Mein letzter wurde neulich im Dienst getötet. Ich brauche auch jemanden mit einer medizinischen Ausbildung, und ich hätte Verwendung für einen guten Kanonier. Haben Sie Interesse, sich für diese Positionen zu bewerben?«

»Sie meinen, wir haben eine Wahl?« sagte Riker.

»Na ja, nein, eigentlich nicht«, sagte Blaze. »Ich bin leider nicht in der Lage, eine Absage zu akzeptieren. Ich wollte lediglich höflich sein. Doch ich vermute, Sie akzeptieren lieber freiwillig und schließen sich einem äußerst profitablen Unternehmen an, statt die unangenehmen Konsequenzen einer Ablehnung in Kauf zu nehmen.«

»Die Worte ›äußerst profitabel‹ haben einen schönen Klang«, sagte Riker. »Einen viel schöneren als ›unangenehme Konsequenzen‹. Wir werden wohl akzeptieren.«

»Ausgezeichnet«, sagte Blaze. »Katana, wären Sie so nett, unsere neuen Mannschaftsmitglieder freizulassen?«

Die Kybridin schaltete das Energiefeld aus, und als sie vorsichtig aus der Zelle kamen, lächelte sie Riker an und sagte: »Willkommen an Bord. Ich habe doch gesagt, daß wir uns schon einigen werden.«

»Ja, das haben Sie«, sagte Riker, »doch hiermit habe ich allerdings nicht gerechnet. Gehören Sie auch der Crew an?«

»Erster Offizier«, erwiderte sie. »Damit bin ich Ihr vorgesetzter Offizier, Stryker. Ich bin hier ranghöher als Sie.«

»Muß ich Sie ›Sir‹ nennen?« fragte Riker trocken.

»An Bord dieses Schiffes legen wir keinen großen Wert auf solche Formalitäten«, sagte Blaze. »Mich dürfen Sie mit Captain ansprechen, und die anderen Mannschaftsmitglieder mit Namen, sobald Sie sie in Erfahrung gebracht haben. Auf diesem Schiff benutzen wir nicht die üblichen militärischen Ränge. Katana ist mein Erster Offizier, mein Navigator mein Zweiter, und so geht es dann mit dem Rest meiner Senior-Offiziere weiter. Wir halten es hier so einfach wie möglich.«

»Was ist mit unserem Besitz?« fragte Riker.

»Ach ja, Ihr wunderschönes Messer«, sagte Blaze lächelnd. »Ich muß es replizieren lassen. Wirklich eine ausgezeichnete Waffe. Ich werde es mit den anderen für Sie aufbewahren. Ihre Kommunikatoren wurden konfisziert und zerstört. Sie werden sie nicht brauchen, und da die Handelsflotte für meine Ergreifung eine beträchtliche Belohnung ausgesetzt hat, möchte ich nicht, daß eins meiner Mannschaftsmitglieder unnötig in Versuchung geführt wird. Alle Waffen werden in der Waffenkammer aufbewahrt und nur im Bedarfsfall ausgegeben. Allein ich und meine vertrauenswürdigen Senior-Offiziere tragen an Bord dieses Schiffes Waffen. Und die lassen sich nicht auf Betäubung einstellen.«

»Ich verstehe«, sagte Riker und stellte fest, daß Blaze an seiner Hüfte einen romulanischen Intervaller trug. Als Blaze sich umdrehte, folgte er ihm mit den anderen aus dem Zellentrakt. »Was hat es mit diesem ›äußerst profitablen‹ Teil auf sich?«

»Ach, das interessiert Sie, was?« sagte Blaze, als sie den Korridor entlanggingen. »Sie scheinen ein Mann nach meinem Herzen zu sein. Sie werden keinen regulären Lohn bekommen, wie Sie es bisher gewohnt waren. Doch wir haben mit unseren Mannschaftsmitgliedern eine sehr großzügige Gewinnbeteiligung vereinbart. Ich glaube, Sie werden schnell erkennen, daß diese Regelung vorteilhafter für Sie ist. Jedes Mannschaftsmitglied erhält den gleichen Anteil am Profit, den wir mit unseren Unternehmungen machen. Sie können ihn ausgeben, wie es Ihnen beliebt, wenn wir irgendwo anlegen, oder ein Konto eröffnen und das Geld für einen späteren Ruhestand sparen. Wenn Sie wollen, können Sie sogar in Aktien investieren.«

»Na klar, und Sie kontrollieren natürlich sämtliche Transaktionen«, sagte Riker.

»Ganz im Gegenteil«, erwiderte Blaze. »Wenn Sie wollen, berate ich Sie gern, aber Sie können auch die Finanzdatenbank nutzen, die wir an Bord haben, und Ihre eigenen Entscheidungen treffen. Sämtliche Finanz- und Vermögenstransfers werden elektronisch getätigt, durch Wirtschaftsinstitute hier im K'tralli-Sektor oder im Ferengi-System, die Transaktionen über Subraumkommunikation vornehmen, ohne Fragen zu stellen. Wir glauben an Bord der *Glory* an das freie Unternehmertum.«

»Tja, dafür bin ich auch«, sagte Riker lächelnd. »Aber war es wirklich nötig, uns zu shanghaien? Hätten Sie uns ein offenes Angebot gemacht ...«

»Hätte ich Ihnen ein offenes Angebot gemacht, hätten Sie es ablehnen können«, erwiderte Blaze. »Und ich betreibe kein Geschäft, bei dem ich offen Mitarbeiter anwerben kann, wie Sie sicher verstehen. Auch kommt es nicht jeden Tag vor, daß man Leuten mit Ihren Qualifikationen begegnet, die darüber hinaus noch eine so entschiedene Neigung zum Diebstahl aufweisen.«

»Sie haben gesagt, Ihr letzter Chefingenieur wäre ums Leben gekommen«, warf LaForge ein. »Was ist passiert?«

»Wir hatten eine kleine Meinungsverschiedenheit mit einem Raumschiff der Föderation«, erwiderte Blaze. »Man könnte sagen, sie endete gewissermaßen mit einem Patt. Ich beabsichtige allerdings, mich noch einmal mit dem Captain dieses Schiffes zu messen.«

»Sie haben ein Raumschiff der Föderation angegriffen?« täuschte Riker Erstaunen vor.

»Ja, die *Enterprise* unter Captain Jean-Luc Picard«, sagte Blaze. »Ein extravaganter Name für einen ziemlich durchschnittlichen Menschen. Aber er versteht etwas von seinem Fach, das muß ich ihm zugestehen. Ich werde Captain Picard nicht noch einmal unterschätzen.«

»Ihn unterschätzen?« sagte Riker. »Die *Enterprise* ist ein Raumschiff der Galaxy-Klasse. Sie haben Glück, daß er Sie nicht aus dem Himmel geschossen hat.«

»Glück hatte nur wenig damit zu tun, Stryker«, erwiderte Blaze. »Wenn überhaupt, dann hat Captain Picard Glück gehabt. Ich habe ihn mit deaktivierten Schilden und völlig unvorbereitet erwischt und hätte sein Schiff mit dem ersten Schuß manövrierunfähig machen müssen.«

»Haben Sie deshalb plötzlich einen Job für einen Kanonier frei?« fragte Riker.

Blaze sah ihn an und runzelte die Stirn. »Ihrer Akte zufolge, die mir die Gewerkschaft der Handelsflotte dankenswerterweise überließ, waren Sie an der Starfleet-Akademie bester Schütze Ihrer Klasse, bevor Sie wegen eines Verstoßes gegen den Ehrenkodex unehrenhaft entlassen wurden. Es handelte sich um Diebstahl, nicht wahr?«

»Na schön, Sie haben Ihre Hausaufgaben also gemacht«, sagte Riker. »Aber ich habe seit meiner Zeit an der Akademie hinter keiner Waffenkonsole mehr gestanden. Das ist schon lange her. Und Sie scheinen ziemlich wenig Verständnis für schlechte Schützen zu haben.«

Blaze lächelte. »Jeder kann mal einen Fehler machen, Stryker. Das kann ich verzeihen. Aber ich verzeihe weder Untreue noch Verrat. Mein ehemaliger Schütze war zu gut, um ein solches Ziel zu verfehlen. Und sein Patzer hat mich fast mein Schiff gekostet. Später fand ich heraus, daß das Zielsystem absichtlich falsch eingestellt war. Der Mann protestierte, er sei unschuldig, aber er war der einzige an Bord, der diesen Sabotageakt vornehmen konnte. Zweifellos hat ihn die von der Handelsflotte ausgesetzte Belohnung und das Versprechen auf Straffreiheit in Versuchung geführt. Es war wirklich bedauerlich. Er war ein ausgezeichneter Schütze.«

»Tja, ich bin kein Kanonier«, sagte Riker. »Ich war Erster Offizier der *Phoenix*. Ich habe Jahre gebraucht, um das Stigma meiner unehrenhaften Entlassung zu überwinden und mich durch die Ränge hochzuarbeiten. Mich begeistert die Idee nicht besonders, als niedriger Schütze zu arbeiten.«

»Mein Kanoniermaat ist einer der wichtigsten Mannschaftsmitglieder auf diesem Schiff, Stryker«, sagte Blaze. »Man begegnet ihm mit Respekt. Außerdem sind Sie wohl kaum in der Lage, mit mir über Ihren Posten zu streiten. Das ist nicht die Handelsflotte, sondern die *Glory*. Und auf diesem Schiff handhaben wir die Dinge ein wenig anders, wie Sie bald herausfinden werden.

Hier müssen Sie keine Untersuchungsausschüsse beeindrucken. Nur mich.«

»Und wenn Sie *meinen* Job haben wollen, Heißsporn«, fügte Katana hinzu, »müssen Sie ihn mir *wegnehmen*. Glauben Sie, Sie sind Manns genug dafür?«

Riker musterte sie ruhig. »Vielleicht werden wir das herausfinden«, erwiderte er.

»Jederzeit, sobald Sie sich der Sache gewachsen fühlen«, sagte sie.

»Wenn ihr beide damit fertig seid, die Muskeln spielen zu lassen«, sagte LaForge, »würde ich mir gern mal die technische Abteilung ansehen. Wenn *mein* Wohlergehen davon abhängt, dieses Schiff in Schuß zu halten, würde ich gern wissen, womit ich es zu tun habe.«

»Und das werden Sie auch«, sagte Blaze und winkte sie in den Turbolift. »Ich werde sie Ihnen persönlich zeigen, denn ich möchte Ihre Reaktion sehen.«

»Ich würde mir den Maschinenraum auch mal gern ansehen«, sagte Riker. »Es heißt, Sie hätten eine Tarnvorrichtung. Wenn das stimmt, würde ich gern wissen, wie Sie sie auf einem Föderationsschiff installiert haben. Das soll doch unmöglich sein.«

»Es *ist* unmöglich«, sagte LaForge. »Die Dilithium-Kristalle würden durchbrennen.«

»Das würden sie in der Tat«, sagte Blaze, »*falls* wir die Energie von einem Triebwerk der Föderation bekämen.«

»Falls?« hakte LaForge nach.

»Die *Glory* ist mit modifizierten romulanischen Triebwerken ausgestattet«, sagte Blaze.

»Das ist doch nicht Ihr Ernst«, sagte LaForge. »Woher wollen Sie denn romulanische Triebwerke haben?«

»Na, von den Romulanern natürlich«, sagte Blaze.

Sie traten aus dem Turbolift und gingen zum Maschinenraum weiter. Er ähnelte den technischen Abteilungen auf anderen Schiffen der Constitution-Klasse, war aber leicht modifiziert worden. LaForge ging sofort zur Warpantriebkonsole und aktivierte sie. Die anderen sahen zu, während er sie einen Augenblick lang fasziniert betrachtete und dann leise pfiff, als er auf dem Display eine Rißzeichnung der Triebwerksgondeln und Reaktanzinjektoren aufrief.

»Na, LaBeau? Was halten Sie davon?« fragte Blaze.

LaForge schüttelte den Kopf. »Ich brauche eine Weile, um mich mit dem System vertraut zu machen«, erwiderte er. »Ich habe noch nie mit romulanischen Triebwerken gearbeitet. Ich hab noch nicht mal Rißzeichnungen von ihnen gesehen! Verdammt, kein Mensch hat das! Aber wer auch immer dieses System für Sie zusammengebaut hat, er braucht sein Licht bestimmt nicht unter den Scheffel zu stellen.«

»Glauben Sie, Sie kommen damit klar?« fragte Riker.

LaForge schüttelte den Kopf. »Mir bleibt ja wohl nichts anderes übrig, oder?«

»Sie werden nicht völlig im Dunkeln tappen, LaBeau«, sagte Blaze. »Die Datenbank enthält eine vollständige Dokumentation über alle Modifikationen, und unsere Techniker können Ihnen helfen. Ich habe nicht erwartet, daß Sie sich sofort mit einer fremden Anlage zurechtfinden.« Er hob die Stimme. »Ragnar!«

»Aye, Cap'n«, kam die Antwort vom oberen Maschinendeck. Sie klang wie die Stimme des Jüngsten Gerichts. Riker schaute erschrocken in die Richtung, aus der sie gekommen war. Der Mann, zu dem diese Stimme gehörte, mußte groß *sein*.

»Kommen Sie runter und begrüßen Sie unseren neuen Chefingenieur!« rief Blaze.

Der größte Mann, den jemals einer von ihnen gesehen hatte, trat zum Geländer, schaute zu ihnen hinab und ging dann zur Treppe.

Dorn starrte ihn an. »Großer Gott!« sagte sie.

Als er näher kam, stellte Riker fest, daß er den Kopf zurücklegen mußte, um dem Mann ins Gesicht zu sehen. Er war volle zweieinhalb Meter groß, mußte über vierhundert Pfund wiegen und sah wie ein kleiner Panzer aus. Er hatte Arme wie Baumstämme und Beine, die fast so dick waren wie Rikers Oberkörper. Seine imposante nackte Brust und die Schultern waren mit schier unglaublich gut entwickelten Muskeln bepackt. Fast jeder Zentimeter seiner Haut war mit komplizierten Tätowierungen bedeckt. Sein Haar war so blond, daß es fast weiß zu sein schien, und so kurz geschnitten, daß man die Kopfhaut sehen konnte. Seine Augen waren von einem betörenden, unwahrscheinlichen Himmelblau. Die Schritte, mit denen er sich näherte, klangen wie Schläge auf eine Kesselpauke.

»Das ist kein Mensch«, sagte Dorn leise und ehrfurchtsvoll, »das ist ein Dinosaurier!«

»Das ist George LaBeau, unser neuer Chefingenieur«, sagte Blaze. »LaBeau, darf ich Ihnen den Chief Ihrer Technikercrew vorstellen, Ragnar Ragnarsson.«

LaForge schluckte, starrte zu dem Riesen hoch und streckte zögernd die Hand aus. »Freut mich, Sie kennenzulernen, Chief«, sagte er.

Das kalte, imposante Wikingergesicht verzog sich plötzlich zu einem breiten Grinsen, das absolut perfekte Zähne enthüllte, und augenblicklich verwandelte sich das Antlitz des gigantischen Chiefs. Es zeigte nun ein so warmes, ehrliches, offenes und freundliches Lächeln, daß es einfach ansteckend wirkte.

»Willkommen an Bord, Sir«, sagte er mit dieser unglaublich tiefen Baßstimme. Er nahm Geordis Hand, umschloß sie mit seiner riesigen Pfote und schüttelte sie sanft.

»Chief Ragnar wird Sie mit den anderen Mitgliedern Ihrer Technikercrew bekanntmachen«, sagte Blaze. »Dann wird er Sie zu Ihrem Quartier führen. Auf uns wartet eine Menge Arbeit, LaBeau. Nach unserem Zusammenstoß mit der *Enterprise* führen wir zur Zeit Reparaturen durch, und wir haben gerade ein paar neue Triebwerksteile bekommen, die eingebaut werden müssen. Ihre Aufgabe ist es, die *Glory* so schnell wie möglich raumflugtauglich zu machen. Für Sie und die gesamte Technikercrew ist ein Bonus drin, wenn Ihnen das innerhalb der nächsten zweiundsiebzig Stunden gelingt.«

»Ich tue mein Bestes, Captain«, sagte LaForge.

»Ausgezeichnet. Ich werde später nach Ihnen sehen. Die anderen kommen mit mir.«

»Das war der größte und furchterregendste Mensch, den ich je gesehen habe«, sagte Riker, als sie die technische Abteilung verließen. »Wo haben Sie ihn gefunden?«

»Hier an Bord der *Glory* stellen wir keine Fragen über die Vergangenheit anderer Leute«, sagte Blaze. »Aber ich kann Ihnen sagen, daß Ragnar trotz seiner Größe normalerweise eine der friedlichsten Seelen ist, die mir je untergekommen sind. Bis er die Beherrschung verliert, heißt das. Dann wird er absolut gemeingefährlich, und man kann ihn höchstens noch mit einem Intervaller aufhalten.«

»Wie oft kommt das vor?« fragte Riker.

»Oft genug, daß die anderen Mannschaftsmitglieder auf der Hut vor ihm sind«, erwiderte Blaze. »Doch wenn Ihr Freund LaBeau etwas von seinem Geschäft versteht, müssen Sie sich um ihn keine Sorgen machen. Ragnar liebt seine Triebwerke über alles. Er ist in sie verschossen wie ein Kind in sein Lieblingshaustier.«

»Was ist mit dem Rest der Crew?« fragte Riker. »Wir haben kaum Leute gesehen. Haben Sie meisten von ihnen Landurlaub?«

»Meine Crew macht keinen Landurlaub in Föderationshäfen«, antwortete Blaze. »Sogar auf D'rahl, wo die Durchsetzung von Recht und Ordnung sehr lasch gehandhabt wird, würde es gewisse Risiken mit sich bringen, besonders jetzt, da wir das Schiff überholen. Im Augenblick sind die meisten damit beschäftigt, die Ersatzteile, die wir kürzlich erhalten haben, auszupacken und für den Einbau vorzubereiten.«

»Woher haben Sie sie bekommen?« fragte Riker.

»Wir haben unsere Quellen«, erwiderte Blaze.

»Mit anderen Worten, Sie vertrauen mir nicht, und es geht mich nichts an, nicht wahr?« sagte Riker.

Blaze lächelte. »Vertrauen muß man sich verdienen, Stryker.«

»Darf ich fragen, aus wie vielen Leuten die Besatzung besteht, oder muß ich herumlaufen und sie zählen?«

Blaze sah ihn, erheitert über seine Frechheit, stirnrunzelnd an. »Zur Zeit habe ich eine Crew von sechsundzwanzig Personen – mich, Sie beide und LaBeau schon mitgezählt.«

»Knapp über zwei Dutzend Leute?« sagte Dorn überrascht. »Mehr nicht?«

»Ich könnte das Schiff mit der Hälfte dieses Personals fliegen«, erwiderte Blaze. »Diese alten Schiffe der Constitution-Klasse waren sehr gut konstruiert. Und ich habe gehört, daß man Raumschiffe der Galaxy-Klasse notfalls nur mit der Brückenstammbesatzung fliegen kann. Es ist wirklich eine Schande, daß ich noch keines in die Finger kriegen konnte. Aber wer weiß? Vielleicht ergibt sich ja noch eine Gelegenheit.«

Sie traten in den Turbolift. »Brücke«, sagte Blaze.

Riker wechselte einen Blick mit Dorn. »Wenn ich das richtig verstanden habe«, sagte er, »haben Sie bei Ihrer Begegnung mit der *Enterprise* schwere Schäden erlitten. Ich nehme an, wir befinden uns im Orbit um D'rahl, was bedeutet, daß das Schiff getarnt sein muß, sonst könnten Sie ja geortet werden. Sie haben LaBeau gesagt, daß bei den Reparaturen auch neue Triebswerksteile eingebaut werden sollen. Das läßt sich nicht mal eben mit links erledigen. Es bedeutet aber auch, daß Sie irgendwann mal die Antriebssysteme abschalten müssen.«

»Das ist richtig«, sagte Blaze.

»Aber während dieser Zeitspanne können Sie nicht getarnt bleiben«, sagte Riker.

»Nein, das können wir nicht. Es ist unvermeidlich, aber wir werden eine gewisse Zeit über sichtbar und ungeschützt sein. Ihr Freund LaBeau wird dafür sorgen müssen, daß diese Zeit so kurz wie möglich ausfällt.«

»Aber was ist mit der *Enterprise?*« fragte Riker. »In dem Augenblick, da Sie Ihre Tarnung aufgeben, werden Sie für ihre Scanner sichtbar sein.«

»Machen Sie sich Sorgen, Stryker?«

»Sie etwa nicht?«

»Wir werden uns mit der *Enterprise* befassen, sobald es soweit ist«, sagte Blaze.

Sie traten auf die Brücke. Bei Riker stellte sich ein unheimliches Déjà-vu-Gefühl ein. Er war schon an Bord von Raumschiffen der Constitution-Klasse gewesen, so daß das Ambiente ihm vertraut vorkam, aber auch hier waren Veränderungen vorgenommen worden. Es hatte den Anschein, als wären romulanische Navigationskonsolen eingebaut worden, und auch die Kommunikationskonsolen sahen anders aus. Das galt natürlich auch für die Brückencrew. Ein Orioner saß im Sessel des Captains, den er sofort verließ, als Blaze auf die Brücke kam. Der Navigator war ein Mensch, aber der Steuermann ein K'tralli, wie auch der Kommunikationsoffizier. Und sie waren ein verwegen aussehender Haufen, bekleidet mit wilden Monturen, die aus Teilen der blauen Uniform der Handelsflotte bestanden, aber auch aus fremdartiger Zivilkleidung und K'tralli-Uniformen. Die meisten waren tätowiert, und viele hatten sich die Ohren, Nasen, Wangen und sogar die Brauen piercen lassen.

»Das ist Stryker, unser neuer Kanoniermaat«, sagte Blaze zur Brückencrew. »Und Thorn hier hat zwar noch andere Pflichten, wird euch aber zusammenflicken, falls ihr euch wieder gegenseitig an die Kehle gehen solltet. Also behandelt sie gefälligst mit Respekt.« Dann stellte er die Brückencrew vor. »Navigator San Marco, Steuermann D'karr, Kommunikationsmaat T'gahl und Bos'n Gol.« Der letzte war der Orioner. »Und das hier ist Ihre Station, Kanoniermaat«, sagte Blaze und führte ihn zur taktischen Konsole.

Riker stellte fest, daß es sich dabei – im Gegensatz zu einigen anderen Konsolen auf der Brücke – um die ursprüngliche Ausstattung handelte. Oder sie sah zumindest der ursprünglichen taktischen Konsole ähnlich, die ja ausgebaut worden war, als man das Schiff verkauft hatte. Irgendwo hatte Blaze eine andere Konsole als Ersatz aufgetrieben. Riker studierte sie sorgfältig. Sie schien aus Bestandteilen mehrerer Konsolen zusammengesetzt worden zu sein, war aber so vertraut, daß er sie problemlos bedienen konnte. Doch das mußte er Blaze nicht unbedingt auf die Nase binden.

»Es ist schon Jahre her, daß ich so eine Konsole gesehen habe«, sagte er zu dem Freibeuter. »Und die sieht nicht so aus wie die, die wir an der Akademie hatten. Das ist ein älteres Modell. Und außerdem scheint sie aus mehreren Konsolen zusammengesetzt worden zu sein.«

»Ich kann Ihnen versichern, daß dieser Umstand ihre Funktion nicht beeinträchtigt«, erwiderte Blaze. »Machen Sie sich mit dem Gerät vertraut. Die Konsole ist darauf programmiert, Simulationen durchzuführen, genau wie die, an denen Sie ausgebildet worden sind. Ich erwarte, daß Sie sie fehlerfrei bedienen können, sobald wir den Orbit verlassen.«

»Und wenn ich das nicht kann?« fragte Riker.

»Ich habe Vertrauen in Sie, Stryker«, erwiderte Blaze. »Doch im Notfall kann ich die Waffenkonsole auch selbst bedienen. Ich habe gesagt, ich habe eine Stelle für einen Kanonier frei, aber nicht, daß ich dringend einen *brauche*.«

»Na schön«, sagte Riker. Er warf einen Blick auf die Crew und richtete seine Aufmerksamkeit dann auf die Konsole, als Blaze Dorn von der Brücke führte, um ihr die medizinischen Einrichtungen des Schiffes zu zeigen. Während er so tat, als konzentrierte er sich darauf, die Konsole zu studieren, zerbrach er sich den Kopf, um einen Ausweg aus ihrer Situation zu suchen.

Sie waren in die Zone gekommen, um Informationen über Blaze zu sammeln. Statt dessen waren sie auf sein

Schiff entführt worden. Ihre Waffen waren beschlagnahmt worden, was allerdings keine große Rolle spielte, da sie gegen die Intervaller, die Blaze und seine Senior-Offiziere trugen, sowieso nicht viel ausrichten konnten. Schwerwiegender war, daß man ihre Kommunikatoren eingesammelt und zerstört hatte. Damit gab es keine Möglichkeit mehr, die *Enterprise* zu rufen, und ihr Schiff konnte sie auch nicht mehr aufspüren, indem es Signale an ihre Kommunikatoren schickte.

Wir sitzen in der Klemme, aber ganz gewaltig, dachte Riker. Im Nachhinein war er dankbar, daß er so große Mühe auf die Ausarbeitung ihrer Tarnexistenzen verwandt und dafür gesorgt hatte, daß ihre Akten in die Datenbanken der Handelsflotte überspielt worden waren. Daher hatte Blaze ihnen ihre Geschichte erst einmal abgekauft. Doch Riker machte sich keine Illusionen, daß man Blaze' Vertrauen einfach oder schnell gewinnen konnte. Er wird uns beobachten lassen, dachte er. Es ist sogar gut möglich, daß er unsere Quartiere überwachen läßt. Sie mußten einen sicheren Ort finden, an dem sie sich unterhalten konnten. Irgendwie mußten sie von diesem Schiff fliehen und die *Enterprise* auf seine Position aufmerksam machen. Aber wie?

Wenn er kurz an die Navigationskonsole herankam, konnte er vielleicht die derzeitige Position der *Glory* bestimmen. Doch selbst, wenn ihm dies unbemerkt gelingen sollte, blieb noch das Problem, wie sie von dem Schiff gelangen und die Informationen an die *Enterprise* weitergeben sollten. Die Transporter waren die einzige Möglichkeit. Vorausgesetzt, sie kamen an sie heran. Sollte ihnen das nicht gelingen, bestand ihre einzige Chance darin, die *Enterprise* irgendwie auf die Anwesenheit der *Glory* aufmerksam zu machen, entweder, indem sie ein Signal ausschickten, oder durch einen Sabotageakt. Doch Blaze würde sofort begreifen, wer diesen Verrat begangen hatte, und sie würden sich noch an Bord des Schiffes befinden, wenn die *Enterprise* angriff.

So oder so, sie mußten sich etwas einfallen lassen, bevor die Crew mit den Reparaturen fertig war. Doch der Einbau neuer Triebwerksteile ließ sich nicht so schnell bewerkstelligen, und dazu mußte der Antrieb abgeschaltet werden. Da die Tarnvorrichtung von den Triebwerken mit Energie gespeist wurde, würde die *Glory* während dieses Zeitraums nicht getarnt bleiben können. Blaze wußte das, doch es bereitete ihm offensichtlich kein Kopfzerbrechen. Das störte Riker. Während die neuen Triebwerksteile eingebaut wurden, saß die *Glory* buchstäblich auf dem Präsentierteller. Ihre Phaserbänke blieben einsatzfähig, da sie Energie gespeichert hatten, doch das Schiff war völlig manövrierunfähig. Unter solchen Umständen konnte Blaze die *Enterprise* unmöglich in Schach halten. Warum machte er sich also keine Sorgen?

San Marco, der Navigator, trat zu ihm an die Konsole. »Brauchen Sie Hilfe?« fragte er.

»Nein, danke. Ich komme schon zurecht«, erwiderte Riker.

»Bestimmt?«

»Ich glaube schon.«

»Hoffen Sie das Beste, Kanonier. Um Ihretwillen.«

Riker sah ihn an und nickte.

6

»Mr. Data, sind Sie absolut *sicher*, daß unser Team sich nicht mehr auf der Planetenoberfläche befindet?« fragte Picard besorgt.

»Ich verfüge nicht über genug Informationen, um *absolut* sicher zu sein, Captain«, erwiderte der Androide. »Es ist möglich, daß Commander Riker und seine Gruppe an einen Ort gebracht worden sind, den unsere Sensoren nicht scannen können. Doch wir wissen, daß die K'tralli nicht über die technischen Mittel verfügen, um unsere Sensorscans zu stören, und auch nicht die nötigen Kenntnisse besitzen, um Energieschirme oder sonstige Gebilde zu konstruieren, die unsere Sensoren nicht durchdringen können.«

»Ja, aber die Romulaner verfügen darüber«, sagte Picard grimmig. »Commander Rikers Gruppe könnte gefangengenommen oder sogar getötet worden sein.«

»Ich habe auch diese Möglichkeit in Betracht gezogen, Sir«, sagte Data. »Wenn dies der Fall wäre, müßten sie auf eine Art und Weise getötet worden sein, die jeden Versuch einer vorherigen Kommunikation mit uns ausschließt. Das ließe sich mit einem auf weite Streuung eingestellten Phaser oder Intervaller bewirken. Doch ich habe die Schiffssensoren darauf programmiert, die winzigen atmosphärischen Spuren eines schnellen Nadionzerfalls aufzuspüren, der überall auftritt, wo vor kurzem ein Phaser oder Intervaller abgefeuert wurde. Ich konnte nur eine solche Stelle ermitteln, und deren Koordinaten stimmen mit jenen überein, von wo aus Sie vor kurzem mit Oberst Z'gral an Bord gebeamt wurden. Mit anderen

Worten, Sir, trotz der romulanischen Präsenz auf D'rahl haben lediglich Sie selbst innerhalb der letzten vierundzwanzig Stunden irgendwo auf der Planetenoberfläche eine Energiewaffe abgefeuert. Das bedeutet natürlich nicht, daß Commander Rikers Gruppe nicht auf andere gewaltsame Weise ausgeschaltet wurde, doch da mir genauere Informationen fehlen, kann ich keine weiteren Schlußfolgerungen ziehen.«

Picard atmete tief ein. »Mr. Data, wie viele Schiffe befinden sich zur Zeit im Orbit um D'rahl?«

»Unsere Sensoren registrieren elf Handelsfrachter, Sir«, erwiderte Data. »Doch wir sind nicht imstande, Schiffe auf der anderen Seite des Planeten zu entdecken.«

»Ich möchte, daß Sie all diese Schiffe sondieren, Mr. Data«, sagte Picard. »Fangen Sie sofort damit an. Mr. Worf, nehmen Sie Kontakt mit Starbase 37 und dem Büro der Gewerkschaft der Handelsflotte auf D'rahl auf und bitten Sie um eine vollständige Liste aller Schiffe, die sich derzeit im Hafen befinden, einschließlich der geplanten Abflugzeiten. Teilen Sie ihnen mit, daß es sich um eine Anfrage mit Starfleet-Priorität handelt.«

»Teilen Sie ihnen auch mit, Mr. Worf«, fügte Gruzinov hinzu, »daß bis auf weiteres alle geplanten Starts gestrichen sind. Kein Schiff verläßt den Orbit ohne meine persönliche Genehmigung.«

»Aye, aye, Sir«, erwiderte Worf.

»Keine Sorge, Jean-Luc«, sagte Gruzinov zu Picard, »ich nehme das auf meine Kappe. Wir werden Ihre Leute zurückbekommen.«

»Vorausgesetzt, sie leben noch«, sagte Picard grimmig. »Commander Riker hätte die Planetenoberfläche nicht freiwillig verlassen, ohne uns vorher seine Absicht mitzuteilen. Also sind sie entweder alle tot, oder sie wurden gefangen gesetzt, höchst wahrscheinlich an Bord eines Schiffes.«

»Angesichts der Stärke der romulanischen Präsenz auf D'rahl ist es durchaus möglich, daß sie einen getarnten

Kriegsvogel in der Nähe haben«, sagte Gruzinov. »Vielleicht befindet er sich sogar getarnt im Orbit. Wir sollten lieber Starfleet Command informieren.«

Picard kniff die Lippen zusammen und nickte. »Die romulanische Präsenz auf D'rahl läßt uns keine andere Wahl.« Er atmete tief durch. »Das könnte der Beginn eines Krieges sein.«

»Captain, ich empfange eine Nachricht von der Planetenoberfläche«, sagte Worf.

»Auf den Schirm, Mr. Worf.«

Gouverneur T'grayns Gesicht erschien auf dem Hauptbildschirm. Er sah äußerst aufgebracht aus. »Captain Picard, ich muß leider einen formellen Protest einlegen. Ich habe erfahren, daß Sie Oberst Z'gral entführt haben und ihn an Bord Ihres Schiffes festhalten. Ich muß seine sofortige Rückkehr verlangen.«

»Jetzt hören Sie mir mal zu, Sie fettes, verräterisches ...« begann Z'gral wütend, doch Picard ergriff seinen Arm und drückte fest zu.

»Oberst ...«, sagte er leise.

Z'gral verstummte sofort. Er war Soldat, und ihm war klar, daß Picard hier das Kommando hatte.

»Gouverneur«, sagte Picard. »Oberst Z'gral ist freiwillig an Bord dieses Schiffes gekommen und hat formell um politisches Asyl gebeten.«

»Lächerlich«, erwiderte T'grayn. »Oberst Z'gral ist weder ein Dissident noch ein Krimineller. Er ist einer unserer angesehensten Bürger! Sie sind in sein Haus eingedrungen und ...«

»Gouverneur, geben wir diese absurde Maskerade doch auf«, sagte Picard. »Sie wissen ganz genau, daß ich die Umstände kenne, unter denen Oberst Z'gral gefangengehalten wurde. Wollen Sie etwa abstreiten, daß zur Zeit mindestens zwei Kompanien romulanischer Zenturios in Oberst Z'grals Landsitz stationiert sind?«

T'grayn befeuchtete nervös seine Lippen. »Ich ... ich habe keine Ahnung, wovon Sie sprechen, Captain! Das ist eine ungeheuerliche Beschuldigung! Sie haben keine Beweise ...«

»Ich habe sie mit eigenen Augen gesehen, Gouverneur, und Oberst Z'gral kann meine Aussage bestätigen«, erwiderte Picard. »Noch in diesem Augenblick wird Starfleet Command über die romulanische Präsenz auf D'rahl informiert. Gouverneur, diese Sache geht weit über eine heimliche Unterstützung für Freibeuter und Schwarzmarkthändler hinaus. Das könnte *Krieg* bedeuten.«

T'grayn schien erschüttert zu sein. »Krieg?« Er schüttelte den Kopf. »Aber ... aber das ist absurd! Ich ... ich weiß nicht, wovon Sie sprechen! Ich ... ich weiß gar nichts von irgendwelchen Romulanern ...«

»Das reicht«, sagte plötzlich jemand und stieß T'grayn dann grob zur Seite. Ein neues Gesicht tauchte auf dem Bildschirm auf. Picard verkrampfte sich, als er einen Mann in der Uniform eines romulanischen Tribuns sah.

»Kronak!« sagte Z'gral durch zusammengebissene Zähne.

»Captain Picard, Sie verstoßen gegen K'tralli-Gesetze«, sagte Kronak. »Oberst Z'gral stand auf Befehl von Oberherr J'drahn unter Hausarrest. Sie wissen ganz genau, daß die Gewährung von politischem Asyl nicht die Befreiung eines Gefangenen aus einem Gefängnis einschließt. Ich würde Ihnen dringend raten, daß Sie Oberst Z'gral sofort wieder in die Obhut der K'tralli zurückgeben.«

»Was für ein Unsinn ist das?« erwiderte Picard wütend. »Mit welcher Befugnis maßen Sie sich an, so zu sprechen?«

»Befugnis? Ich habe keine Befehle erteilt oder Forderungen gestellt, Captain«, erwiderte Kronak aalglatt. »Ich habe lediglich einen Vorschlag gemacht, sozusagen als interessierte Partei. Das Romulanische Reich hat natürlich ein starkes Interesse daran, die Ausweitung der Föderationshegemonie zu verhindern. All dieses Geschwätz von einem drohenden Krieg ist lediglich ein weiterer Beweis für die Feindseligkeit und die Einschüchterungsversuche der Föderation.«

Picard starrte den Romulaner ungläubig an. »Sie haben die unglaubliche Unverschämtheit, der Föderation Feindseligkeit und Einschüchterung vorzuwerfen, obwohl *Sie* den Vertrag über die Neutrale Zone gebrochen haben?«

»Wir haben keinen Vertrag gebrochen, Captain. Es hat kein feindseliger romulanischer Einfall in Föderationsgebiet stattgefunden. Wir sind auf Einladung des Oberherrn J'drahn hier.«

»Schon allein Ihre Anwesenheit auf Föderationsgebiet stellt eine Verletzung des Vertrags dar, wie Sie genau wissen!« erwiderte Picard.

»Sind Sie der Auffassung, daß Ihre Erste Direktive den K'tralli vorschreiben kann, mit wem sie friedliche Verhandlungen führen dürfen und mit wem nicht? Ich hatte den Eindruck, daß die Föderation den ihr zugehörigen Welten eine autonome Regierung zugesteht. Zumindest behauptet sie das. Wird die Föderation mit Krieg drohen, um zu verhindern, daß die K'tralli sich entschließen könnten, ihre Allianz mit der Föderation zu beenden und ein Abkommen mit dem Romulanischen Reich zu schließen? Was ist das, Captain Picard, wenn nicht Hegemonie und Einschüchterung?«

»Behaupten Sie etwa, Oberherr J'drahn habe Sie hierher ›eingeladen‹, um eine Allianz mit dem Romulanischen Reich zu schließen und sich aus der Föderation zurückzuziehen?« fragte Picard.

»Diese Frage müssen Sie schon Oberherr J'drahn stellen«, erwiderte Kronak. »Ich maße mir nicht an, für ihn zu sprechen.«

»Ich verstehe. Und falls Oberherr J'drahn Ihre Abreise verlangen sollte, werden Sie einfach Ihre Sachen packen und durch die Neutrale Zone ins Romulanische Reich zurückkehren?« sagte Picard.

»Ja, natürlich, Captain«, sagte Kronak. »Wir versuchen

nicht, einen Krieg zu provozieren. Aber wie ich schon sagte, diese Frage müssen Sie mit Oberherrn J'drahn besprechen.«

»Das habe ich auch vor«, sagte Picard. »Aber ein Außenteam von meinem Schiff wird vermißt. Sie wissen wohl nichts darüber?«

»Warum sollte ich?« fragte Kronak. »Es ist nicht meine Aufgabe, auf Ihre Leute aufzupassen, Captain Picard.«

»Dann streiten Sie also ab, sie in Gewahrsam genommen zu haben?«

Kronak runzelte die Stirn. »Was für ein Spielchen ist das?« fragte er.

»Beantworten Sie die Frage!«

»Ich halte keinen Ihrer Leute fest, Captain«, sagte Kronak. »Welchen Grund sollte ich dafür haben? Sprechen wir offen, Picard. Wir beide wissen, daß die Situation hier eine Lösung zu meinen Gunsten herbeigeführt. Warum sollte ich meine Position schwächen, indem ich Starfleet-Personal ergreife und gefangenhalte? Das wäre eine klare Eröffnung von Feindseligkeiten. Ich möchte jede Provokation vermeiden, die Ihnen das Recht geben könnte, militärisch zu reagieren. Um meine Aufrichtigkeit in dieser Hinsicht zu beweisen, bin ich sogar bereit, meine Zenturios anzuweisen, Ihnen bei der Suche nach Ihrem vermißten Außenteam zu helfen.«

Picard starrte ihn kalt an. »Ich werde in aller Ruhe über Ihr großzügiges Angebot nachdenken«, sagte er mit nur schwach verborgenem Sarkasmus. »Mittlerweile wird Oberst Z'gral an Bord dieses Schiffes bleiben, da er aus freien Stücken hier ist und Gouverneur T'grayn bereits bestätigt hat, daß er weder ein Dissident noch ein Krimineller ist. Picard Ende.«

Er gab Worf ein Zeichen, die Verbindung zu unterbrechen.

»Counselor, welchen Eindruck haben Sie von Tribun Kronak?« fragte Picard Troi.

»Ich habe gespürt, daß er die Wahrheit gesagt hat,

Captain«, erwiderte die Halbbetazoidin. »Als Sie andeuteten, daß er vielleicht Commander Rikers Gruppe festhält, wirkte er ehrlich überrascht. Und ich glaube, sein Angebot, bei der Suche nach ihnen zu helfen, war ernst gemeint. Er scheint sich seiner Position sehr sicher zu sein, und ich habe den Eindruck, daß er davon ausgeht, sich durchsetzen zu können, ohne einen Konflikt zu erzwingen.«

»Woher will sie das wissen?« fragte Z'gral stirnrunzelnd.

»Counselor Troi ist Halbbetazoidin und verfügt über starke empathische Fähigkeiten«, erwiderte Picard. »Wenn sie der Ansicht ist, daß Tribun Kronak aufrichtig war, als er abstritt, unsere Leute festzuhalten, bin ich geneigt, ihrer Einschätzung zu glauben.« Er seufzte schwer. »Außerdem spricht wirklich alles für eine Lösung zu seinen Gunsten. Wenn er beweisen kann, daß er auf Einladung von Oberherrn J'drahn hier ist, trägt J'drahn die Verantwortung für die Verletzung des Vertrags. Unter diesen Umständen könnte Kronak nichts gewinnen, wenn er unsere Leute festhält. Er hat keinen Bedarf an Geiseln. Wenn wir jetzt Schritte gegen ihn einleiten, könnte er behaupten, daß *wir* mit den Feindseligkeiten begonnen haben.«

»Aber sie *haben* die Neutrale Zone überschritten, Sir«, sagte Worf.

»Ja, Mr. Worf, im Prinzip begehen sie eine Vertragsverletzung, aber dank Oberherrn J'drahn und Gouverneur T'grayn befinden wir uns hier in einer Art Grauzone. Und nach so vielen Jahren des Konflikts wird der Rat der Föderation keinen Krieg riskieren wollen. Wenn der Preis für die Fortsetzung des Waffenstillstands die Aufgabe des K'tralli-Reichs und die Ausweitung der Grenzen der Neutralen Zone ist, wird der Rat ihn wohl zähneknirschend entrichten. Besonders, da J'drahns Verstrickung mit den Romulanern die Erste Direktive ins Spiel bringt. Wir befinden uns in einer sehr gefährlichen und überaus brisanten Lage.« Er wandte sich Z'gral zu. »Und Sie, Oberst, sind vielleicht der einzige, der sie entschärfen kann.«

Z'gral nickte. »J'drahn muß aus dem Amt entfernt werden«, sagte er. »Und H'druhn ist der einzige, der das bewerkstelligen kann. Ich muß sofort mit ihm sprechen, Captain.«

Picard nickte. »Das war meine Absicht«, sagte er. »Doch dazu müßten wir diesen Planeten verlassen und nach N'trahn fliegen.«

»Und Sie machen sich Sorgen um das Schicksal Ihres vermißten Außenteams«, sagte Z'gral. »Ich verstehe. Es ist Ihre Entscheidung, Captain.«

Picard verzog das Gesicht. »Mr. Data, haben Sie die Sensoruntersuchung der Schiffe in unserer Reichweite abgeschlossen?«

»Ja, Captain«, erwiderte Data. »Aber ich konnte nicht feststellen, daß Commander Riker und seine Gruppe an Bord eines dieser Schiffe festgehalten werden.«

Picard atmete tief ein. »Mr. Worf, haben wir die Informationen erhalten, die wir von Starbase 37 und der Gewerkschaft der Handelsflotte erbeten haben?«

»Aye, Captain«, erwiderte Worf. »Es befinden sich zur Zeit dreiundzwanzig Schiffe im Orbit um D'rahl. Wenn wir die elf abziehen, die wir bereits gescannt haben, bleiben noch zwölf im Orbit auf der anderen Seite des Planeten.«

»Blaze' Schiff nicht eingerechnet«, sagte Picard, »vorausgesetzt, daß es sich hier befindet und getarnt ist, und auch nicht die mögliche Anwesenheit eines Kriegsvogels.« Er schüttelte den Kopf. »Ich kann nicht glauben, daß Kronak so zuversichtlich ist, wenn ihm kein Schiff Rückhalt bietet, und während wir um den halben Planeten fliegen, um diese Schiffe zu scannen, kann er schon seinen Zug machen. Wenn Blaze' Schiff getarnt ist, werden unsere Sensoren es nicht entdecken. Es könnte sogar in diesem Augenblick seine Waffen auf uns gerichtet haben. Und das gilt auch für einen romulanischen Kriegsvogel.«

»Oder beide«, sagte Gruzinov. »Unsere Schilde würden dem Feuer von beiden Schiffen nicht standhalten, und Kronak könnte später behaupten, wir wären lediglich von Blaze angegriffen worden. Sie haben recht, Jean-Luc. Nun, da Kronaks Anwesenheit enthüllt wurde, sind wir um so verletzbarer, je länger wir hier verweilen.«

»Es beunruhigt mich, daß Kronak sich keine Sorgen um General H'druhn zu machen scheint«, sagte Picard. »*Warum* ist er nicht besorgt?«

»Bei den Göttern!« sagte Z'gral plötzlich.

»Was ist los, Oberst?« fragte Picard und sah ihn scharf an.

»Ich bin ein alter Narr!« machte Z'gral sich wütend Selbstvorwürfe. »Die Romulaner haben mich oft wach gehalten, als sie Übungen auf dem Landgut machten. Ich bin einfach davon ausgegangen, daß sie sich gegen die Möglichkeit eines Angriffs vorbereiten wollten. Noch immer sind zahlreiche Soldaten im Heer mir treu ergeben, und ich dachte lediglich, T'grayn wolle kein Risiko eingehen. Aber jetzt bietet sich plötzlich eine ganz neue Perspektive. Der Landsitz, auf dem ich festgehalten wurde, ist von einem wohlhabenden Aristokraten als genaue Nachbildung des Sommerpalasts auf N'trahn gebaut worden!«

»General H'druhns Residenz!« sagte Gruzinov. »Natürlich! Sie haben vor, den Sommerpalast einzunehmen und H'druhn zu töten!«

Picard atmete tief ein und traf eine Entscheidung. »Mr. Koski, setzen Sie Kurs auf N'trahn und bringen Sie uns aus dem Orbit.«

»Aber was ist mit Ihren Leuten, Captain?« fragte Z'gral.

»Wir können es uns im Augenblick nicht leisten, mit der Suche nach ihnen Zeit zu verschwenden«, sagte Picard. »Kein Wunder, daß Kronak bereit war, uns bei der Suche nach ihnen zu helfen. Alles, was uns auf D'rahl hält, ein formeller Protest wegen Oberst Z'gral oder die Suche nach unserem Außenteam, spielt ihm nur in die Hände und verschafft ihm Zeit, seinen Plan in die Tat umzusetzen.«

»Ich habe noch einen funktionsfähigen Kreuzer an der Starbase stationiert«, sagte Gruzinov. »Ich könnte ihn sofort nach D'rahl beordern und sicherstellen, daß keins dieser Schiffe den Orbit verläßt.«

Picard schüttelte den Kopf. »Nein, Ivan, ich wünschte, es wäre möglich, aber falls sich ein getarnter romulanischer Kriegsvogel in der Nähe aufhält, dürfen wir Artemis VI nicht schutzlos zurücklassen.«

Gruzinov schnitt eine trockene Grimasse. »Es wäre sowieso kein großer Schutz«, sagte er. »Ein Kriegsvogel würde mit meinem leichten Kreuzer kurzen Prozeß machen. Und selbst wenn unsere Leute nicht auf einem dieser Schiffe im Orbit um D'rahl festgehalten werden, könnte man jedes beliebige davon benutzen, um eine Einsatztruppe nach N'trahn zu bringen.«

»Wenn sie die Truppen nicht schon an Ort und Stelle haben«, sagte Picard. Er schüttelte den Kopf. »Nein, ich kann das Risiko nicht eingehen. Die Kolonie auf Artemis VI muß geschützt werden. Beordern Sie Ihren Kreuzer sofort dorthin und rufen Sie für ihn die Alarmstufe Gelb aus.«

Gruzinov nickte. »Mr. Worf, verbinden Sie mich mit Starbase 37.«

»Aye, aye, Sir.«

»Wenn Kronak einen Kriegsvogel hat, wissen sie mittlerweile, daß wir den Orbit verlassen haben«, sagte Picard. »Und man kann davon ausgehen, daß sie uns folgen werden. Alarmstufe Gelb, Mr. Worf.«

»Was haben Sie getan?« sagte T'grayn und rang beunruhigt die Hände. »Sie haben mich als Lügner und Kollaborateur bloßgestellt! Sie haben J'drahn bloßgestellt! Sie haben alles verdorben!«

»Seien Sie still«, sagte Kronak, während er auf der Bildschirmkonsole schnell einen Kode eingab.

»Sie hätten Ihre Truppen zurückziehen können!« sagte T'grayn. »Ich hätte alles abstreiten können! Dann hätte Picards Wort gegen meins gestanden!«

»Ich habe gesagt, Sie sollen *still* sein, Sie elende Nacktschnecke!« sagte Kronak.

»Was ... was haben Sie vor?« fragte T'grayn ängstlich.

Auf dem Bildschirm erschien das Gesicht eines K'trall.

»Hier spricht Tribun Kronak. Ich möchte sofort mit Oberherrn J'drahn sprechen«, sagte der Romulaner.

»Oberherr J'drahn hat sich schon zur Nachtruhe zurückgezogen, Sir«, sagte der K'trall.

»Dann *wecken* Sie ihn *auf! Sofort!*«

»Einen Augenblick, Sir ...«

»Ist denn jeder in dieser verdammten Kultur ein Idiot?« sagte Kronak. Sein Kommunikator piepte. Er nahm ihn vom Gürtel und klappte ihn auf. »Kronak«, sagte er.

»Eure Exzellenz, die *Enterprise* hat den Orbit verlassen.«

»Das war vorherzusehen«, sagte Kronak. »Halten Sie sich bereit, mich auf das Schiff zurückzubeamen.« Er drehte sich wieder zur Konsole um. »Wo bleibt dieser Narr nur?«

J'drahns verschlafen aussehendes Gesicht erschien auf dem Schirm. »Was ist denn so wichtig, daß es nicht bis morgen warten kann, Kronak?« fragte er bockig.

»Picard hat Oberst Z'gral«, sagte der Romulaner. »Er ist an Bord der *Enterprise*, die gerade den Orbit verlassen hat und in diesem Augenblick zweifellos schon auf dem Weg nach N'trahn ist.«

J'drahn wurde bleich. Plötzlich war er hellwach. »A-Aber ... w-wie ist das möglich?« stammelte er. »Sie haben mir *versichert*, daß man sich um Z'gral kümmern wird.«

»Leider hat Picard ihn zuerst erreicht und gerettet«, sagte Kronak. »Ich hätte nicht gedacht, daß er dazu die

Nerven hätte, aber er ist klüger, als ich dachte. Wenn Sie Ihr Amt als Oberherr des K'tralli-Reichs behalten möchten, würde ich vorschlagen, Sie sorgen sofort dafür, daß H'druhn nicht imstande ist, Sie von Ihrem Posten zu entfernen.«

»Sie meinen ...«

»Ich meine, *töten* Sie ihn.«

»Aber ... meinen eigenen Vater?« sagte J'drahn.

»Ihr eigener Vater wird Sie, sobald Z'gral und Picard ihm von Ihren Taten erzählen, wahrscheinlich wegen Hochverrats hinrichten lassen. Ich würde es auf jeden Fall tun, wären Sie mein Sohn.«

»Nein, das könnte er nicht«, protestierte J'drahn. »Ich habe meine loyalen Truppen ...«

»Und er hat die seinen«, sagte Kronak. »Zumindest wird er einen Bürgerkrieg entfesseln, und da er beträchtlich beliebter als Sie ist, würde ich nicht gerade auf Ihren Erfolg setzen. Sie wissen, was Sie zu tun haben, also tun Sie es. *Sofort.*«

»Aber die *Enterprise* ...«

»Überlassen Sie die *Enterprise* mir«, sagte Kronak. »Und verschwenden Sie keine Zeit. Sie haben nur noch sehr wenig davon zur Verfügung.«

Kronak unterbrach die Verbindung und rief mit seinem Kommunikator sein Schiff. »Bereiten Sie sich darauf vor, den Orbit zu verlassen«, sagte er. »Und beamen Sie mich jetzt an Bord.«

»Aber ... was soll *ich* nun tun?« fragte T'grayn.

»Das ist mir völlig gleichgültig«, sagte Kronak voller Verachtung. »Ich habe keine weitere Verwendung für Sie.«

Der Transporterstrahl des Kriegsvogels erfaßte ihn, und einen Augenblick später war er verschwunden.

T'grayn stand allein da und rang die Hände. Seine Brust hob und senkte sich schnell; er atmete gequält und voller Panik. Schweiß stand auf seiner hohen Stirn. So hätte es nicht laufen sollen, dachte er. Ursprünglich war es nur um einen leichten Profit gegangen, die Freibeuter trugen das Risiko allein, und man konnte ihnen alle Schuld in die Schuhe schieben. Aber das hatte sich geändert, als J'drahn Kronak ins Spiel gebracht hatte. Kronak und Blaze.

Es war töricht von ihm gewesen, diese Entwicklung nicht vorherzusehen. Blaze ließ sich nicht kontrollieren. Und das war Kronak nur recht gewesen. T'grayn erkannte nun, daß Blaze nur ein Lockvogel war, der das Raumschiff der Föderation ins K'tralli-System holen sollte. Das hatte Kronak von Anfang an gewollt, und J'drahn war zu gierig und zu selbstgerecht gewesen, um es zu erkennen. Oder es war ihm vielleicht wirklich gleichgültig, ob die Romulaner die Macht übernahmen. Vielleicht glaubte er wirklich, sie würden ihn in seiner Position als Oberherr der K'tralli belassen. T'grayn wußte es nun besser. Kronak würde J'drahn fallenlassen, wie er gerade ihn hatte fallenlassen. Er hätte mich problemlos töten können, dachte T'grayn. Aber er war nicht einmal der Ansicht, daß ich es der Mühe wert bin.

Er mußte verschwinden. Er mußte fliehen, solange er noch konnte. Sollte die Föderation sich irgendwie durchsetzen, wäre für ihn alles vorbei. J'drahn Regierung würde zusammenbrechen, und man würde ihnen beiden wegen ihrer Verbrechen den Prozeß machen. Und sollten die Romulaner die Oberhand behalten – und danach sah es im Augenblick ganz aus –, würde jeder Bürger D'rahls nach seinem Blut schreien. Dann gäbe es im gesamten K'tralli-Reich keinen sicheren Ort für ihn mehr.

Er setzte sich an die Konsole und griff nach der Tastatur. Seine dicken, beringten Finger zitterten. Er schluckte heftig, befeuchtete die Lippen und gab einen Kode ein. Als sein Anruf entgegengenommen wurde, atmete er tief durch und versuchte, sich zu beruhigen. »Hier spricht Gouverneur T'grayn«, sagte er. »Ich muß sofort mit Captain Blaze sprechen.«

Riker verließ den Turbolift auf Deck 7 und ging schnell zur Krankenstation. Als er dort ankam, kümmerte Dorn sich gerade um zwei Mannschaftsmitglieder der *Glory* und versiegelte ihre Wunden.

»Ich kümmere mich gleich um Sie«, sagte sie und warf Riker einen Blick zu. Dann wandte sie sich wieder den Mannschaftsmitgliedern zu und verpaßte beiden mit dem Injektor ein Medikament. »So, das wäre erledigt.«

»Danke, Doc«, sagte der Mann.

»Nennen Sie mich nicht ›Doc‹, ich bin keine Ärztin«, sagte sie. »Und ich bin ein wenig eingerostet, also bringen Sie sich beim nächstenmal gleich um und ersparen mir die Mühe, Sie wieder zusammenzuflicken.«

»Sie sind in Ordnung, Doc.«

»Raus hier. Ich habe einen weiteren Patienten und bin noch nicht mal mit der Inventur fertig. Gehen Sie.«

»Doc?« sagte Riker, als sie die Krankenstation verließen.

»Mein Tätigkeitsfeld kommt dem eines Schiffsarztes anscheinend am nächsten«, sagte Dorn trocken.

»Was ist mit Katana und ihrer eingebauten Apotheke?«

»Glauben Sie etwa, sie gibt irgend etwas *umsonst* ab?« schnaubte Dorn. »Außerdem ist sie eine Shooter. Sie weiß nur, wie man Drogen und Biogens injiziert. Und das Zeug, mit dem sie geladen ist, ist schlimmer als alle Schmerzen, die man vielleicht hat.«

»Was haben diese beiden angestellt?« fragte Riker.

»Sie gerieten im Frachthangar in Streit, als sie ein paar Geräte auspackten. Gingen mit Brechstangen aufeinander los, können Sie sich das vorstellen? Zahlreiche Prellungen und Platzwunden, einige kleinere Frakturen, eine gebrochene Nase und mehrere ausgeschlagene Zähne. Jemand hat sie voneinander getrennt, bevor sie sich gegenseitig umbringen konnten. Als sie hier eingeliefert wurden, war alles nur ein großer Scherz. Sie schienen sich nicht mal zu entsinnen, worum es bei dem Streit überhaupt ging.« Sie atmete tief aus und schüttelte den Kopf.

»Junge, ist das ein Haufen. Fahnenflüchtige aus der Handelsflotte und dem Militär, Kriminelle und reine Psychopathen … Und doch ist es Blaze irgendwie gelungen, eine Mannschaft aus ihnen zu formen.«

»Das klingt ja fast so, als würden Sie ihn bewundern«, sagte Riker.

»Das stimmt in gewisser Hinsicht wohl auch. Er hat etwas. Er ist eine charismatische Gestalt, das müssen Sie ihm zugestehen.«

»Hört sich an, als würde er dieses Charisma bei Ihnen einsetzen«, sagte Riker.

»Er ist ein sehr stattlicher Mann. Und ich glaube, ich wirke anziehend auf ihn«, sagte Dorn grinsend.

»Halten Sie das für komisch?« fragte Riker stirnrunzelnd.

»Ist es das denn nicht? Ich meine, wenn man die Umstände bedenkt …«

»Ich *bedenke* die Umstände. Wo ist er jetzt?«

Sie schüttelte den Kopf. »Keine Ahnung. Er hat mich hierher gebracht, mir alles gezeigt und dann befohlen, Inventur zu machen und eine Liste mit allem zu erstellen, was die Krankenstation noch brauchen könnte. Und er will sie schnell haben. Er hat anscheinend nicht vor, noch lange im Orbit zu bleiben.«

»Tja, ich auch nicht«, sagte Riker. »Ich habe nicht viel Zeit. Ich habe der Brückencrew gesagt, ich ginge nur mal eben schnell auf die Krankenstation, um mir etwas gegen meine Kopfschmerzen geben zu lassen.«

»Und das hat man Ihnen abgekauft?«

»Es ist nicht weit von der Wahrheit entfernt«, sagte Riker. »Ich bekomme wirklich Kopfschmerzen, wenn ich darüber nachdenke, wie wir aus diesem Schlamassel herauskommen.«

»Haben Sie schon eine Idee?«

»Der Transporter bietet wohl die größten Chancen«, sagte Riker. »Er hat zwei Shuttles an Bord, aber wenn wir versuchen, eins davon zu klauen, können sie uns aus dem Himmel schießen, bevor wir hundert Meter weit gekommen sind.«

»Haben Sie LaForge gesehen?«

Riker schüttelte den Kopf. »Noch nicht. Ich glaube, er ist noch unten im Maschinenraum. Und ich habe unsere Position noch nicht ermitteln können. Doch sobald mir das gelungen ist, müssen wir schnell handeln. Wir müssen zur *Enterprise* zurück, bevor Blaze seine Reparaturen abschließen kann. Wir müssen irgendeinen Treffpunkt vereinbaren.«

»Der Großteil der Mannschaft ist auf Deck fünf untergebracht«, sagte Dorn. »Blaze und die Senior-Offiziere wohnen auf Deck vier. Deck sechs steht leer. Wir könnten uns in einer der unbenutzten Kabinen dort treffen, nachdem der Großteil der Crew schlafen gegangen ist.«

»Vorausgesetzt, Blaze läßt sie nicht rund um die Uhr arbeiten, um die Reparaturen abzuschließen«, sagte Riker. Er dachte kurz darüber nach und schüttelte dann den Kopf. »Nein, Deck sechs ist nicht so gut. Dort würden sie zuerst nachsehen, sobald sie herausgefunden haben, daß wir verschwunden sind, und wir können dort zu leicht ergriffen werden. Kommen Sie an die Jefferies-Röhre heran?«

»Dürfte kein Problem sein. Auf dem Gang direkt gegenüber von meiner Kabine ist eine Luke, durch die man in die Röhre steigen kann.«

»Gut. Wenn es soweit ist, klettern Sie die Jefferies-Röhre bis zum Deck vierzehn runter. Am hinteren Ende der horizontalen Mischungskammer führt eine Schiebetür zum Kontrollraum des Hangars. Von dort aus kann man zum Hangar auf Deck sechzehn runtergehen. Dort befindet sich das Büro des Chefingenieurs. Da können wir uns mit Geordi treffen. Von dort aus gehen wir die Treppe zum Deck siebzehn und dem Notfall-Transporter des sekundären Schiffskörpers hinab. Geordi kann die Brückenkontrolle umgehen und dafür sorgen, daß sie uns nicht einfach die Energie abdrehen.«

»Genau«, sagte Dorn. »Und dann? Wir können zur Planetenoberfläche beamen, aber wie sollen wir uns ohne unsere Kommunikatoren mit der *Enterprise* in Verbindung setzen?«

»Ich versuche, mir einen zu besorgen«, sagte Riker. »Mittlerweile ist es fast vierundzwanzig Stunden her, seit wir uns zum letztenmal gemeldet haben. Selbst wenn wir die *Enterprise* nicht erreichen können, werden sie uns schon suchen und müßten uns erfassen können, sobald wir wieder unten auf D'rahl sind.«

»Aber Blaze könnte sich unsere Transporterkoordinaten aus der Konsole des Notfall-Transporters besorgen, nachdem wir verschwunden sind, und eine Gruppe auf den Planeten beamen, die uns zurückholen soll«, sagte sie.

»Ich habe nicht gesagt, daß es leicht werden wird«, erwiderte Riker. »Aber wenn wir uns keinen Kommunikator besorgen können, werden wir vom Büro der Gewerkschaft der Handelsflotte aus die *Enterprise* oder Starbase 37 rufen. Sobald wir den Raumhafen erreicht haben, stehen wir unter dem Schutz von Starfleet.«

»Und ich kann da unten jeden Sicherheitswächter unter meinem Kommando aufscheuchen«, sagte Dorn und nickte. »Der Plan ist gut. Wann handeln wir?«

»Das weiß ich noch nicht«, sagte Riker. »So schnell wie möglich. Ich muß zuerst mit Geordi sprechen. Wenn ihm eine Möglichkeit einfällt, Blaze' Tarnvorrichtung zu sabotieren, können wir die Relaisschaltungen der Kontrollen für die Phaserbänke und Photonentorpedowerfer unbrauchbar machen, bevor wir verschwinden. Dann wären sie praktisch wehrlos.«

»Blaze wird wahrscheinlich dahinterkommen«, sagte Dorn. »Vielleicht hat er auch Ersatzteile. Es würde mich überraschen, wenn das nicht der Fall wäre.«

»Vielleicht auch nicht, wenn wir Glück haben«, erwiderte Riker. »Aber selbst wenn er Ersatzteile hat, müssen sie erst eingebaut werden, und das wird uns und der *Enterprise* etwas Zeit verschaffen.«

»Wir könnten eine Ablenkung gebrauchen«, sagte Dorn. »Wenn ich den automatischen Feuermelder auf Deck sechs beschädige, könnte ich ein kleines Feuerchen legen und es noch bis in die Jefferies-Röhre schaffen, bevor der allgemeine Alarm einsetzt.«

»Es ist riskant, aber einen Versuch wert«, sagte Riker. »Besonders, wenn sie da unten ein Drogenlabor eingerichtet haben.«

»Wenn ja, hat Blaze zumindest nichts davon gesagt. Ich habe ihn gefragt, was er mit den leeren Räumen unten auf Deck sechs macht, und er hat gesagt, sie würden sie einfach als zusätzliche Lagerräume nutzen. Wenn das stimmt, können wir uns da unten vielleicht einen Kommunikator oder ein paar Waffen besorgen.«

»Bei so einer Crew bezweifle ich, daß er solche Geräte ungesichert herumliegen läßt. Auf jeden Fall werden wir nicht viel Zeit haben, danach zu suchen.« Riker schüttelte den Kopf. »Nein, vergessen Sie die Idee, auf Deck sechs zu gehen. Eine Ablenkung wäre ganz nett, aber Sie brauchen zu lange, um durch die Jefferies-Röhre nach Deck vierzehn zu gelangen. Es ist das Risiko nicht wert.«

»Das schaffe ich schon«, sagte Dorn.

»Ich habe nein gesagt. Vergessen Sie es«, sagte Riker scharf. »Das ist ein Befehl, Lieutenant. Ich will nicht auf Sie warten müssen. Und so ein Plan erhöht nur die Chance, daß etwas schiefgeht. Jetzt muß ich wieder zurück – und anschließend noch mit Geordi sprechen. Unternehmen Sie nichts, bis Sie von mir hören. Ich werde Sie irgendwie benachrichtigen. Wenn es nicht anders geht, werde ich das Risiko eingehen, über das Schiffsinterkom mit Ihnen zu sprechen. Wir müssen irgendein Stichwort vereinbaren.«

»Sie können mich ja rufen und fragen, ob ich dieses Medikament schon gefunden hätte«, sagte Dorn. »Wenn irgend jemand fragt, sagen Sie, Sie hätten Probleme mit dem Rücken, und ich hätte es nicht finden können, als Sie zum erstenmal bei mir waren. Ich habe Blaze schon gesagt, daß die Krankenstation der reinste Saustall ist, als er mich hierher gebracht hat, und es einige Zeit dauern wird, bis ich alles organisiert habe.«

Riker nickte. »Na schön, das müßte hinhauen. Aber verschwenden Sie keine Zeit, wenn Sie das Signal bekommen. Haben Sie das verstanden?«

»Verstanden.«

»Und passen Sie auf sich auf.«

»Ich kann auf mich aufpassen.«

»Vergessen Sie nicht, wir können uns keinen Ausrutscher leisten.« Riker atmete tief durch. »Drücken Sie mir die Daumen. Mit etwas Glück kommen wir an einem Stück hier raus.«

»Wenn nicht, werden wir so viele wie möglich von ihnen mitnehmen«, sagte Dorn.

»Hoffen wir nur, daß es nicht dazu kommt«, sagte Riker.

»Natürlich. Aber wenn doch, dürfen Sie eines nicht vergessen: Diese widerliche Kybridin gehört *mir*.«

7

»Sir, eine Subraumnachricht von Starfleet Command«, sagte Worf und schaute von seiner Konsole auf.

»Auf den Schirm, Mr. Worf«, sagte Picard.

Das Logo von Starfleet Command erschien auf dem Hauptbildschirm, dazu die Zeit und die Sternzeit. Einen Augenblick später war auf dem Schirm das Bild des hinter seinem Schreibtisch sitzenden Flottenadmirals Creighton zu sehen.

»*Enterprise*, Ihre Nachricht bezüglich einer bewaffneten romulanischen Präsenz auf dem der Föderation angeschlossenen Planeten D'rahl wurde empfangen und an die Dringlichkeits-Plenarsitzung 2351-B des Rats der Föderation weitergegeben. Gemäß des vorliegenden Ratsbeschlusses und der Starfleet-Vorschriften bezüglich der Regelungen des Vertrags von Algeron wird die *USS Enterprise* unter dem Kommando von Captain Jean-Luc Picard hiermit ermächtigt, alle nach Einschätzung des befehlshabenden Offiziers notwendigen Schritte einzuleiten, um die Bestimmungen des Vertrags durchzusetzen. Darüber hinaus wurden heute die Föderationsraumschiffe *Intrepid* und *Serapis* in den K'tralli-Sektor beordert, um sich mit der *Enterprise* zu treffen und ihr jede erdenkliche Unterstützung zu gewähren. Captain Jean-Luc Picard wird hiermit bevollmächtigt, nach ihrem Eintreffen das Oberkommando über die Schiffe zu übernehmen und alle Kommandoentscheidungen zu treffen, die er bezüglich der Aufstellung des gemeinsamen Expeditionskorps für erforderlich hält. Unterzeichnet am heutigen

Tage, auf Anweisung des Rats der Föderation – der ehrenwerte Bokar Dirvak Singh, Ratsvorsitzender.«

Creighton legte den Beschluß, den er vorgelesen hatte, auf den Schreibtisch, und sah direkt in den Monitor. »Jetzt haben Sie es gehört, Jean-Luc. Das ist die offizielle Einstellung. Beachten Sie aber die Formulierung des Beschlusses. Er enthält keine, ich wiederhole, *keine* offizielle Kriegserklärung. Der Rat schiebt die diesbezügliche Entscheidung noch hinaus und wartet erst einmal das Verhalten der Romulaner ab. Sie wurden formell damit beauftragt, die Bestimmungen des Vertrags durchzusetzen. Punktum. Wenn es dazu erforderlich ist, die Romulaner anzugreifen und ins Jenseits zu schießen, sind Sie dazu bevollmächtigt. Das bedeutet, Sie müssen nicht unbedingt darauf warten, daß sie die Feindseligkeiten eröffnen. Nach Meinung des Rats haben sie das bereits getan, indem sie die Neutrale Zone durchquert und Truppen auf D'rahl abgesetzt haben. Sie müssen ihre Stellungen sofort räumen und in ihr Territorium zurückkehren oder die Konsequenzen ziehen. Keine weiteren Diskussionen.«

Creighton atmete tief durch und fuhr dann grimmig fort. »Es gibt jedoch einen Haken bei der Sache. Der Rat lehnt, zumindest vorläufig, die Möglichkeit ab, Oberherr J'drahn aus der Föderation auszuschließen. Das K'tralli-Reich ist Föderationsterritorium und muß es auch bleiben. Das heißt, daß die Autonomie der K'tralli gewahrt bleiben muß. Sie sind weder ermächtigt, irgendwelche Schritte zu ergreifen, die gegen K'tralli-Gesetze verstoßen würden, noch befugt, J'drahn aus dem Amt zu entfernen.« Er hielt inne. »Aber sollte es eine Möglichkeit geben, J'drahn *inoffiziell* zu entmachten, wäre der Rat nicht übermäßig betrübt darüber. Das hat er jedoch nicht verlauten lassen, und ich habe das auch nicht. Ihnen wird hiermit befohlen, gemäß den offiziellen Geheimhaltungsbestimmungen der Föderation keine Aufzeichnung dieses Gesprächs aufzubewahren. Sie und jedes Mitglied Ihrer Crew, das diese Nachricht gesehen hat, erhalten hiermit den Befehl, niemals und mit niemandem darüber zu sprechen. Die einzige offizielle Kopie dieses Beschlusses wird hier bei Starfleet Command aufbewahrt. Und ich muß nicht erst betonen, daß dies auch für meine ergänzenden Bemerkungen gilt. Viel Glück, Jean-Luc. Ende der Übertragung.«

Das Logo erschien wieder auf dem Bildschirm, dann wurde er dunkel. Eine geraume Weile schwiegen alle Personen auf der Brücke der *Enterprise* und ließen die Bedeutung von Creightons Worten einsickern. Schließlich brach Gruzinov die Stille.

»Bilde ich es mir nur ein, Jean-Luc, oder habe ich gerade gehört, daß Creighton Ihnen gesagt hat …«

»Wir haben gerade Admiral Creightons Befehl gehört, mit niemandem über den Ratsbeschluß zu sprechen«, unterbrach Picard ihn sofort. »Ich interpretiere diese Anweisung so, daß wir auch nicht untereinander darüber sprechen dürfen.«

Gruzinov sah ihn erstaunt an. Picards Gesichtsausdruck blieb unergründlich. »Mein Gott«, sagte Gruzinov leise. »Jean-Luc, was ist mit der Ersten Direktive, die wir hier berücksichtigen …«

»Noch ein Wort über dieses Thema, Captain, und ich sehe mich *gezwungen*, Sie unter Arrest zu stellen und in eine Zelle sperren zu lassen«, sagte Picard und sah Gruzinov unbeirrbar an. »Das ist *meine* Verantwortung, Ivan«, fügte er hinzu.

Gruzinov erwiderte einen Augenblick lang seinen Blick, schluckte dann schwer und nickte. »Natürlich. Ich verstehe. Aber müssen Sie die Verantwortung wirklich allein tragen?«

»Geschätzte Ankunftszeit in N'trahn, Mr. Koski?« fragte Picard kurz und knapp.

»In etwa zehn Minuten, Sir.«

»Captain«, sagte Troi, »ich muß mit Ihnen sprechen. Unter vier Augen.«

»In meinem Quartier, Counselor. Captain Gruzinov,

Sie haben während meiner Abwesenheit das Kommando.«

»Ja, Sir.«

In dem Augenblick, in dem die Turbolifttüren sich schlossen, drehte Troi sich besorgt zu Picard um. »Captain«, sagte sie, »Sie können doch nicht tatsächlich in Betracht ziehen ...«

»*In meinem Quartier,* habe ich gesagt, Counselor«, erwiderte Picard.

»Jawohl, Sir«, erwiderte sie, und den Rest des Weges legten sie in gespanntem Schweigen zurück.

Als sie Picards Quartier betreten hatten, wartete er, bis die Tür sich geschlossen hatte, bevor er sich zu ihr umdrehte. »Nachdem es nun ausgeschlossen ist, daß wir belauscht werden, darf ich Ihre Frage vorwegnehmen, Deanna. Nein, ich ziehe auf keinen Fall im Betracht, J'drahn ermorden zu lassen. So etwas haben Sie mir doch bestimmt nicht zugetraut?«

Troi seufzte vor Erleichterung. »Nein, Captain, aber wenn man Admiral Creightons Worte berücksichtigt ...«

»Admiral Creighton hat gesagt, der Rat wäre nicht übermäßig traurig, würde man J'drahn inoffiziell aus dem Amt entfernen«, erwiderte Picard. »Dieser Kommentar läßt sich natürlich in vielerlei Hinsicht interpretieren, wie Admiral Creighton genau weiß. Ich interpretiere ihn ziemlich wörtlich, als einfache Aussage über die Gefühle des Rates bezüglich Oberherrn J'drahn, aber keinesfalls als Befehl, weder einen direkten noch indirekten.«

Troi nickte. »Ich verstehe. Aber, Captain ... was werden Sie nun tun?«

Picard seufzte schwer und setzte sich an den Tisch. Er trommelte nervös mit den Fingern auf die Tischplatte. Troi beobachtete ihn mit besorgtem Gesicht. Sie konnte seinen inneren Aufruhr spüren.

»Ich weiß es noch nicht«, erwiderte er nach einem Augenblick. »Aber ich werde keinen Krieg anzetteln, wenn ich es irgendwie verhindern kann. Ich wünschte nur, Will wäre hier. Und LaForge. Wir stehen eventuell vor Kampfhandlungen, und ich muß ohne meinen Ersten Offizier und Chefingenieur auskommen ...« Er verstummte und schüttelte einfach den Kopf.

»Sie machen sich auch noch in anderer Hinsicht Sorgen«, sagte Troi.

Picard nickte. »Ja, da haben Sie recht. Ich fürchte um die Sicherheit unseres Teams, Deanna, kann es mir aber nicht erlauben, im Augenblick daran zu denken. Ich muß mich mit der Tatsache abfinden, daß die *Intrepid* und die *Serapis* unmöglich rechtzeitig hier eintreffen können. Wahrscheinlich wird es schon lange vor ihrer Ankunft zu Kampfhandlungen kommen. Das hängt nur davon ab, wie weit Kronak zu gehen bereit ist. Und wenn es zu Kampfhandlungen kommt und wir verlieren sollten, werden die *Intrepid* und die *Serapis* nicht mehr lediglich den Vertrag von Algeron durchsetzen müssen, sondern in einen richtigen Krieg geraten. Und das muß ich unter allen Umständen verhindern.«

»Aber der Rat hat Ihnen praktisch die Hände gebunden«, sagte Troi. »Wie wollen Sie Ihren Auftrag erfüllen, ohne gegen geltende K'tralli-Gesetze zu verstoßen, wenn General H'druhn seinen Sohn nicht aus dem Amt entfernen kann?«

»Das kann ich nicht«, erwiderte Picard, »und das weiß der Rat ganz genau. Er praktiziert die komplizierte Kunst der Politik am Rande des Abgrunds. Der Rat hat einen Beschluß gefaßt, der von uns lediglich verlangt, daß wir die Vereinbarungen des Vertrages durchsetzen, dabei aber die Autonomie der K'tralli respektieren. Vergessen wie einmal, wie lächerlich das in Wirklichkeit ist. Als politische Entscheidung hat sie aber genau den richtigen diplomatischen Klang.«

Sein Kommunikator piepte. Picard tippte mit der Fingerspitze darauf. »Hier Picard.«

»Captain, wir nähern uns N'trahn«, sagte Gruzinov.

»Ich komme sofort«, sagte Picard und erhob sich. Er wandte sich Troi zu. »Dieses Gespräch fällt unter die Geheimhaltung, Counselor.«

»Ja, Sir«, sagte sie resigniert. »Ich verstehe.«

Riker betrat die Brücke gerade noch rechtzeitig, um das Ende des Anrufs von Gouverneur T'grayn mitzubekommen. Er hatte dem Außenteam nicht angehört, das den Gouverneur auf D'rahl aufgesucht hatte, erkannte T'grayns Gesicht auf dem Bildschirm also nicht, als er die Brücke betrat, doch im Verlauf des Gesprächs wurde ziemlich schnell klar, um wen es sich handelte. Da er T'grayn nicht erkannte, konnte der Gouverneur zum Glück auch ihn nicht erkennen. Doch als Riker die Brücke betrat, war T'grayns Aufmerksamkeit sowieso völlig auf Blaze gerichtet. Wenn T'grayn ihn überhaupt bemerkte, dachte Riker, dann höchstens als Gestalt, die sich im Hintergrund bewegte. Der K'tralli-Gouverneur war überreizt und stand am Rand der Hysterie. Riker nahm seine Position an der taktischen Konsole ein und lauschte dem Wortwechsel.

»Sie *müssen* mir helfen, Blaze!« sagte T'grayn gerade. »Das sind Sie mir schuldig!«

»Ich bin Ihnen etwas schuldig?« erwiderte Blaze, und sein ruhiger Tonfall stand in deutlichem Gegensatz zu T'grayns Erregung. »Was genau bin ich Ihnen schuldig, T'grayn? Sie sind durch die Bestechungsgelder reich geworden, die ich Ihnen gezahlt habe, und haben für die zweifelhafte Sicherheit, die Sie mir gewährt haben, einen großzügigen Prozentsatz all meiner Profite kassiert. Sie haben nichts für mich getan, wofür ich Sie nicht schon teuer bezahlt hätte.«

»Aber ich ... ich ... ich hätte Ihnen noch viel mehr abknüpfen können!« protestierte T'grayn.

»Wären Sie dieser Ansicht gewesen, Gouverneur, hätten Sie es zweifellos auch getan. Aber dann wären *Sie* der Pirat gewesen und nicht ich!«

»Aber ich habe Ihnen auch wertvolle Informationen gegeben«, sagte T'grayn. »Ich habe Ihnen gesagt, daß die *Enterprise* nach N'trahn aufgebrochen ist! Ohne mich hätten Sie das an Ihrer gegenwärtigen Position niemals erfahren!«

»Das stimmt nicht ganz, Gouverneur«, sagte Blaze. »Es trifft zwar zu, daß ich darauf geachtet habe, den Planeten zwischen mir und der *Enterprise* zu halten, obwohl ich getarnt bin, weil ich nicht die Absicht habe, Picard noch einmal zu unterschätzen. Doch zufällig hat vor ein paar Minuten Tribun Kronak Kontakt mit mir aufgenommen und mich über den Abflug der *Enterprise* unterrichtet. Er wollte, daß ich mich mit ihm zusammentue und Picard nach N'trahn verfolge, doch leider habe ich meine Reparaturen noch nicht abgeschlossen. Er war sehr ärgerlich, das hören zu müssen. Auch er war der Ansicht, daß ich ihm etwas schuldig bin.«

Riker verkrampfte sich. Bei einem kurzen, zufällig belauschten Gespräch hatte er gerade etwas erfahren, das zutiefst beunruhigend war. Nicht nur, daß die *Enterprise* ihnen nicht helfen konnte, weil sie nach N'trahn aufgebrochen war, sie wurde auch noch von einem romulanischen Kriegsvogel verfolgt. Und die Anwesenheit eines romulanischen Tribuns konnte nur eines bedeuten – in diesem System hielten sich nicht nur ein romulanisches Schiff, sondern auch romulanische Landungstruppen auf. Aber wo? Und wie viele?

»Wo hätten Sie sich ohne Kronak und mich ... Augenblick mal. Was haben Sie gerade gesagt? *Sie meinen, Sie können nicht starten?*« fragte T'grayn beunruhigt, als ihm die volle Bedeutung von Blaze' Worten klar wurde.

»Die Reparaturen müßten bald abgeschlossen sein«, erwiderte Blaze. »Besonders, da die *Enterprise* abgeflogen ist und ich nun ungefährdet die Triebwerke abschalten und das Schiff enttarnen kann. Aber ich schätze, daß es mindestens noch vierundzwanzig Stunden dauern wird, vielleicht sogar noch länger.«

»Wie lange?« fragte T'grayn und befeuchtete nervös seine Lippen.

»Vorsichtig geschätzt, etwa zweiundsiebzig Stunden«, erwiderte Blaze.

»Drei Tage?« sagte T'grayn verzweifelt. »In drei Tagen könnten wir uns mitten in einem Krieg befinden!«

»Dann werde ich versuchen, in zwei Tagen fertig zu sein«, sagte Blaze. »Ich möchte nicht zwischen die Fronten der Föderation und der Romulaner geraten.«

»Sie *müssen* mich mitnehmen, Blaze! Ich *bitte* Sie …«

»Warum? Welchen Nutzen haben Sie an Bord dieses Schiffes für mich? Sie wären lediglich unerwünschte Fracht. Außer natürlich, es könnte sich für mich als profitabel erweisen, Sie aus dem System zu bringen. Ich nehme nicht an, daß Sie Ihre auf so üble Weise verdienten Gewinne zurücklassen wollen.«

»Ich … ich wollte Sie bitten, mir beim Transfer meines persönlichen Besitzes behilflich zu sein«, sagte T'grayn. »Ich weiß, Sie haben Kontakte im Ferengi-System. Ich würde Sie großzügig …«

»Die Hälfte«, sagte Blaze.

T'grayns Mund klaffte auf. »Die Hälfte? Aber … das ist *unverschämt!*«

»Die Hälfte«, sagte Blaze. »Oder Sie bleiben auf D'rahl und lassen es darauf ankommen. Ein ähnliche Formulierung haben Sie benutzt, als wir unsere Vereinbarung trafen.«

»Ein Drittel«, bot T'grayn schwach an.

»Die Hälfte«, sagte Blaze nachdrücklich. »Und seien Sie dankbar, daß ich Ihren Vorschlag überhaupt in Erwägung ziehe. Sie wissen ja, ich könnte Ihr System einfach verlassen. Doch für ein Honorar von fünfzig Prozent werde ich Ihr persönliches Vermögen ins Ferengi-System transferieren und Ihren elenden, fetten Leib zu dem Ziel bringen, das Sie mir nennen. Haben wir eine Abmachung?«

T'grayn schluckte heftig. »Ja, verdammt!«

»Ausgezeichnet. Melden Sie sich, wenn Sie soweit sind.«

Blaze gab das Zeichen, die Verbindung zu unterbrechen, und der Bildschirm wurde dunkel. Dann drehte er sich um und machte Riker an der taktischen Konsole aus.

»Ah, Stryker«, sagte er. »Man hat mir mitgeteilt, Sie wären auf der Krankenstation. Geht es Ihnen besser?«

»Thorn muß später noch mal nach mir sehen«, sagte Riker. »Sie hat das richtige Medikament gegen meine Rückenschmerzen nicht gefunden. Sie meint, da unten herrscht ein fürchterliches Durcheinander.«

»Sie wird schon bald wieder Ordnung geschaffen haben«, erwiderte Blaze. »Wie kommen Sie mit den Waffensystemen voran?«

»Ich finde mich so langsam damit zurecht«, sagte Riker. »Aber Sie haben mir verschwiegen, daß nicht nur ein Raumschiff der Föderation, sondern auch ein romulanischer Kriegsvogel in der Nähe ist. Es geht doch nichts über ein wenig Druck, nicht wahr?«

Blaze lächelte. »Ich habe den Eindruck, Sie arbeiten ganz gut unter Druck. Außerdem sind sowohl der Kriegsvogel als auch die *Enterprise* nach N'trahn aufgebrochen. Mit etwas Glück schießen sie sich gegenseitig in Stücke. Wenn nicht, müßten wir schon längst verschwunden sein, bevor der Sieger zurückkehren kann.«

»Und was, wenn nicht? Was geschieht dann?«

»Das hängt wohl davon ab, wer die Auseinandersetzung für sich entscheiden konnte«, sagte Blaze. »Aber ich vermute, wir haben keinen Nutzen für Tribun Kronak mehr. Daher wird er uns eher als Belastung denn als Hilfe sehen. Ich schlage vor, Sie fangen schon mal mit dem Üben an, Stryker. In sechs Stunden werden Sie eine Testsimulation absolvieren.«

»Und was, wenn ich bei dem Test durchfalle?«

»Der beste Schütze seiner Klasse an der Starfleet-Akademie versagt bei einem einfachen Simulationslauf? Dann wäre ich sehr überrascht und enttäuscht. Aber nicht so enttäuscht, wie Sie es sein werden, das kann ich Ihnen versprechen.«

»In diesem Fall gehe ich lieber mal in die technische Abteilung runter und vergewissere mich, daß die Relais und Modulatoren der Phaserbänke richtig eingestellt sind«, sagte Riker. »Und ich will auch die Photonentorpedowerfer überprüfen.«

»Das können Sie auch von hier oben«, erwiderte Blaze stirnrunzelnd.

»Aber ich weiß nicht, ob ich zutreffende Meßwerte bekommen, wenn ich mich nicht an der Quelle überzeuge«, sagte Riker. »Und LaBeau hat mit den Reparaturen alle Hände voll zu tun.«

»Das stimmt allerdings«, sagte Blaze und nickte. »Na schön, dann gehen Sie. Und wenn Sie schon mal unten sind, können Sie LaBeau gleich sagen, daß wir in einer Stunde die Triebwerke abschalten werden. Ich will alle Systeme in sechs Stunden installiert und voll funktionsfähig haben.«

»In sechs Stunden?« wiederholte Riker. »Aber Sie haben T'grayn doch gesagt ...«

»In sechs Stunden, Stryker. Dann will ich für den ersten Testflug bereit sein. Und in zwölf Stunden will ich diesen Sektor verlassen haben. Hoffen wir für LaBeau, daß er dieser Aufgabe gewachsen ist.«

»Aye, aye, Sir«, sagte Riker trocken. Er verließ die Brücke und nahm den Turbolift zum Maschinendeck. *Sechs Stunden?* Blaze mußte träumen. Um ein Triebwerk abzuschalten, neue Teile einzubauen, es wieder zu starten und vernünftig zu kalibrieren – und das alles innerhalb von sechs Stunden –, würde sogar eine so erstklassige Technikercrew, wie Geordi sie auf der *Enterprise* zur Verfügung stand, sich gewaltig ins Zeug legen müssen. Für so eine zusammengewürfelte Mannschaft war das ein Ding der Unmöglichkeit. Geordi war ein verdammt guter Chefingenieur, der beste, den Riker je gesehen hatte, aber allein würde er es auf keinen Fall schaffen.

Und das war nicht ihr größtes Problem, dachte Riker. Bei weitem nicht.

Sie hatten vorgehabt, vom Schiff zu fliehen. Doch nun war die *Enterprise* abgeflogen, und selbst, wenn sie sich einen persönlichen Kommunikator besorgen könnten, würde sein Signal nicht bis nach N'trahn reichen. Irgendwie muß ich die *Enterprise* vor diesem Kriegsvogel warnen, dachte Riker. Aber wie? Wenn sie sich zur Gewerkschaft der Handelsflotte durchschlagen konnten, könnte er von dort aus eine Nachricht zur Starbase 37 schicken, um die *Enterprise* warnen zu lassen. Aber wenn ihnen endlich die Flucht von der *Glory* gelungen war, war es dafür vielleicht schon zu spät. Er würde das Risiko eingehen müssen, direkt vom Schiff aus eine Nachricht zu schicken. Aber das war nicht möglich, ohne daß die Brückencrew etwas davon mitbekam. Um die *Enterprise* rechtzeitig zu warnen, dachte er, werden wir unsere Tarnung auffliegen lassen müssen.

Der Maschinenraum war das reinste Tollhaus. Der Großteil von Blaze' kleiner Mannschaft war damit beschäftigt, die Ersatzteile einzubauen und die Schäden zusammenflicken. »Zusammenflicken« war in der Tat der richtige Ausdruck, dachte Riker, als er sich in dem Trubel umsah. Alle Reparaturen, die nicht absolut lebensnotwendig für die Funktion des Schiffes waren, wurden einfach ignoriert. Er hielt nach Geordi Ausschau.

Riker war die ruhige, gleichmäßige Effizienz der Techniker der *Enterprise* gewöhnt. Hier lief die Chose aber ganz anders. Überall, wohin er schaute, waren die abgerissen wirkenden Mannschaftsmitglieder an der Arbeit, einige mit nackten Oberkörpern, deren bunte Tätowierungen von einer Schweißschicht bedeckt waren, andere wiederum nur mit Westen oder abgeschnittenen Uniformhemden oder -hosen bekleidet. Der Lärm war fast ohrenbetäubend. Die Geräusche von Laserschweißgeräten, elektrischen Bohrgeräten und Nietmaschinen sowie altmodischen Hämmern und Zangen gesellten sich zu den Flüchen und dem Gebrüll der Crewmitglieder. Der riesige Ragnar war mittendrin, scheuchte seine Leute hin und her und versetzte ihnen gelegentlich einen Tritt oder einen Klaps auf den Rücken, um seinen dröhnenden Befehlen Nachdruck zu verleihen. Schließlich entdeckte Riker LaForge und winkte ihn zu sich. Geordi kam zu ihm hinüber. Er sah abgespannt und müde aus.

»Wie läuft's?« fragte Riker.

»Müssen Sie das noch fragen?« erwiderte LaForge verärgert. »Wäre dieser Ragnar nicht hier, hätten diese Burschen mich schon längst umgebracht. Und wir sind erst ein paar Stunden an der Arbeit. Zu allem Überfluß habe ich es mit Komponenten eines mir unbekannten Antriebssystems zu tun. Die Romulaner müssen so eine Umwandlung jahrelang geplant haben. Ich vermute, sie haben darauf gehofft, ein Föderationsschiff zu kapern und es zur Infiltration einzusetzen. Bei diesen Geräten handelt es sich um Spezialanfertigungen, und wer auch immer sie konstruiert hat, verstand etwas von seiner Arbeit. Glauben Sie mir, wie sie ...«

»Geordi«, sagte Riker und beugte sich vor, damit niemand sie belauschen konnte, auch wenn das bei diesem Lärm kaum möglich war, »versuchen Sie wirklich, dieses Ding zu *reparieren?*«

LaForge seufzte müde. »Ich muß zumindest so tun, als ob«, erwiderte er. »Ragnar ist ziemlich clever, aber ich weiß noch immer nicht genau, wie gut er sich auskennt. Ich habe ein paar Ideen, kann es mir aber nicht leisten, diesen Vogel zu sabotieren und mich dabei von ihm erwischen zu lassen. Dann wären wir alle erledigt.«

»Das sind wir sowieso schon«, sagte Riker. »Ich habe mir überlegt, wie wir von diesem Schiff fliehen können, mußte aber gerade herausfinden, daß die *Enterprise* nach N'trahn abgeflogen ist. Und sie wird zu allem Überfluß von einem Kriegsvogel unter dem Kommando eines romulanischen Tribuns verfolgt.«

»Mein Gott«, sagte Geordi. »Das heißt, sie haben auch Sturmtruppen hier. Was sollen wir tun?«

Riker erklärte ihm schnell seinen Fluchtplan.

Geordi nickte. »Es könnte klappen, wenn wir alles zeitlich genau abstimmen«, sagte er.

»Das Problem ist nur, wir wären dann zwar auf der Planetenoberfläche, müßten aber noch immer die *Enterprise* erreichen«, sagte Riker. »Und bis wir uns zum Büro der Gewerkschaft der Handelsflotte durchgeschlagen haben, ist es vielleicht schon zu spät.«

»Mr. LaBeau!« rief Ragnar. »Wir brauchen Sie hier!«

»Ich komme sofort!« rief Geordi zurück und wandte sich wieder Riker zu. »Welche anderen Möglichkeiten haben wir?«

»Nur eine. Wir versuchen, die *Enterprise* von hier aus zu warnen«, sagte Riker grimmig.

»Wie können wir das, ohne unsere Tarnung auffliegen zu lassen?«

»Gar nicht.«

Geordi starrte ihn an und atmete dann schwer aus. »Na schön«, sagte er.

»Mr. LaBeau!«

»Ich komme schon!« Geordi wandte sich wieder Riker zu. »Die *Enterprise* geht vor. Wir beide wissen das. Tun Sie, was Sie tun müssen, Commander.«

»Na schön, in einer Stunde wird Blaze befehlen, das Triebwerk abzuschalten. Wenn wir unmittelbar, bevor er diesen Befehl erteilt, zuschlagen können, haben wir vielleicht eine Chance, die Sache durchzuziehen. Versuchen Sie, an den Nottransporter heranzukommen, bevor Blaze die Abschaltung befielt. Sagen Sie Ragnar, Sie müßten etwas in der horizontalen Mischungskammer überprüfen, denken Sie sich irgendeine Entschuldigung aus, und dann gehen Sie runter, damit sie genug Zeit haben, die Fluchtkoordinaten zu programmieren. Sie müssen in dem Augenblick transportbereit sein, in dem Dorn unten eintrifft.«

»Verstanden. Aber was ist mit Ihnen?«

»Warten Sie nicht auf mich. Wenn es irgendwie möglich ist, benutze ich die Haupttransporter auf Deck sieben, wenn nicht, schicke ich die Warnung ab und versuche, Deck siebzehn zu erreichen. Wenn Sie den Transporter schon programmiert haben, muß ich nur noch Energie geben und auf die Plattform springen. Aber vielleicht schaffe ich es nicht, und es ist sinnlos, daß wir alle geschnappt werden.«

»Ich verstehe«, sagte LaForge. »Viel Glück, Commander.«

»Ja«, sagte Riker. »Ihnen auch. Wir werden es brauchen.«

Riker trat wieder auf den Gang hinaus. Seine Gedanken rasten. Er hatte nicht die geringste Ahnung, wie Blaze sein Schiff innerhalb von sechs Stunden wieder einsatzbereit machen wollte, und ohne Geordi würde er es auf keinen Fall schaffen. Wenn es ihnen einfach nur gelang, vom Schiff zu fliehen, dachte er, wäre Blaze endgültig aufgeschmissen. Die Frage war nur, wie er die *Enterprise* warnen und trotzdem noch zum Notfall-Transporter fliehen konnte.

Das Timing mußte einfach perfekt sein. Er mußte Dorn genug Vorsprung geben, daß sie es bis auf Deck vierzehn schaffte und zum Nottransporter zwei Decks tiefer gelangte. Vorausgesetzt, sie beeilte sich und wurde nicht entdeckt, würde sie höchstens drei oder vier Minuten brauchen, um von Deck vierzehn nach Deck siebzehn zu gelangen, doch wieviel Zeit würde sie benötigen, um durch die Jefferies-Röhre von Deck sieben zu Deck vierzehn hinabzusteigen? Wenn sie schnell machte – und nicht erwischt wurde – etwa zwanzig Minuten? Oder sollte er eine halbe Stunde einplanen, um ihr genügend Zeit zu geben, die Krankenstation zu verlassen? Er war auf eine Schätzung angewiesen, und er konnte es sich nicht leisten, falsch zu schätzen. Er mußte ihr so viel Zeit wie möglich zugestehen und darauf setzen, daß man sie nicht allzu schnell vermißte.

Dorn stellte den unbekannten Faktor dar. Es würde keinen Argwohn erregen, wenn er auf der Brücke eine Stunde lang abwesend war. Es konnte wesentlich länger dauern, die Relais und die Kalibrierung der Phaserbänke und der Torpedowerfer zu überprüfen, besonders wenn Neueinstellungen erforderlich waren. Geordi konnte sich problemlos eine Ausrede einfallen lassen, er müsse den Maschinenraum verlassen und etwas überprüfen, und sich dann innerhalb weniger Minuten zu dem ein Deck tiefer befindlichen Nottransporter begeben. Dorn mußte das gesamte Schiff in der Jefferies-Röhre durchqueren. Riker sah auf die Uhr. Er gab ihr am besten jetzt schon das Zeichen.

Er fand ein Wandinterkom und rief die Krankenstation.

»Krankenstation«, meldete Dorn sich.

Er benutzte das vereinbarte Stichwort, nur für den Fall, daß jemand mithörte. »Hier Stryker. Haben Sie dieses Medikament schon gefunden?«

»Noch nicht, aber ich konnte noch nicht alle Depots durchsuchen. Sie müssen sich noch eine kleine Weile gedulden. Ich melde mich bei Ihnen, sobald ich mit der Bestandsaufnahme der Medikamente fertig bin.«

»Na schön, danke«, sagte Riker, »aber lassen Sie sich nicht zuviel Zeit.« Er unterbrach die Verbindung. Er hatte den Plan in Gang gesetzt. Sobald sie zu der Einstiegsluke gelangen konnte, würde sie sich auf den Weg durch die Jefferies-Röhre machen. Ihm blieben noch etwa fünfundvierzig Minuten vor Abschaltung der Triebwerke, um einen Funkspruch an die *Enterprise* zu schicken und sich zum Nottransporter zu begeben. Zum Glück würde Blaze ihn nicht so bald auf der Brücke zurückerwarten.

Riker glaubte zu wissen, was Blaze vorhatte. Er würde T'grayn eine Vollmacht für seine K'tralli-Banken ausstellen lassen, einen kodierten Subtraumtransfer all seiner Vermögenswerte ins Ferengi-System vorzunehmen, zweifellos auf eines von Blaze' Konten. Dann würde er

T'grayn sagen, daß er eine Subraumbestätigung des Transfers abwarten wolle, bevor er ihn an Bord holte. Und während T'grayn darauf wartete, von ihm zu hören, würde Blaze einfach davonfliegen. T'grayn hatte zweifellos beträchtliche Werte zusammengetragen, und Blaze würde sich darauf konzentrieren, sie sich unter den Nagel zu reißen; schließlich hatte er wesentlich dazu beigetragen, daß T'grayn überhaupt so reich hatte werden können. Doch auch wenn Blaze zur Zeit damit beschäftigt war, T'grayns Konten zu plündern, durfte Riker trotzdem keine Zeit verschwenden.

Er wußte, die beste Gelegenheit, eine Nachricht abzuschicken, bot die Nebenbrücke auf Deck 7. Sie befand sich auch in der Nähe der Haupttransporterräume. Blaze würde dort zweifellos eine Wache postiert haben. Auch die Waffenkammer befand sich auf Deck 7. Sie würde verschlossen und unter normalen Umständen wahrscheinlich streng bewacht sein, aber bei einer kleinen Crew, von der jeder freie Mann für die Reparaturen benötigt wurde, war es durchaus möglich, daß sich zur Zeit kein Wächter vor der Waffenkammer befand. Aber verlassen wollte er sich darauf nicht.

Die Nebenbrücke würde höchstwahrscheinlich nicht bewacht sein. Doch sie zu erreichen, war nur das erste Problem. Sobald er sie betreten hatte, konnte er seine Nachricht in den Computer eingeben, dann die Hauptbrückenkontrolle ausschalten und die Warnung auf der Starfleet-Frequenz senden, damit sie sowohl Starbase 37 als auch die *Enterprise* erreichte. Es war ziemlich sinnlos, sich die Zeit zu nehmen, die Nachricht zu kodieren. Schon allein dadurch, daß er sie abschickte, würde er ihre Tarnung auffliegen lassen, und Blaze würde sofort wissen, wer sie gesendet hatte und was sie enthielt.

Als Riker zu den oberen Decks zurückkehrte, versuchte er abzuschätzen, wieviel Zeit ihm von dem Augenblick an blieb, da er die Nachricht auf den Weg schickte. Wenn auf der Hauptbrücke nicht alle Mann schliefen – und das war wohl ziemlich unwahrscheinlich, dachte er –, würde man es in dem Augenblick bemerken, in dem er auf den Sendeknopf drückte. Der Kommunikationsmaat, T'gahl, würde mit Hilfe des Sendeverzeichnisses in seiner Konsole sofort feststellen können, woher sie kam, und Blaze warnen. Und Blaze würde umgehend Mannschaftsmitglieder zur Nebenbrücke beordern.

Der Großteil der Crew war mit Reparaturen beschäftigt, doch abgesehen von den Brückenoffizieren hatte Blaze bestimmt einige Wachen an den wichtigsten Stationen des Schiffes postiert. Irgend jemand würde sich bei den Haupttransportern befinden, und wahrscheinlich auch jemand vor der Waffenkammer. Da diese beiden Räume sich ebenfalls auf Deck 7 befanden, mußte Riker damit rechnen, daß sich mindestens zwei Personen in seiner unmittelbaren Nähe aufhielten. Die anderen würden auf der Brücke sein oder im hinteren Teil des Schiffes arbeiten. Sobald Blaze befahl, die Antriebssysteme abzuschalten, würden einige Besatzungsmitglieder das Schiff wahrscheinlich mit Arbeitsbienen verlassen, damit sie Reparaturen an der Außenhülle vornehmen konnten. Geordi würde wahrscheinlich so viele Techniker wie möglich zu Außenarbeiten verdonnern, bevor er den Maschinenraum verließ, und dafür sorgen, daß auch die anderen bis über beide Ohren in Arbeit steckten.

Auf jeden Fall, dachte Riker, würde man vom hinteren Teil des Schiffes aus viel länger brauchen, zur Nebenbrücke zu gelangen, als direkt von der Hauptbrücke aus. Blaze würde das natürlich wissen und sich mit einigen Brückenoffizieren selbst auf den Weg zu ihm machen. Mit dem Turbolift konnten sie die Nebenbrücke von der Hauptbrücke aus in ein oder zwei Minuten erreichen. Das war nicht viel Zeit.

Wenn er lief, konnte er den Transporterraum in ein bis zwei Minuten erreichen, doch wenn sich ihm jemand in den Weg stellte, den er erst ausschalten mußte, und dann noch seine Fluchtkoordinaten programmieren mußte, hatten die Leute, die von der Brücke kamen, genug Zeit, um ihn aufzuhalten. Er kam zum Schluß, daß er dieses Risiko nicht eingehen konnte. Vielleicht war er imstande, einen oder zwei Männer in ein paar Minuten außer Gefecht zu setzen, wenn er Glück hatte, doch dann blieb ihm nicht mehr genug Zeit, um den Transporter zu programmieren. Und Blaze würde zweifellos begreifen, daß der Transporterraum sein Ziel war.

Nein, dachte Riker, der Haupttransporter kam nicht in Frage. Er mußte es auf die harte Tour versuchen und hoffen, daß sie nicht allzu schnell dahinter kamen. Er würde die Warnung abschicken, dann auf Deck 7 längs durch das Schiff zum vertikalen Mischungsschacht laufen, einen der Ein-Mann-Lifte, der am Schacht entlang verlief, zum Deck 15 nehmen und den Niedergang durch die horizontale Mischungskammer zum Hangarkontrollraum entlanglaufen. Von dort aus konnte er die Treppe hinab zum Deck 17 nehmen. Das war ein weiter Weg. Und wenn Blaze dahinterkam, wohin er wollte, mußte er nur das Schiffsinterkom benutzen und Mannschaftsmitglieder aus dem Maschinenraum hinaufbeordern, die ihm den Weg abschneiden konnten. Wo? Wahrscheinlich würden sie versuchen, ihn entweder in der horizontalen Mischungskammer oder auf der Treppe abzufangen, die vom Hangarkontrollraum hinabführte.

»Optionen, Nummer Eins«, würde Picard in solch einer Lage sagen. »Ich will Optionen.« Na ja, dachte Riker, es gab einfach nicht viele. Wenn er versuchte, den Haupttransporter auf Deck 7 zu benutzen, würde man ihn erwischen, während er versuchte, den Transportertechniker zu überwältigen oder die Fluchtkoordinaten zu programmieren. Und wenn er versuchte, es bis zu Deck 17 hinab zu schaffen, wo Geordi den Transporter schon vorbereitet hatte, ging er das Risiko ein, zwischen der horizontalen Mischungskammer und dem Nottransporter im sekundären Schiffskörper erwischt zu werden. So oder so, es bestand kaum eine Möglichkeit, daß er es schaffte.

Was würde er jetzt für einen Phaser geben, dachte er, als er auf Deck 7 aus dem Turbolift trat. Oder auch nur für dieses Bowiemesser. Als er an der Krankenstation vorbeiging, warf er rasch einen Blick hinein. Dorn war bereits fort. Gut, dachte er. Bewegen Sie sich, Lieutenant. Fliegen Sie. Er ging weiter den Gang entlang, vorbei an der Waffenkammer und den Haupttransporterräumen. Da die Türen geschlossen waren, konnte er nicht feststellen, ob in den Transporterräumen jemand Wache stand. Vor der Waffenkammer befand sich kein Posten, aber sie war verschlossen, und wenn er dort einzudringen versuchte, würde er Alarm auslösen und den oder die Wächter im Transporterraum auf den Plan rufen. Vorausgesetzt, dort tat nur ein Transportertechniker Dienst, würde er auch nur an einem Mann vorbeikommen müssen, nachdem die Brücke Alarm ausgelöst hatte. Er war versucht, einfach nachzusehen, wollte aber nicht riskieren, daß der Transportertechniker Verdacht schöpfte und auf der Brücke nachfragte, was Riker hier zu schaffen habe. Er sollte eigentlich genau am anderen Ende des Schiffes sein. Nein, dieses Risiko konnte er nicht eingehen. Er mußte zuerst die Warnung abschicken.

Er erreichte die Nebenbrücke und betrat sie. Niemand war dort. Blaze vernachlässigte die Sicherheitsvorkehrungen. Aber andererseits blieb ihm unter den derzeitigen Umständen auch gar nichts anderes übrig. Ungetarnt und mit abgeschalteten Antriebssystemen war er viel verletzbarer. Er mußte jedes Crewmitglied einsetzen, das er erübrigen konnte, um die Arbeiten am Triebwerk so schnell wie möglich zu beenden.

Riker setzte sich hinter die Computerkonsole und rief die Daten von der Navigationskonsole auf der Brücke auf. Das war nicht weiter gefährlich, dachte er, die da oben würden sich wohl kaum etwas dabei denken. Er kopierte die Positionsangaben der *Glory* und schickte sich dann an, seine Nachricht zu verfassen. Er mußte sie kurz halten und direkt zur Sache kommen. »Riker an *Enter-*

prise«, gab er ein. »Außenteam auf die *Glory* im Orbit über D'rahl entführt.« Er fügte die Positionskoordinaten hinzu. »Unbekannte Anzahl romulanischer Truppen im K'tralli-System präsent. T'grayn und J'drahn machen gemeinsame Sache mit ihnen. Kriegsvogel verfolgt Sie. Alarmstufe Rot. Werden zu fliehen versuchen. Wenn es uns nicht gelingt, heizen Sie ihnen ordentlich ein. Ende der Mitteilung.«

Er lehnte sich zurück und sah den Bildschirm an. Das müßte genügen, dachte er. Er sah auf die Uhr. Noch etwa zwanzig Minuten, bis Blaze den Befehl zum Abschalten des Triebwerks gab. Auf der Brücke und unten im Maschinenraum würden sie bereits die nötigen Vorbereitungen treffen. Das bedeutete, Geordi würde sich in zehn bis fünfzehn Minuten in Bewegung setzen. Riker wünschte, er könnte diese Zeit nutzen, um die Hilfskommunikationskonsole dahingehend zu programmieren, daß sie die Nachricht in zehn Minuten sendete, und sich dann schon auf den Weg zurück zu Deck 17 machen, doch wenn er die Brückenkontrolle nicht ausschaltete, bestand die Möglichkeit, daß sie das Signal von der Brücke aus unterbrachen. Und in dem Augenblick, in dem er die Brückenkontrolle ausschaltete, hatte er sich verraten. Er verzog das Gesicht. Ihm blieb nichts anderes übrig, als mindestens die nächsten zehn Minuten lang hier auszuharren. Dann mußte er die Brückenkontrolle ausschalten, die Nachricht abschicken und laufen, als wäre der Teufel hinter ihm her.

Dorn stieg schnell die Leiter hinab, die durch die gesamte Jefferies-Röhre verlief. Es war ein langer Weg nach unten, und sie mußte sich schnell bewegen. Es gab nur ein Problem, und sie hatte Riker nichts davon gesagt. Sie hatte noch nie jemandem etwas davon erzählt.

Sie hatte für die Mission, bei der diese Renegaten-Kybriden getötet worden waren, eine Belobigung bekommen – dieselbe Mission, bei der alle übrigen Mitglieder ihres Außenteams getötet worden waren. Diese Kybriden hatten härter gekämpft, als man erwartet hatte. Die Behörden auf Artemis VI hätten ihren Leuten eigentlich helfen müssen, hatten sich aber davor gedrückt. Starfleet stand ja bereit, und sie wollten, daß Starfleet sich darum kümmerte. Die drei Kybriden hatten sich in einem Lagerhaus am Raumhafen verschanzt. Sie hatten wahrscheinlich gehofft, ein Shuttle stehlen und den Planeten verlassen zu können, doch ihre Zeit war abgelaufen. Das Lagerhaus war umstellt, aber keiner der Kolonisten war bereit, reinzugehen und sie zu holen. Diese Aufgabe fiel dem Außenteam zu.

Sie gingen rein, und es war schrecklich. Die Kybriden töteten drei von ihnen, bevor sie überhaupt wußten, wie ihnen geschah. Und Dorn war in Panik geraten. Sie hatte eine leere Versandkiste gefunden, war hineingeklettert, hatte den Deckel wieder befestigt und dann dort gewartet, in der engen, dunklen Kiste, während die Kybriden den Lagerraum durchsuchten und systematisch die restlichen Leute ihres Teams ausschalteten. Sie war vor Furcht völlig gelähmt gewesen, hatte darauf gewartet, daß sie sie fanden. Sie hörte, wie ihre Kollegen nach ihr riefen, und war zu verängstigt, um zu reagieren, zu verängstigt, um sich zu bewegen. Als letzter war Fähnrich Mathieson gestorben. Aber als die Kybriden ihn gerade töten wollten, hatte der sterbende junge Mann seinen Phaser auf Überladung eingestellt, und die Kybriden waren bei der folgenden Explosion umgekommen. Als alles vorbei war, hatte sie als einzige überlebt; und sie wurde später für Fähnrich Mathiesons Tat ausgezeichnet. Aber sie konnte niemandem beichten, was wirklich passiert war. Seitdem trug sie diese Schuld mit sich herum.

Und sie schleppte auch noch etwas anderes mit sich herum ... etwas, das sie sich zugezogen hatte, als sie sich in dieser engen, dunklen Versandkiste versteckte. Seit diesem Tag litt sie an Klaustrophobie.

Die Jefferies-Röhre war schmal, und es war sehr eng

darin. Als sie die Leiter hinabstieg, spürte sie, wie ihr Entsetzen immer stärker wurde, und sie konnte nicht das geringste dagegen tun. Sie konnte nur daran denken, wie sie hier *rauskam*. Sie atmete in kurzen, keuchenden Stößen und spürte, wie ihr Magen sich zusammenzog.

»Mach schon, mach schon«, sagte sie sich, während sie schneller kletterte. »Ich muß hier raus. Ich muß ... hier ... raus ...«

Sie rutschte aus und wäre fast abgestürzt. Sie bekam eine Leitersprosse zu fassen und hielt sich daran fest. Es ging um ihr Leben. Sie mußte weiter, aber die Panik überwältigte sie allmählich, und wenn sie ihr nachgab, würde sie wahrscheinlich abstürzen, während sie versuchte, hektisch die Leiter hinabzuklettern.

Sie atmete tief und rasselnd ein, versuchte verzweifelt, ihre schreienden Nerven zu beruhigen. Und dann flakkerte die Beleuchtung in der Röhre.

»O nein ...«, sagte sie.

Es mußte etwas damit zu tun haben, daß im Maschinenraum die Energie abgeschaltet wurde. Ein Augenblick verstrich, und die Lampen flackerten erneut.

»Bitte nicht ...«, sagte sie.

Und dann gingen die Lichter aus.

»Nein, nein, *neeiin* ...«, jammerte sie, als die Dunkelheit sie umschloß. »Bitte nicht«, stöhnte sie. »Geht an, geht an, geht wieder an, *bitte* ...«

Aber die Dunkelheit blieb bestehen. Sie begann zu wimmern. Sie versuchte, sich zu Bewegungen zu zwingen, doch ihre Finger wollten die Leitersprosse nicht loslassen. Sie war vor Angst erstarrt. Die Minuten verstrichen, und es wurde immer schlimmer. Sie spürte, wie kalter Schweiß ihr Rückgrat hinabtropfte.

»Ich muß hier raus«, flüsterte sie. »Muß ... hier ... *raus!*«

Mit äußerster Mühe gelang es ihr, eine weitere Sprosse hinabzusteigen, doch ihr gesamter Körper zitterte nun heftig.

»Mach schon«, drängte sie sich. »Mach schon, du ... mieser ... verdammter ... untauglicher ... *Feigling* ...«

Sie kletterte weiter, kam aber nur langsam voran, quälend langsam, und nur mit äußerster Mühe konnte sie sich davon abhalten, einfach zu schreien. Zu lange. Es dauerte zu lange.

»Beweg dich, Dorn!« sagte sie durch zusammengebissene Zähne. »Beweg dich, verdammt!«

Nun machte sie kleine Fortschritte; es ging Stück um Stück weiter. Aber sie kam zu langsam voran, viel zu langsam. Eine Ewigkeit schien verstrichen zu sein, als die Lampen wieder aufflammten. Sie schluchzte vor Erleichterung. Und plötzlich hatte die Furcht sie verlassen. Sie war verschwunden, einfach so. Sie bewegte sich wieder schneller, hatte aber keine Ahnung, wieviel Zeit verstrichen war. Und als sie die Leiter zu Deck 14 hinabstieg, dachte sie an Riker und LaForge und fragte sich, wie sie weiterleben wollte, wenn ihre Angst dazu geführt hatte, daß die beiden gefaßt worden waren.

»Ragnar, bereiten Sie die Arbeitsbienen für den Außeneinsatz vor«, sagte Geordi. »Wir schalten in etwa fünf Minuten die Energie ab. Ich muß die Flußregulatoren im horizontalen Mischungsschacht überprüfen. Wir müssen sichergehen, daß wir da unten dieselben Werte bekommen. Ich werde rechtzeitig zurück sein, um die Systeme selbst abzuschalten.«

»In Ordnung, Mr. LaBeau«, sagte Ragnar und nickte. »Alles klar«, dröhnte dann seine Stimme durch den Raum, »die Leute, die die Arbeitsbienen bemannen, melden sich im Hangar und bereiten sich auf den Ausstieg vor!«

Geordi eilte aus dem Maschinenraum und lief schnell den Korridor entlang, aber nicht zu der horizontalen Mischungskammer, sondern in die entgegengesetzte Richtung, zum Kontrollraum des Hangars und der Treppe, die zu Deck 17 hinabführte. Er wußte, daß er sich beeilen mußte, und konnte nur hoffen, daß Dorn es geschafft hatte. Doch seine größte Sorge galt Riker. Er verabscheute es, ihn zurückzulassen. Aber andererseits würde Riker es vielleicht nicht schaffen. Das wußten sie beide. Wenn er erwischt wurde, würde Blaze ihn wahrscheinlich nicht umbringen. Er würde wissen, daß die *Enterprise* die Nachricht bekommen hatte, und Riker würde eine wertvolle Geisel sein. Geordi verdrängte den Gedanken. Denk nicht drüber nach, sagte er sich. Riker wird es schaffen. Er muß es einfach schaffen.

Er schwang die Beine über das Treppengeländer, rutschte auf den nächsten Treppenabsatz und dann auf das Deck darunter hinab. Einen Augenblick später hatte er die Tür des Nottransporters erreicht. Er betrat den Raum. Dorn war nicht dort. *Verdammt*, dachte er, wo *ist* sie? Er stürmte zur Konsole hinüber und gab die Transporterkoordinaten des Raumhafens auf D'rahl ein. »*Kommen Sie endlich, Lieutenant, wo bleiben Sie denn?*« sagte er leise. Er sah auf die Uhr. Zwei Minuten. Verdammt, wo blieb Dorn?

Die Koordinaten waren nun eingegeben. Er mußte nur noch den Schalter betätigen, und sie könnten das Schiff verlassen. Aber von Dorn war noch immer nichts zu sehen. Er wartete gespannt und fragte sich, was schiefgegangen sein konnte. Er hatte keine Leute in die Jefferies-Röhre geschickt, die an der Rückenflosse des Schiffs verlief. Wenn sie es geschafft hatte, die Krankenstation zu verlassen und die Luke zu erreichen, hatte sie freie Bahn bis zum Deck 14 hinab. Er hatte dafür gesorgt, daß auch da oben niemand arbeitete, damit sie zur Treppe gelangen konnte, die zur Rückseite der horizontalen Mischungskammer auf Deck 15 hinabführte. Dort mußte sie nur durch einen kurzen Gang zu der Treppe laufen, die zu den Decks 16 und 17 führte. Falls sie unterwegs jemandem begegnete, dann dort, aber er hatte so viele Mannschaftsmitglieder wie möglich zum Außeneinsatz eingeteilt und dabei auf die plausible Ausrede zurückgegriffen, je mehr Leute sich an den Reparaturarbeiten beteiligten, desto schneller wären sie fertig. Und alle anderen hingen zur Zeit im Maschinenraum fest. Sollte er das Risiko eingehen und nachsehen?

Er hatte keine Zeit mehr. »*Verdammt*«, fluchte er. Er konnte das Schiff nicht ohne sie verlassen. In dem Augenblick, in dem er dem Transporter Energie zuführte, würde man dies auf der Brücke bemerken. Dann würde man die Leute im Maschinenraum alarmieren, und falls Dorn dann nach ihm in den Nottransporterraum kam, würden sie sie erwischen, bevor sie auf den Planeten beamen konnte. Entweder, sie gingen zusammen, oder sie würde zurückbleiben.

Gleich würden die Antriebssysteme abgeschaltet werden. Der Transporter verfügte zwar noch über Energie, aber mittlerweile würden sich alle fragen, wo er blieb. *Was hielt Dorn nur auf?*

Es war soweit. Riker schaltete die Brückenkontrolle aus, gab den Sendebefehl ein und schoß dann zur Tür hinaus. Er lief, so schnell er konnte. Das Geräusch seiner schnellen Schritte im leeren Korridor alarmierte den Mann, der im Transporterraum Dienst tat, und er trat auf den Gang, als Riker die Tür fast erreicht hatte. Der Commander wurde nicht einmal langsamer. Er prallte mit vollem Tempo gegen den Mann, stieß ihn zu Boden und hielt dann nur lange genug inne, um ihm einen harten Schlag gegen das Kinn zu versetzen, als er wieder aufstehen wollte. Er sah schnell nach, ob der Bewußtlose bewaffnet war. Er war es nicht. Riker fluchte und lief weiter zum Turbolift.

Ein Teil der Brückencrew war jetzt schon bestimmt hierher unterwegs, und Riker wußte, daß ihm nicht genug Zeit blieb, um den Haupttransporterraum zu betreten und die Fluchtkoordinaten zu programmieren, bevor sie ihn erwischten. Aber der Bewußtlose, der auf dem Gang lag, konnte ihm vielleicht etwas Zeit verschaffen. Sie würden annehmen, daß er in einen der Haupttransporterräume gegangen war, und in jedem nachsehen, bevor sie merkten, daß kein Transporter aktiviert worden war. Mit etwas Glück brachte ihm das genug Vorsprung ein, um die horizontale Mischungskammer zu erreichen. Aber es würde wirklich knapp werden.

Wenn Blaze klug war, würde er jemanden auf der Nebenbrücke zurücklassen, der die Brückenkontrolle wieder aktivierte, und dann konnten sie das Schiffsinterkom benutzen. Leider konnte Riker das Kom-Netz von der Nebenbrücke aus nicht abschalten. Er konnte lediglich verhindern, daß sie es von der Brücke aus aktivierten. Doch sobald die Sperre entfernt war, konnten sie das Interkom von der Nebenbrücke aus in Betrieb nehmen. Wenn Blaze darauf kam, wohin er floh, konnte er die Leute im Maschinenraum alarmieren, und es gab zwei Stellen, an denen sie ihm den Weg abschneiden konnten. Auf den Treppen vor dem Hangar konnten sie ihn abfangen, wenn er durch die horizontale Mischungskammer kam. Seine einzige Chance bestand darin, vor ihnen die Kammer zu durchqueren. Anderenfalls konnten sie ihm zwischen dem Kontrollraum des Hangars auf Deck 15 und dem Nottransporter auf Deck 17 den Weg abschneiden.

Riker setzte darauf, daß sie vermuteten, er würde den kürzesten und direktesten Weg nehmen, sobald sie darauf kamen, wohin er wollte, nämlich die Treppe vor dem Hangar hinab zum Maschinenraum, dann durch den Gang und die vordere Treppe hinab zu Deck 17. Statt dessen würde er direkt zum Kontrollraum des Hangars am hinteren Ende des Schiffes laufen, dann die Treppe hinab zum Deck 17 und durch den Hangar. Wenn er die horizontale Mischungskammer hinter sich lassen konnte, bevor sie ihm dort den Weg abschnitten, konnte er sie umgehen. Dann würden sie die Treppen vor dem Hangar hinaufeilen, während er vom Kontrollraum des Hangars hinablief.

Er biß die Zähne zusammen und versuchte, den Lift mit schierer Willenskraft zu zwingen, schneller den Schacht hinunterzufahren. Es kam ihm unerträglich langsam vor. Er war fast auf Höhe von Deck 14, als er hörte, wie das Interkom Blaze' Stimme durch den Schacht trug.

»*Achtung, an alle Besatzungsmitglieder! Achtung, an alle Besatzungsmitglieder! Suchen Sie Stryker, LaBeau und Thorn und nehmen Sie sie sofort fest! Ich wiederhole, suchen Sie Stryker, LaBeau und Thorn und nehmen Sie sie sofort fest! Besetzen Sie alle Zugänge zum Transporter im Frachthangar und dem Nottransporter in der sekundären Hülle! Ich will sie lebend haben! Ich wiederhole, ich will sie lebend haben!*«

»Mistkerl!« fluchte Riker. Er sprang aus dem Lift, der sich der Ebene von Deck 15 näherte, und ließ sich zu Boden fallen.

Er landete hart, rollte sich ab, sprang auf und lief weiter, sprintete am horizontalen Mischungsschacht vorbei. Auf dem College war er in der Leichtathletikmannschaft gewesen, aber das war nun schon wirklich lange her, und die Doppeltür am anderen Ende der Kammer kam ihm unerreichbar weit entfernt vor. Er verschaffte sich mit Armbewegungen Schwung, stampfte mit den Beinen, rang nach Atem und lief, was er konnte. Noch dreißig Meter ... zwanzig ... zehn ...

Kaum öffneten sich vor ihm die Türen, als er sich schon hindurchwarf. Die Ränder berührte er noch mit den Schultern. Er hörte Schreie und Schritte, die sich von den Treppen unter ihm näherten. Noch ein paar Sekunden, und sie hätten ihm den Weg abgeschnitten. Aber der Lärm, den sie machten, übertönte das Geräusch seiner Schritte bei weitem. Er lief weiter zum hinteren Ende des Schiffes, erreichte die Treppe am Hangarkontrollraum, schlang die Beine um das Geländer und rutschte zum nächsten Treppenabsatz hinab, als vier Crewmitglieder von der Hangarebene heraufkamen. Als sie ihn plötzlich auf dem Absatz direkt über ihnen auftauchen sahen, erstarrten sie kurz vor Überraschung, und Riker nutzte diesen Augenblick, um sich kopfüber die Treppe hinab auf sie zu werfen.

Er prallte gegen den ersten Mann, und alle vier kippten wie Dominosteine um, fielen auf den Boden der Landebucht unter ihnen. Riker stürzte sich sofort auf sie. Der Mann, der ganz unten zu liegen gekommen war, hatte am meisten abbekommen und war offenbar bewußtlos. Aber damit waren noch drei andere übrig. Das schwergewichtige Mannschaftsmitglied, gegen das Riker geprallt war, schlang die Arme um ihn und nahm ihn in den Schwitzkasten, schien ihn einfach erdrücken zu wollen. Riker stieß ihm den Kopf ins Gesicht und brach ihm die Nase. Als der Mann losließ und vor Schmerz aufschrie, rollte Riker sich zur Seite. Dann sprang er auf, wie auch die beiden anderen Crewmitglieder.

Einer setzte zu einem Schwinger mit der rechten Faust an. Riker packte ihn am Gelenk, setzte mit einer Aikido-Bewegung den Schwung des Mannes gegen ihn ein, trat schnell zur Seite und warf ihn auf den Rücken, wobei er ihm das Handgelenk brach. Als der zweite auf ihn zustürmte, ließ Riker sich auf ein Knie hinabfallen und warf den Mann über seinen Kopf nach hinten. Er schlug hart auf, doch als der Mann sich wieder aufrappelte, erwartete Riker ihn schon. Er stürzte auf ihn zu, packte den Kopf des Mannes, der sich gerade erheben wollte, und zerrte ihn scharf nach unten, während er gleichzeitig das Knie gegen sein Kinn hochriß. Der Mann brach bewußtlos zusammen.

Als Riker sich umdrehte, um durch den breiten Hangar zu laufen, sah er, daß Katana vor der Tür auf der anderen Seite stand und einen Intervaller auf seine Brust richtete.

»Nicht schlecht, Heißsporn«, sagte sie. »Aber auch nicht gut genug.«

Riker stand einfach da, atmete schwer aufgrund seiner Anstrengungen und versuchte, sich etwas zu erholen. Mindestens zwanzig Meter trennten sie voneinander. Er hatte nicht die geringste Chance, sie zu entwaffnen.

»Mein Urteilsvermögen muß nachlassen«, sagte sie und trat langsam auf ihn zu. Die Waffe lag völlig ruhig in ihrer Hand. »Ich habe Sie völlig falsch eingeschätzt. Also sind Sie ein Agent der Föderation.«

»Ich bin Starfleet-Offizier«, sagte Riker.

»Wirklich?« sagte sie und kam gemächlich heißer. »Und wie heißen Sie wirklich, Heißsporn?«

»Commander William Riker, Erster Offizier der *USS Enterprise.*«

»Sieh an«, sagte sie und kam noch näher. Der Intervaller schwankte keine Sekunde lang. »Und ich dachte, sie wären nur ein kleiner Dieb und Betrüger. Aber ein Starfleet-Offizier ... Na, das paßt ja einfach prima. Man wird Sie tot auffinden, und wenn die Tarnvorrichtung im entscheidenden Moment versagt, wird man glauben, Sie hätten sie sabotiert.«

Riker starrte sie an, und dann dämmerte es ihm. »Dann haben Sie also das Zielsystem falsch eingestellt«, sagte er. »Der Kanonier war unschuldig. Sie sind der Saboteur! Sie arbeiten für die Romulaner.«

»Sie sollten mir danken«, sagte sie. »Wäre ich nicht gewesen, hätte Blaze die *Enterprise* aus dem Weltraum geschossen. Aber Kronak braucht Blaze nun wirklich nicht mehr. Und auch die *Enterprise* nicht, was das betrifft. Die Spielregeln haben sich geändert. Aber ich werde so oder so bezahlt.«

»Und wie wollen Sie überleben, um ihren Lohn kassieren zu können?« fragte Riker.

»Ich habe meine Flucht vorbereitet«, sagte sie. »Wie schade, daß die Ihre gescheitert ist.« Ihr Blick huschte schnell von ihm zu den Männern, die bewußtlos auf dem Boden lagen, und wieder zurück zu ihm. »Ich muß eingestehen, Sie sind ziemlich gut. Stellen wir doch mal fest, wie gut Sie wirklich sind.«

Und zu Rikers Überraschung ließ sie den Intervaller fallen. Er sah ihm nach, wie er über den Boden schlitterte.

»Da liegt er, Heißsporn«, sagte sie. »Ich gebe Ihnen eine Chance. Versuchen Sie, an ihn heranzukommen.«

Riker machte einen Satz nach der Waffe, doch die Kybridin war schneller. Sie schnitt ihm den Weg ab und schlug mit ihrem Robotarm zu. Instinktiv setzte Riker zu einer Aikido-Bewegung an, doch es war sinnlos, ein Metallgelenk als Hebel einsetzen zu wollen. Sie legte eine Hand um sein Gelenk, brach dann seinen Griff, packte seinen Ellbogen und übte Druck nach oben aus, gegen das Gelenk. Riker stöhnte vor Schmerz auf, doch bevor er mit einer Bewegung reagieren konnte, rammte sie ihm die Faust in den Magen. Der Schlag trieb ihm mit einem pfeifenden Geräusch die Luft aus den Lungen. Sie ließ ihn los und schlug ihm gleichzeitig ihre nicht modifizierte Hand ins Gesicht. Riker taumelte zurück und fühlte, daß Blut aus seiner aufgeplatzten Lippe schoß.

Sie ist schnell, dachte Riker, als er, nach Atem ringend, zurückwich, und sie kann zuschlagen wie ein Profiboxer. Aber sie spielte nur mit ihm. Hätte sie ihn mit der robotischen Hand so hart geschlagen, hätte sie ihm den gesamten Kiefer zertrümmert. Überdies konnte sie ihn mit ihren eingebauten Injektoren mit alptraumhaften Narkotika vollpumpen oder die Nadeln unter den Fingernägeln ihrer anderen Hand ausfahren und ihm eine Dosis dieser biogenetischen Drüsensekrete verpassen, die bei ihm einen Gehirnschlag hervorrufen, seine Nervensynapsen grillen und gleichzeitig seinen Herzschlag unterbrechen würde. Aber das hatte sie nicht vor. Das wäre zu einfach gewesen.

»Komm schon, Heißsporn«, verhöhnte sie ihn. »Zeig, was du draufhast.«

Noch immer leicht gekrümmt, ließ Riker sich plötzlich zu Boden fallen und riß ihr die Füße weg. Als sie stürzte, zog er die Beine an und versetzte ihr, auf dem Rücken liegend, einen Tritt gegen den Kopf. Er war so wuchtig, daß ihr Kopf zurückkippte, doch sie schüttelte sich nur kurz, sprang wieder auf und näherte sich ihm leichtfüßig. Riker konnte sich gerade noch rechtzeitig aufrappeln. Schlechter Schachzug, dachte er. Die Legierung ihrer Schädelkappe hatte den Großteil der Wucht absorbiert. Mit einem Schlag gegen den Kopf ließ sie sich nicht ausschalten. Er mußte auf ihren Körper zielen.

Als sie ausholte, duckte er sich unter dem Schlag hinweg und versetzte ihr zwei schnelle, harte Schläge gegen die Körpermitte, einen in dem Magen, einen in die Rippen. Sie grunzte und warf ihn mit einem Aufwärtshaken und dann einem Schlag mit der Metallhand gegen die Brust zurück. Es fühlte sich an, als sei er von einem Vorschlaghammer getroffen worden. Er flog etwa zwei Meter zurück und landete auf dem Rücken. Die beiden Schläge in ihren Leib hatten sie nicht einmal verlangsamt.

»Mehr hast du nicht zu bieten?« verspottete sie ihn, als er sich wieder auf die Füße kämpfte und eine Hand gegen seine Brust drückte. Es fühlte sich an, als wären mindestens drei oder vier Rippen gebrochen. »Komm schon!«

Plötzlich bemerkte er, daß sie Publikum bekommen hatten. Einige Crewmitglieder waren vom Hangarkontrollraum hinter ihm heruntergekommen, und andere kamen durch die Hangartür hinter Katana. Sie riefen ihnen beiden Anfeuerungen zu; offensichtlich wollten sie einen Kampf sehen. Na ja, er war in genau der richtigen Stimmung, ihnen diesen Gefallen zu tun. Wenigstens waren Geordi und Dorn entkommen.

Katana griff ihn mit schwingenden Armen an. Er rutschte unter dem ersten Schlag hinweg, ignorierte den Schmerz in seiner Brust, blockierte einen zweiten und trieb ihr dann die Handkante direkt unter den Kiefer. Als ihr Kopf zurückkippte, ließ er eine harte Linke gegen ihr Kinn folgen und legte dabei alles, was er hatte, in den Schlag. Sie ging zu Boden, rollte sich aber sofort wieder ab und sprang auf.

Nach Atem ringend, verdrehte Riker die Augen und

schüttelte ungläubig den Kopf. Verdammt, woraus bestand diese Frau? Etwas Besseres hatte er nicht mehr auf Lager. Er war einfach ausgepowert. Sie griff ihn erneut an, und er konnte dem Schlag nicht schnell genug ausweichen. Statt dessen versuchte er, ihren Unterarm zu blockieren, und es fühlte sich an, als wäre eine Holzkeule gegen seinen Arm geprallt. Dann versetzte sie ihm mit der flachen Metallhand eine Ohrfeige gegen die Schläfe, die ihn zu Boden warf.

In seinem Kopf schien ein dröhnender Gong zu hallen. Er sah nur noch verschwommen, er versuchte aufzustehen, sich mit den Händen abzustützen, doch sie trat ihn in die Seite, und er sank wieder auf den Boden zurück.

»Komm schon! Steh auf!« brüllte sie über den Lärm der johlenden Mannschaftsmitglieder hinweg.

Riker schüttelte den Kopf, um wieder klarer sehen zu können. Er blinzelte mehrmals, und als sein Blick sich langsam wieder klärte, sah er, daß Blaze vor der Menge am Eingang der Landebucht stand. Entsetzt mußte er feststellen, daß Geordi und Dorn von jeweils zwei Crewmitgliedern festgehalten wurden.

»*Katana!*« rief Blaze.

Sie schaute über die Schulter zu ihm zurück. Die anderen verstummten, als die Stimme ihres Captains erklang.

»Ich will ihn lebend haben«, sagte Blaze.

»Wozu?« sagte sie und trat erneut nach Riker. Er sah ihr Bein kommen, konnte ihm aber nicht mehr ausweichen. Er spürte den Treffer und stöhnte vor Schmerz auf. Sein Verstand schrie ihm zu, er müsse sich erheben, doch sein Körper wollte ihm einfach nicht gehorchen.

»Schluß damit, verdammt noch mal!« rief Blaze. »Er hat genug!«

»Nein, noch nicht«, sagte sie, hob den Arm und fuhr die Nadeln unter ihren Fingernägeln aus.

»*Katana!*«

Riker versuchte nun endlich aufzustehen, schaffte es aber nur bis auf die Knie. Und während alle wie erstarrt zusahen, riß Dorn sich plötzlich von den Männern los, die sie festhielten, und warf sich mit einem Schrei auf die Kybridin. Als Katana sich umdrehte, sprang Dorn und riß sie zur Seite. Beide stürzten zusammen auf den Boden, doch Katana schlang ihren Metallarm um Dorns Taille, rollte sie herum und stach ihr die Nadeln bis zum Anschlag in den Hals.

»*Nein!*« schrie Geordi und zerrte an den Männern, die ihn festhielten.

Dorn schrie auf und versteifte sich. Sie riß die Augen weit auf, und ihr Körper zuckte, als Katana die Nadeln zurückzog. Und dann sagte Dorn etwas, das Riker nicht verstehen konnte, und spuckte der Kybridin ins Gesicht.

Als Katana aufstand und sich das Gesicht mit dem Handrücken abwischte, hörte Riker das hohe Sirren eines Intervallerschusses, und die Kybridin war plötzlich in Licht gehüllt. Einen Augenblick später war sie verschwunden, einfach aufgelöst.

Im Hangar herrschte vollständige Stille. Dann sagte Blaze: »Ich habe gesagt, ich will sie *lebend* haben.«

Riker kroch zu Dorn, deren gesamter Körper von Krämpfen geschüttelt wurde.

»Es ... tut mir leid, Sir ...«, sagte sie, zitterte heftig und versuchte, die Worte über die Lippen zu bringen. »Ich ... habe es wohl ... verpatzt.«

Das waren ihre letzten Worte. Riker ließ den Kopf auf ihre Brust sinken und stöhnte auf.

»Helft ihm hoch«, hörte er Blaze sagen.

Er fühlte Hände an seinem Körper, die ihn auf die Füße stellten. Dann legte man seine Arme über die Schultern von zwei Männern rechts und links von ihm, die ihn stützten. Er schaute auf und sah, daß Blaze vor ihm stand.

»Das tut mir wirklich leid«, sagte Blaze zu ihm. »Katana hat einen Befehl mißachtet und dafür bezahlt.«

»Steht es damit unentschieden?« fragte Riker schwach.

»Nein«, sagte Blaze. »Aber ich lasse nicht zu, daß man

meine Befehle nicht befolgt. Es sieht so aus, als bräuchten Sie medizinische Hilfe. Leider kam Ihre Freundin auf diesem Schiff einem Bordarzt am nächsten. Jetzt muß ich Sie wohl versorgen. Hoffen wir, daß Ihre Verletzungen nicht allzu schwer sind. Vielleicht mache ich alles nur noch schlimmer. Ragnar, bringen Sie ihn auf die Krankenstation.«

Der riesige Chief trat zu Riker, nahm ihn von den Männern entgegen, die ihn hielten, und hob ihn so mühelos hoch, als sei er ein Baby. Und Riker kam sich in etwa genauso hilflos vor.

8

»Eine Nachricht von der Planetenoberfläche, Captain«, sagte Lieutenant Worf.

»Jetzt nicht, Mr. Worf«, sagte Picard.

»Sir, es ist Oberherr J'drahn.«

»Er soll warten«, sagte Picard barsch. »Lassen wir ihn ein wenig schwitzen. Haben wir von Starbase 37 die Transporterkoordinaten erhalten?«

»Erhalten und eingegeben, Sir«, erwiderte Worf.

»Hält das Außenteam sich im Konferenzraum bereit?«

»Jawohl, Sir.«

»Sehr gut, Mr. Worf, wir werden die Einsatzbesprechung von hier aus leiten. Legen Sie uns im Konferenzraum auf den Schirm.«

Worf drückte auf ein paar Knöpfe seiner Konsole und schaute dann hoch. »Bereit, Captain.«

Im Konferenzraum erhellte sich der Bildschirm und zeigte einen Ausschnitt der Brücke. Das für das Außenteam ausgewählte und von Worf handverlesene Personal, bei dem es sich um absolute Könner ihres Fachs handelte, setzte sich, um Picard zuzuhören.

»Achtung«, sagte der Captain. »Wir beginnen mit der Einsatzbesprechung. Die Unterweisung wird von Captain Gruzinov geleitet. Captain?«

»Danke, Captain«, sagte Gruzinov. »Wir haben von Starbase 37 die Transporterkoordinaten der Residenz von General H'druhn erhalten. Wir werden direkt auf den Hof vor dem Haupteingang beamen. Mr. Data, können Sie die Karte einspielen, die wir im Computer generiert haben?«

»Aye, Sir«, erwiderte Data und rief die einfache, wie eine Rißzeichnung gestaltete Karte auf, die er nach Gruzinovs Angaben am Computer erstellt hatte. Sie erschien gleichzeitig auf dem Hauptbildschirm und auf den Monitoren im Konferenzraum, eine schlichte weiße Darstellung vor schwarzem Hintergrund.

»Überlagern Sie die Skizze bitte mit der vergrößerten Scanneraufnahme, Mr. Data.«

Über der Rißzeichnung erschien ein aus dem Orbit aufgenommenes Bild des Sommerpalastes mit hoher Auflösung.

Gruzinov trat zur Konsole und aktivierte den Berührungssensor des Bildschirms. Als er mit dem Finger eine Stelle auf dem Konsolenbildschirm berührte, erschien dementsprechend ein Cursor auch auf dem Hauptbildschirm und auf den Monitoren im Konferenzraum.

»Hier kommen wir an«, sagte er. »Zwischen dem Springbrunnen in der Mitte des Platzes, hier« – er zeigte darauf – »und der Treppe, die zum Palasteingang führt, hier. Dort, dort, dort und dort werden Wachen stationiert sein ...« Er zeigte ihre Positionen auf der Karte an. »Doch es ist möglich, daß die Anordnung der Wachen seit meinem letzten Besuch verändert wurde, also seien Sie auf alles vorbereitet. Wir werden hier durch den Vordereingang hereingehen. Diejenigen von Ihnen, die der Nachhut zugeteilt wurden, werden Ihre Positionen hier ... und hier ... einnehmen. Löschen Sie das Scannerfoto, Mr. Data.«

Das Bild vom Palastäußeren verschwand; übrig blieb nur die skizzenhafte Darstellung des Inneren.

»Die anderen werden durch diesen Gang in den Hauptsaal vorstoßen. Hier und hier zweigen zwei breite Korridore ab, die in den Nord- beziehungsweise Südflügel führen. Ich möchte, daß diese Gänge gesichert werden; Lieutenant Worf wird die dafür zuständigen Leute an Ort und Stelle zuteilen. Da wir keinen Scan des genetischen Musters von General H'druhn haben, können wir ihn nicht einfach aus dem Palast beamen, denn die Sensoren sind nicht imstande, seine Meßwerte von denen anderer K'tralli im Palast zu unterscheiden. Wenn man uns nicht in den Palast einläßt, werden wir uns gewaltsam Zutritt verschaffen, den General so schnell wie möglich lokalisieren, uns um ihn herum postieren, damit die Transportersensoren ihn erfassen können, und dann sofort auf das Schiff zurückbeamen. Wir gehen so schnell wie möglich rein und wieder raus.

Jetzt kommt der schwierige Teil. Wir wissen nicht genau, in welchem Teil des Palastes der General sich aufhält. Seine Privatgemächer befinden sich in den oberen Stockwerken, doch da ich sie nie betreten und mich nur im Hauptsaal mit ihm getroffen habe, kann ich nicht sagen, wo. Da wir sie nicht darauf aufmerksam machen wollen, daß wir kommen, können wir auch nicht mit dem Palast kommunizieren. Wenn man uns also den Zutritt verweigert, müssen wir es einfach auf die harte Tour machen.

Wir werden im gesamten Palast eine schnelle und systematische Suche nach dem General vornehmen. Wenn wir jemanden dazu bringen können, uns zu sagen, wo er ist, um so besser; wenn nicht, werden wir einfach einen Raum nach dem anderen durchsuchen müssen. Eine breite Treppe führt zu den oberen Stockwerken, direkt hier, im Hauptsaal, genau gegenüber vom Eingang. Die Gruppen Alpha und Bravo nehmen sich den Nordflügel vor, die Gruppen Charlie und Delta den Südflügel. Die Phaser werden *nur* auf Betäubung eingestellt. Ich wiederhole, Phaser auf *Betäubung*. Sobald wir General H'druhn gefunden haben, wird er mit dem Respekt behandelt, der einem Mann in seiner Position zusteht. Er darf auf keinen Fall grob behandelt werden. Suchen Sie ihn, bringen Sie ihn in Sicherheit und informieren Sie die anderen. Noch Fragen?« Gruzinov wartete. Es wurden keine gestellt. »Sehr gut, damit ist die Einsatzbesprechung abgeschlossen. Alle Mitglieder des Außenteams melden sich sofort in den Transporterräumen und halten sich zum Beamen bereit. Brücke Ende.«

Gruzinov drehte sich um und nickte Picard zu. »Nun gut, Mr. Worf«, sagte Picard. »Wartet Oberherr J'drahn noch?«

»Aye, Sir.«

»Dann hören wir uns mal an, was er zu sagen hat. Auf den Schirm.«

Das Bild von Oberherr J'drahn erschien auf dem Hauptbildschirm. Er schaute nicht sehr zufrieden drein. »Ich bin es nicht gewohnt, daß man mich warten läßt, Captain Picard.«

»Verzeihen Sie mir, Eure Exzellenz, es ließ sich nicht vermeiden«, erwiderte Picard. Sonst sagte er nichts; er wollte J'drahn den nächsten Zug überlassen.

»Wie ich sehe, sind Sie von D'rahl zurückgekehrt«, sagte J'drahn. »War Ihre Mission dort erfolgreich?«

»Nicht ganz«, erwiderte Picard. »Wir sind einem Hindernis in Gestalt von zwei Kompanien romulanischer Zenturios begegnet. Und ihr Kommandant, Tribun Kronak, behauptet, er sei aufgrund Ihrer persönlichen Einladung hier.«

»Und wenn er das wäre?« fragte J'drahn.

»In diesem Fall, Eure Exzellenz«, sagte Picard geradeheraus, »verletzten Sie Ihren Vertrag mit der Föderation, und die Romulaner verstoßen gegen den Vertrag von Algeron. Muß ich davon ausgehen, daß dies der Fall ist?«

»Die Romulaner sind unsere Nachbarn auf der anderen Seite der Neutralen Zone, Captain«, sagte J'drahn. »Da wir im Grenzgebiet des Föderationsterritoriums leben, liegt es eindeutig in unserem Interesse, ein gutes diplomatisches Einverständnis mit ihnen zu erzielen. Ansonsten hätten wir, sollte der Waffenstillstand tatsächlich einmal zusammenbrechen, darunter als erste zu leiden. Tribun Kronak ist auf einer rein diplomatischen Mission hier, und ich habe das Recht, diplomatische Gespräche mit jedem zu führen, mit dem ich sie führen will.«

»Und gehört zu dieser diplomatischen Mission Tribun Kronaks auch die Errichtung eines bewaffneten Lagers in der Stadt K'trin und die Gefangensetzung eines hochrangigen K'tralli-Bürgers?« fragte Picard.

»Ich nehme an, Sie beziehen sich auf Oberst Z'gral«, sagte J'drahn aalglatt. »Oberst Z'gral kritisiert schon seit geraumer Zeit lautstark diese Regierung, Captain, und hat zahlreiche verleumderische und unbegründete Anklagen gegen mich und Gouverneur T'grayn erhoben. Er wurde als zerstörerisches Element eingestuft, das zum Aufstand aufruft, und hätte unseren Gesetzen zufolge als Krimineller verurteilt werden können. Doch aus Respekt vor Oberst Z'grals Alter, das bei dem Verlust seiner geistigen Kräfte zweifellos eine bedeutende Rolle spielt, und aus Rücksichtnahme auf die Dienste, die er dem Volk der K'tralli geleistet hat, haben wir uns entschlossen, ihn lieber in den Ruhestand zu versetzen und mit Hausarrest zu belegen, statt ihn den Unbilden eines Prozesses und dem Risiko der Strafe auszusetzen, zu der er nach unseren Gesetzen zweifellos verurteilt werden würde. Daß Sie ihn entführt haben, stellt eine ernsthafte Bedrohung für die Sicherheit des K'tralli-Reichs und unsere Beziehungen mit der Föderation dar. Ich muß darauf bestehen, daß er sofort ausgeliefert wird.«

»Ich muß mich leider weigern«, erwiderte Picard. »Oberst Z'gral hat um politisches Asyl gebeten, und ich habe es ihm gemäß der Bestimmungen des Föderationsgesetzes gewährt. Und die Bemerkungen, die Sie gerade gemacht haben, klassifizieren ihn eindeutig als Dissidenten. Und was die Romulaner betrifft, so muß ich darauf bestehen, daß Sie ihre sofortige Abreise aus dem Föderationsterritorium verlangen.«

»*Bestehen?*« sagte J'drahn erzürnt. »Wer sind Sie, um darauf bestehen zu können, daß der Oberherr der K'tralli irgend etwas tut? Sie haben Ihre Befugnisse überschritten, Picard! Sie haben gegen unsere Gesetze verstoßen und in die legale Arbeit unserer Regierung eingegriffen.

Sie verletzen Ihre eigene Erste Direktive, Picard! Wenn Sie Oberst Z'gral nicht augenblicklich in unsere Obhut zurückgeben, werde ich beim Rat der Föderation einen formellen Protest einlegen und verlangen, daß Sie das Territorium der K'tralli sofort verlassen!«

»Ich fürchte, ich kann unter diesen Umständen Ihren Forderungen nicht nachkommen, Eure Exzellenz«, sagte Picard. »Ich werde Starfleet Command über die Lage unterrichten und dann meine Anweisungen abwarten müssen. Ich werde Sie benachrichtigen, sobald wir eine Antwort bekommen haben. *Enterprise* Ende.«

Er wandte sich Gruzinov zu. »Das müßte uns ein wenig Zeit verschaffen«, sagte er. »Gehen wir. Mr. Data, Sie haben das Kommando.«

»Aye, aye, Captain.«

Sie betraten den Turbolift.

»Sie kennen ihn am besten«, sagte Picard zu Gruzinov. »Was wird er jetzt tun?«

»Er hat wohl nicht die geringste Ahnung, was er nun tun soll«, erwiderte Gruzinov. »Er hat versucht, beide Seiten gegeneinander auszuspielen, und steckt jetzt in der Klemme. Ich glaube, er hat Angst und ist verzweifelt. Und wir beide wissen, wozu verängstigte und verzweifelte Leute fähig sind.«

Picard nickte. »So deute auch ich die Lage«, sagte er. »Obwohl er damit nicht alle seine Probleme lösen kann, muß er, um seine Position zu sichern, die einzige Person beseitigen, die ihm die Macht nehmen kann. Ich will nur hoffen, daß wir nicht zu spät kommen.«

Sie traten aus dem Turbolift und marschierten schnell zu den Transporterräumen, wo das aus zwei Dutzend Mannschaftsmitgliedern bestehende Außenteam gemeinsam mit Oberst Z'gral, Counselor Troi und Dr. Crusher wartete.

»Captain«, sagte Z'gral, »Sie müssen mir erlauben, Sie in den Sommerpalast zu begleiten!«

»Sir, wir haben versucht, ihm die Risiken klarzumachen, aber er beharrt darauf«, sagte Troi.

»Captain, wenn ich Ihrem Außenteam nicht angehöre, könnte General H'druhn Ihr Vorgehen als Angriff einstufen«, sagte Z'gral. »Damit bringen Sie Ihre Leute in Gefahr. Sie müssen mir erlauben, Sie zu begleiten.«

»Captain, mit allem gebührenden Respekt für Oberst Z'gral, das kann ich nicht zulassen«, sagte Dr. Crusher. »Aufgrund seines Alters ist er bei einer möglichen bewaffneten Konfrontation besonders gefährdet.«

»Unsinn!« sagte Z'gral wütend. »Ich habe schon Truppen in den Kampf geführt, als Sie noch ein gurrendes Kleinkind waren!«

»Genau das ist ja mein Einwand«, erwiderte Crusher trocken.

»Oberst, ich verstehe, wie Sie sich fühlen, und weiß Ihr Angebot zu schätzen«, sagte Picard, »aber ich fürchte, ich kann Ihre Bitte nicht erfüllen. Sie haben politisches Asyl an Bord dieses Schiffes erhalten, und damit fallen Sie unter meine Verantwortung. Abgesehen davon sind wir ohne Sie vielleicht nicht in der Lage, General H'druhn davon zu überzeugen, daß er seinen Sohn entmachten muß. Als Helden der Revolution genießen sowohl Sie als auch General H'druhn die Unterstützung durch das Volk der K'tralli. Um seinetwillen dürfen wir Ihr Wohlergehen nicht gefährden. Wir werden den General hierher bringen, und danach werden Sie am dringendsten gebraucht. Ich hoffe, Sie verstehen das.«

Z'gral nickte zögernd. »Ja, ich verstehe, Captain.« Er seufzte schwer. »Nun gut. Viel Glück.«

»Danke, Sir«, erwiderte Picard. Er überprüfte seinen Phaser. »Also schön, meine Herren, bereiten Sie Ihre Kommandos auf den Transport vor.«

Als Riker zu sich kam, lag er auf einem Bett in der Krankenstation der *Glory*. Doch das fiel ihm erst als zweites auf. Zuerst bemerkte er, daß sein gesamter Körper weh tat. Er wollte sich erheben, spürte aber einen scharfen, stechenden Schmerz und sank stöhnend auf das Bett zurück.

»Versuchen Sie nicht, sich aufzusetzen«, hörte er Blaze sagen. »Ihre Rippen sind gebrochen.«

»Jeder einzelne Knochen in meinem Körper fühlt sich an, als sei er gebrochen«, sagte Riker schwach.

»Das kann ich mir gut vorstellen«, erwiderte Blaze, trat in Rikers Blickfeld und schaute zu ihm hinunter. »Aber wenn man es bedenkt, haben Sie sich sehr gut gehalten.«

»Wenn man was bedenkt?«

»Die Tatsache, daß Sie gewaltig im Nachteil waren. Ein normaler Mensch ist einem Kybriden nicht gewachsen. Katana war die beste Kämpferin auf diesem Schiff. Sie hat mindestens sieben Menschen getötet.«

»Mindestens?«

»Na ja, ich weiß nicht, was sie alles getan hat, bevor sie sich meiner Crew anschloß.«

»Warum fragen Sie nicht mal die Romulaner?«

Blaze runzelte die Stirn. »Die Romulaner?«

»Katana war Ihr Saboteur. Ihr Kanoniermaat war unschuldig.« Riker verzog das Gesicht. »Zumindest an der Sabotage.«

»Interessant«, sagte Blaze. »Wie haben Sie das herausgefunden?«

»Sie hat es mir gestanden, kurz bevor Sie mit Ihren Leuten kamen«, sagte Riker. »Sie wollte auch mich töten und mir dann das in die Schuhe schieben, was auch immer sie mit Ihrer Tarnvorrichtung angestellt hat.«

»Ich lasse Ragnar das Gerät überprüfen. Aber warum erzählen Sie mir das alles?« fragte Blaze. »Läuft das Ihren Absichten nicht entgegen?«

»Darauf kommt es wohl nicht mehr an«, sagte Riker. »Wenn mein Schiff Sie nicht erwischt, wird der Kriegsvogel Sie erledigen. Und ohne LaForge kriegen Sie die *Glory* niemals rechtzeitig einsatzfähig. Es ist vorbei, Blaze. Sie können nur noch hier herumsitzen und abwarten.«

»Vielleicht«, gestand Blaze ein. »Aber ich habe Sie als Geisel.«

Riker schüttelte den Kopf. »Das hilft Ihnen auch nicht

mehr. LaForge wird sich dadurch niemals unter Druck setzen lassen. Und Captain Picard auch nicht.«

Blaze hielt einen Injektor hoch.

»Was ist das?« fragte Riker besorgt.

»Ein Schmerzmittel. Glaube ich.«

»*Glauben* Sie?«

»Ich bin mir nicht ganz sicher. Es ist schon eine Weile her, daß ich Erste Hilfe geleistet habe. Ich bin ein wenig eingerostet. Und Ihre Freundin Thorn, oder wie auch immer sie in Wirklichkeit hieß, hat die Krankenstation gar nicht aufgeräumt, wie sie es versprochen hatte. Vielleicht lag die Injektion in einer falschen Schublade.«

»Dorn«, sagte Riker leer. »Ihr Name war Dorn. Lieutenant Angela Dorn.«

»Eine Angehörige Ihrer Raumschiffcrew?«

»Starbase 37.«

»Ach. Eine von Gruzinovs Leuten. Ein guter Mann, dieser Gruzinov. Die reinste Verschwendung für diese Provinz.«

»Er wird sich bestimmt freuen, daß Sie eine so gute Meinung von ihm haben«, sagte Riker und verzog dann vor Schmerz das Gesicht.

»Mal sehen, ob das hilft«, sagte Blaze und verpaßte ihm die Injektion. »Also hat Katana mich hintergangen. Na ja, jetzt bedauere ich nicht mehr so sehr, daß ich sie getötet habe. Sie war oft schwierig, aber auch ein wichtiges Mitglied meiner Mannschaft. Ich fürchte, ich werde nicht imstande sein, sie zu ersetzen.«

»Ja, es könnte schwierig werden, eine andere gemeingefährliche Kybridin zu finden«, sagte Riker.

»Nicht nur schwierig, sondern unmöglich«, sagte Blaze. »Sie war die letzte ihrer Art.«

»Ach ja? Wieso das?«

»Was wissen Sie über die Kybriden, Stryker? Verzeihung ... Sie heißen Riker, nicht wahr?«

»Ja. Und ich kenne die allgemeinen Hintergründe.«

»Dann erlauben Sie mir, Ihnen auch die Einzelheiten

zu verraten. Nachdem den Kybriden die Flucht gelungen war, wurden sie in der ganzen Galaxis gejagt, verfolgt und ausgerottet, wohin sie sich auch wandten. Sie waren unglaubliche Kämpfer, aber man kann kaum gewinnen, wenn einen das ganze Universum jagt. Eine Handvoll konnte hierher entkommen. Das war kurz vor der Revolution. Als man herausfand, wer und was sie waren, und besonders, wie gut sie waren, bot man ihnen hier eine dauerhafte, sichere Zuflucht, wenn sie auf der Seite der Revolution kämpften. Sie akzeptierten und erwiesen sich während des Konflikts als starke, unbarmherzige Truppe. Am Ende waren nur noch sechs von ihnen übrig. Und jedes Versprechen, das man ihnen je gegeben hatte, wurde gebrochen. Sie wurden geächtet und wie Parias behandelt. Sie waren einfach zu fremdartig. Einer von ihnen wurde ermordet. Ein anderer beging Selbstmord. Drei schafften es zu Ihrer Kolonie auf Artemis VI, wo sie nicht besser behandelt wurden als zuvor hier. Riker, ich habe mein Leben lang unter Borniertheit und Vorurteilen gelitten, weil ich zwei verschiedenen Spezies angehöre. Natürlich haben mich nicht alle so behandelt, aber genug, damit ich weiß, wie es ist. Was die Kybriden betraf, so war es noch schlimmer. Sie wurden von einigen Kolonisten auf Artemis VI angegriffen. Sie haben sich verteidigt. Und infolgedessen wurden sie als Mörder zur Strecke gebracht.«

»Was ist mit Katana?«

»Sie blieb auf D'rahl zurück, und dort habe ich sie gefunden. Sie prostituierte sich und verkaufte abgestumpften Raumfahrern Drogen.«

»Drogen, mit denen Sie sie dann beliefert haben«, sagte Riker.

»Ich bin Pirat, Riker, und kein Drogenhändler. Katana hat ihre Drogen über T'grayns weitgespanntes Vertriebsnetz bekommen. Und zweifellos hat sie durch ihn auch ihre Absprache mit den Romulanern getroffen.«

»T'grayn?«

»Sie haben gedacht, ich sei es gewesen?« Blaze schüttelte den Kopf. »Sie tun mir Unrecht, Riker. T'grayn hat ein Labor unterhalten, in dem ausschließlich Drogen hergestellt wurden. Und das auch noch im Keller seines Palastes. Er liebt seine kostbaren Gärten doch so sehr. Die duftenden Blumen und Zierreben verbergen Pflanzen wesentlich interessanterer Gattungen. Sie haben ihm einen großen Profit eingebracht. Genau wie ich natürlich. Aber das ist jetzt alles vorbei. In Kürze wird T'grayn nur noch eine unangenehme Erinnerung sein.«

»Und was ist mit uns?« fragte Riker. Die Schmerzen ließen allmählich nach. Offensichtlich war doch ein Schmerzmittel in dem Injektor gewesen. »Wo ist LaForge?«

»Ah, ja, Ihr Chefingenieur. Er ist wirklich überaus qualifiziert. Ragnar ist von seinen Fähigkeiten gewaltig beeindruckt. Im Augenblick überwacht er die letzte Phase der Reparatur der Triebwerke.«

»Was?« sagte Riker und setzte sich auf. Er stöhnte. *»Ahhh!* Verdammt!«

»Na ja, wenn Sie schon sitzen, können wir ja gleich einen Druckverband um die Rippen legen«, sagte Blaze. »Mehr kann ich leider nicht für Sie tun. Meine medizinischen Fähigkeiten sind nämlich ziemlich beschränkt.«

»Was soll das heißen, er überwacht die Reparaturen? Wie haben Sie ihn dazu gezwungen?«

»Gar nicht«, sagte Blaze. »Wir haben einfach eine Vereinbarung geschlossen.«

»Sie haben *was?*«

»Einen Handel gemacht, eine Abmachung getroffen«, sagte Blaze. »Mir war klar, daß ich seine Kooperation nicht erzwingen konnte, indem ich Sie als Geisel benutze, und ich wollte, daß mein Schiff anständig repariert und nicht auf clevere Art und Weise sabotiert wird – wozu er ja bestimmt imstande wäre. Damit er den Job anständig erledigt, brauchte er einen Anreiz. Ich habe ihm einen gegeben.«

Riker starrte ihn ungläubig an. »Unmöglich«, sagte er. »Geordi würde sich niemals bestechen lassen. Sie lügen.«

»Ich habe nicht gesagt, daß ich ihn bestochen habe«, erwiderte Blaze. »Ich habe gesagt, ich habe ihm einen Anreiz geboten. Wir haben eine Abmachung getroffen. Er bringt die *Glory* in Rekordzeit wieder auf Vordermann, und ich fliege nach N'trahn und stehe der *Enterprise* bei.«

Riker sah ihn einfach nur an. »Und er hat Ihnen geglaubt?«

»Ich habe ihm mein Wort gegeben.«

»Und das werden Sie zweifellos halten«, sagte Riker verächtlich. »So, wie Sie es auch T'grayn gegenüber halten werden?«

»T'grayn würde auch nicht das Wort halten, das er mir gegeben hat«, sagte Blaze. »Warum sollte ich es dann tun? Ihr Freund LaForge hingegen *hält* sein Wort. Er weiß, es gibt keine Garantie, daß ich mitspiele, aber er geht das Risiko ein, mir zu vertrauen. Nicht viele würden das tun. Er hat meine gesamte Crew, abgesehen von mir selbst und den Brückenoffizieren, dazu gebracht, mit einem absolut irrwitzigen Tempo zu arbeiten, und das auch noch viel effizienter, als ich es je zuvor gesehen habe. Es ist wirklich zu schade. Er ist sehr gut. Ich werde ihn vermissen.«

Riker verkrampfte sich. »Wie meinen Sie das?«

»Wenn ich Sie auf die *Enterprise* zurückschicke, natürlich«, sagte Blaze. »Vorausgesetzt, wir kommen nicht zu spät, und Kronak hat sie schon in Stücke geschossen. In diesem Fall werde ich Sie einfach in irgendeinem sicheren Föderationshafen absetzen. Das ist unsere Abmachung.«

Riker sah ihm geradewegs in die Augen. »Sie meinen es wirklich ernst«, sagte er.

»Warum nicht? Wie Sie ganz richtig klargestellt haben, wäre ich ohne Ihren Freund LaForge Kronaks Gnade ausgeliefert, sobald er zurückkehrt. Oder der Ihres Captains Picard, falls die *Enterprise* den Sieg für sich verbuchen sollte. Und ich möchte nicht in diese Lage kommen. Meine erste Sorge gilt meinem Schiff. Halten Sie still, verdammt. So, das müßte genügen.«

Riker schwang behutsam die Beine vom Bett. Es tat noch weh, aber wenigstens konnte er sich nun bewegen, ohne unerträgliche Schmerzen zu bekommen. »Ich befürchte, nicht einmal Geordi kann dieses Schiff noch rechtzeitig auf Vordermann bringen«, sagte er. »Was auch immer geschehen wird, es wird vorbei sein, bevor wir dort eintreffen.«

»Da wäre ich mir nicht so sicher«, sagte Blaze. »Wollte Kronak Ihr Schiff lediglich angreifen, hätte er das schon tun können, als Sie bei D'rahl eintrafen. Sein Kriegsvogel war die ganze Zeit über getarnt im Orbit. Er ist auf etwas Größeres aus. Er will das K'tralli-Reich. Und es besteht durchaus die Möglichkeit, daß die Föderation es ihm einfach überlassen wird. Er muß nur dafür sorgen, daß J'drahn an der Macht bleibt und seine Geschäfte mit mir, T'grayns Schwarzmarkt und dem Romulanischen Reich aufgedeckt werden. Er weiß, daß Picard Oberst Z'gral hat, den einzigen Mann, der General H'druhn vom Verrat seines Sohnes überzeugen könnte, aber ohne H'druhn persönlich wird Picard nichts unternehmen können. Kronak wird einfach abwarten und sehen, was sich ergibt.«

»Wie können Sie sich da so sicher sein?« fragte Riker.

»Weil ich ihn kenne. Ich weiß, wie er denkt. Kronak wird abwarten, ob J'drahn seinen Vater ermorden kann, bevor Picard zu ihm vorstößt. Wenn nicht, und wenn J'drahn seines Amtes enthoben wird, wird Kronak die Föderation beschuldigen, gegen ihre eigene Erste Direktive verstoßen und die rechtmäßige Regierung des K'tralli-Reichs gestürzt zu haben, um zu verhindern, daß J'drahn eine Allianz mit den Romulanern eingeht und die Föderation verläßt. Und *dann* wird er angreifen. Aber es wäre ein viel interessanterer Sieg für ihn, wenn er die Föderation dazu bringen könnte, J'drahn auszuschließen. Dann würde er das K'tralli-Reich bekommen, ohne einen einzigen Schuß abgefeuert zu haben. Stellen Sie sich vor, welches Ansehen ihm das beim Hohen Rat der Romulaner einbringen würde.«

»Ja, das wäre ein toller Streich«, gestand Riker ein. »Er würde den Sieg davontragen, indem er unsere eigenen Gesetze gegen uns benutzt. Das Problem ist nur, ich habe nicht die geringste Ahnung, wie man ihn aufhalten kann.«

»Wir haben noch etwas Zeit, Riker. Unterschätzen Sie meine Crew nicht. Sie ist ein ungebärdiger Haufen, das gestehe ich ein, aber sie versteht was von ihrem Geschäft. Ich trete mit ihr gegen jedes Schiff von Starfleet an, sogar gegen Ihre *Enterprise*.« Er grinste. »Das habe ich ja schon. Die reinste Ironie, nicht wahr? Ich dachte, ich würde mich auf den zweiten Durchgang mit Picard vorbereiten. Statt dessen werde ich ihm nun zu Hilfe kommen.«

»Was wollen Sie damit gewinnen, DeBlazio? Eine Begnadigung?« Er schüttelte den Kopf. »Sie wissen, daß wir Ihnen die nicht anbieten können. Dazu sind wir einfach nicht befugt.«

»Ich wäre schon mit einem guten Vorsprung zufrieden. Sie haben doch einen gewissen Einfluß auf Ihren Captain. Ich verlasse mich darauf, daß Sie ihn nutzen, um ihn mir zu verschaffen.« Blaze lächelte. »Glauben Sie, Sie können mit einem Druckverband um die Brust eine taktische Konsole bedienen?«

»Worauf Sie sich verlassen können, Mister«, sagte Riker.

Das Außenteam materialisierte auf dem Hof des Sommerpalastes, zwischen dem großen Springbrunnen mit seinen zahlreichen Ebenen und dem Haupteingang. Die Palastwachen am Eingang wurden völlig überrascht. Nicht zum erstenmal trafen Angehörige der Föderation auf diese Weise ein, um den General zu besuchen, aber der Anblick einer großen, bewaffneten Gruppe warf sie völlig aus dem Konzept, und sie wußten nicht, wie sie reagieren sollten. Als Picard und die anderen über den Hof schritten und sich der Treppe des Haupteingangs näherten, sahen die Wachen sich unbehaglich an und hoben vorsichtig ihre Waffen, auch wenn sie sie nicht auf die sich nähernden Personen richteten.

Picard wußte, daß die nächsten paar Sekunden, in denen sie sich noch eng zusammen und ungeschützt im Freien befanden, die gefährlichsten sein würden. Er hatte in Betracht gezogen, das Außenteam das Feuer eröffnen zu lassen, sobald es materialisiert war, die Wachen zu betäuben, bevor einer von ihnen reagieren konnte, und den Palast zu stürmen. Das wäre vielleicht die sicherste Vorgehensweise gewesen, denn obwohl die Phaser der Angehörigen des Außenteams alle auf Betäubung eingestellt waren, konnten die Wachen das nicht wissen, und ihre Waffen würden vielleicht tödliche Energiestrahlen abfeuern.

Doch wenn auch nur die geringste Chance bestand, daß sie mit General H'druhn sprechen konnten, ohne auf Gewalt zurückzugreifen, war Picard gewillt, sie zu nutzen. Wenn sie auf die Wachen feuerten, war es durchaus möglich, daß jemand getötet werden würde, und Picard wollte alles tun, um das zu vermeiden. Er konnte nur hoffen, daß J'drahn keinen Meuchelmörder in die Leibwache seines Vaters eingeschleust hatte. In diesem Fall würde der Attentäter H'druhn auf jeden Fall vor ihnen erreichen.

Der Hauptmann der Wache trat aus dem Palast und blieb auf der obersten Treppenstufe stehen. Seine Hand blieb in der Nähe der Waffe an seiner Hüfte. »Halt!« sagte er.

Picard hatte die Treppe bereits betreten, blieb aber stehen, als er den Befehl des Hauptmanns hörte.

»Identifizieren Sie sich und nennen Sie mir den Grund Ihrer Anwesenheit!« sagte der Hauptmann der Wache.

»Ich bin Captain Jean-Luc Picard vom Föderationsraumschiff *Enterprise*«, sagte Picard. »Wir möchten General H'druhn in einer äußerst wichtigen Angelegenheit sprechen.«

»Ich wurde nicht darüber informiert, daß der General irgendwelche Besucher erwartet«, erwiderte der Hauptmann.

»Er erwartet uns nicht«, sagte Picard, »aber es ist dringend erforderlich, daß ich sofort mit ihm spreche. Es geht um Leben und Tod.«

»Ach was?« sagte der Hauptmann. »Sagen Sie mir, worüber Sie mit ihm sprechen wollen, und ich werde ihm die Nachricht mitteilen.«

»Ich muß mit dem General persönlich sprechen«, erwiderte Picard. »Ich habe Grund zu der Annahme, daß man ein Attentat auf ihn versuchen wird.«

»Wer wird diesen Anschlag unternehmen?« fragte der Hauptmann stirnrunzelnd.

»Das werde ich nur dem General persönlich sagen«, entgegnete Picard.

Der Hauptmann der Wache sah Picard einen Augenblick lang an und schaute dann an ihm vorbei zum Außenteam. Picard vermutete, daß er die Möglichkeiten abwog und ihm keineswegs gefiel, was er sah.

»Warten Sie hier«, sagte der Hauptmann. »Ich werde nachfragen, ob der General Sie empfängt.«

Er drehte sich um und sprach kurz mit den Wachen. Dann ging er in den Palast zurück. Die Wachen hielten die Hände an den Waffen. Sie wirkten nicht mehr unsicher. Picard wußte, daß sie den Befehl erhalten hatten, das Feuer zu eröffnen, falls das Außenteam irgendwelche Anstalten machte, sich dem Palasteingang zu nähern. Er drehte sich um und sah, daß einige der Wachen am Tor hinter dem Springbrunnen ebenfalls vortraten. »Mr. Worf«, sagte er leise.

»Ich sehe sie, Sir«, sagte Worf. Er wies seine Gruppe an, ein paar Schritte vorzutreten. Die Wachen, die sich vom Tor her näherten, blieben in einer respektvollen Entfernung, aber noch in Schußweite stehen.

»Wir befinden uns hier nicht gerade in einer guten Position«, sagte Gruzinov unbehaglich.

»Ich weiß. Aber wir werden uns nur dann gewaltsam Zutritt zum Palast verschaffen, wenn es absolut notwendig ist«, sagte Picard. Er berührte seinen Insignienkommunikator. »Picard an *Enterprise*.«

»Hier Data, Captain. Ich höre, Sir.«

»Haben Sie meine Koordinaten erfaßt, Mr. Data?«

»Jawohl, Sir.«

»Sehr gut. Halten Sie sich bereit«, erwiderte Picard. »Ich werde die Frequenz offen lassen. Wenn man mich zu General H'druhn vorläßt, möchte ich, daß Sie uns beide in dem Augenblick erfassen, in dem ich in seiner Nähe bin, und uns auf meinen Befehl an Bord beamen. Halten Sie alle Transporter bereit, um auch den Rest des Außenteams auf das Schiff zu beamen. Ist das klar?«

»Verstanden, Captain.«

»Ivan«, sagte Picard, »wenn man mich in den Palast läßt, haben Sie hier das Kommando. Ich muß Ihnen nicht sagen, daß Sie sich in einer gefährlichen Position befinden. Wenn es mir gelingt, mit General H'druhn auf das Schiff zurückzukehren, werden wir den Rest der Gruppe sofort hochbeamen lassen. Aber wenn Sie gezwungen sind, sich zu verteidigen ...«

»Ich weiß«, sagte Gruzinov. »Phaser nur auf Betäubung.« Er schaute zu den Palastwachen hinüber und verzog das Gesicht. »Könnten Sie denen da vielleicht dasselbe sagen?«

Picard lächelte. »Hoffen wir das Beste«, sagte er. »Aber wenn Alarm ausgelöst wird, warten Sie nicht, bis die anderen zuerst schießen.«

»Und wenn man Sie nicht einläßt?«

»Dann führen wir den geplanten Angriff durch«, sagte Picard.

Der Hauptmann der Wache kam wieder hinaus. »General H'druhn wird Sie empfangen«, sagte er. »Sie allein, Captain Picard. Der Rest Ihrer Gruppe wird hier warten.«

»Wie Sie wollen«, sagte Picard und ging die Treppe hinauf.

»Einen Augenblick bitte, Captain«, sagte der Hauptmann. »*Ohne* Ihre Waffe.«

Picard drehte sich um und gab Gruzinov seinen Phaser.

»Sehr gut«, sagte der Wachtposten. »Würden Sie mir bitte folgen?«

Picard nickte Gruzinov zu, der das Nicken erwiderte, und folgte dann dem Hauptmann. Er hoffte, daß die Transportertechniker auf Zack waren. Von dem Augenblick an, in dem er mit dem General auf das Schiff beamte, war das Außenteam in Gefahr. Dann mußten sie schnell reagieren. Aber wenigstens mußten sie sich nicht gewaltsam Zutritt verschaffen. Das war schon etwas. Dadurch würden sie zumindest Zeit gewinnen.

Der Hauptmann führte ihn zu der Treppe. Sie gingen zur zweiten Etage hinauf und wandten sich dann nach rechts in einen langen Korridor. Picard bemerkte, daß zwei Wachen ihnen vom ersten Stock aus gefolgt waren und daß auch vor den Privatquartieren des Generals Wachen postiert waren. Sie gingen kein Risiko ein.

Der Hauptmann nickte den Posten neben der Tür zu. Einer von ihnen öffnete und ging vor ihnen hinein. Der Hauptmann bedeutete Picard, ebenfalls hineinzugehen, und folgte ihm dann. Das war nicht gut. Es bedeutete, daß bei seinem Gespräch mit dem General mindestens zwei weitere K'trall zugegen waren.

»Ich hatte gehofft, unter vier Augen mit dem General sprechen zu können«, sagte Picard zu dem Hauptmann.

»Alles, was Sie mir mitzuteilen haben, können Sie mir vor meinen Männern mitteilen, Captain Picard«, sagte H'druhn, der den Raum durch eine Verbindungstür betrat. Er war mit einem Schlafgewand bekleidet. »Es ist etwas spät für einen nicht angekündigten Besuch. Was hat es denn nun mit dem Unsinn über einen Anschlag auf mein Leben auf sich?«

Als H'druhn näher kam, wollte Picard auf ihn zugehen, doch der Hauptmann legte eine Hand auf seinen Arm und hielt ihn fest. H'druhn blieb dicht vor ihm stehen.

»Wir haben herausgefunden, daß mindestens zwei Kompanien romulanischer Zenturios auf D'rahl präsent sind«, sagte Picard. »Und im Orbit dürfte sich auch ein getarnter romulanischer Kriegsvogel befinden.«

»Romulaner?« sagte H'druhn. »*Auf D'rahl?* Unmöglich!«

»Wir haben Beweise, daß Gouverneur T'grayn gemeinsame Sache mit ihnen macht, General«, fuhr der Captain fort. »Sie haben Oberst Z'gral auf seinem Landsitz gefangengehalten, doch nun befindet er sich an Bord der *Enterprise* in Sicherheit und brennt darauf, mit Ihnen zu sprechen.«

»Z'gral? Ein *Gefangener?* Aber warum?«

»Weil sie wissen, daß er der einzige ist, der Sie überzeugen kann, daß Ihr Sohn korrupt ist und sich mit den Freibeutern und den Romulanern zusammengetan hat«, sagte Picard.

H'druhn erstarrte. »Sie wagen es, meinen eigenen Sohn solcher Verbrechen zu beschuldigen? Ich habe schon einmal ähnliche Beschuldigungen gegen J'drahn gehört, Captain. Damals hat der Kommandant von Starbase 37 sie vorgebracht. Aber nicht einmal Captain Gruzinov hatte die Stirn, meinem Sohn Verrat an seinem eigenen Volk und die Beteiligung an einer Verschwörung gegen mein Leben vorzuwerfen.«

»General, ich weiß, wie unglaublich sich das anhören muß ...«, setzte Picard an, doch H'druhn unterbrach ihn.

»Es ist nicht nur unglaublich, Captain, es ist unverschämt«, sagte der alte General wütend und trat näher an Picard heran. »Als ich die Allianz mit der Föderation schloß, wurde eindeutig vereinbart, daß unsere Autonomie erhalten bleibt und respektiert wird. J'drahn hat mir erklärt, daß Captain Gruzinov wiederholt versucht hat, seine Autorität auf das K'tralli-Territorium auszudehnen, und nun muß ich feststellen, daß er Sie in seine verabscheuungswürdigen Pläne einbezogen hat. Es erstaunt mich, daß Sie ...«

Picard wollte Data das Zeichen geben, doch plötzlich erklangen draußen Phaserschüsse und das scharfe, stakkatohafte Knallen von K'tralli-Waffen. H'druhn drehte sich schnell zum Fenster um.

»*Jetzt*, Mr. Data!« sagte Picard.

Der Transporter erfaßte sie augenblicklich und beamte Picard, H'druhn und die beiden Wachen neben dem Captain auf die *Enterprise*. Als sie im Transporterraum materialisierten, traten schnell Sicherheitswächter vor und entwaffneten die verblüfften Wachen.

»*Was hat das zu bedeuten, Picard?*« fragte H'druhn erzürnt. »*Haben Sie den Verstand verloren?*«

»Bitte, General, jetzt nicht«, sagte Picard. Er aktivierte seinen Kommunikator. »Picard an Außenteam! Was ist passiert? Berichten Sie!«

»Hier Gruzinov. Wir stehen unter schwerem Beschuß. Der Palast wird von K'tralli-Soldaten angegriffen. Wir haben Verluste erlitten.«

»Wie ist Ihre derzeitige Lage?« fragte Picard.

»Wir haben uns in den Palast zurückgezogen und verteidigen ihn gemeinsam mit der Palastwache«, erwiderte Gruzinov über den Lärm des Kampfs hinweg. »Lieutenant Worf und seine Leute wurden zum Springbrunnen zurückgetrieben, als sie versuchten, den Wachen an den Toren zu Hilfe zu eilen. Die meisten dieser Wachen wurden bei dem Angriff getötet. Wir selbst haben mindestens fünf Tote und etwa ein halbes Dutzend Verletzte zu beklagen. Wir versuchen, Worf Feuerschutz zu geben, damit er und seine Leute sich in den Palast zurückziehen können.«

»Soldaten der K'tralli? Die *meinen* Palast angreifen?« sagte H'druhn ungläubig.

In diesem Augenblick öffnete sich die Tür des Transporterraums, und Counselor Troi und Oberst Z'gral kamen herein. »General!« sagte Z'gral. »Den Göttern sei Dank, Sie sind in Sicherheit!«

»Halten Sie durch, Ivan«, sagte Picard und wandte sich an den Transportertechniker. »Haben Sie Lieutenant Worf und seine Gruppe erfaßt?«

»Aye, Sir.«

»Picard an Lieutenant Worf.«

»Hier Worf, Captain.«

»Halten Sie sich bereit, Mr. Worf. Wir holen Sie da raus.«

»Aye, Sir.«

»Erfassen und Energie«, sagte Picard.

»Ich beginne mit dem Transport«, sagte der Techniker.

Einen Augenblick später erschienen Lieutenant Worf und die fünf Überlebenden seiner Gruppe auf der Transporterfläche. Mehrere von ihnen stützten verwundete Kameraden.

»Bericht, Mr. Worf«, sagte Picard.

»Wir wurden von zwei Transportmaschinen mit K'tralli-Soldaten angegriffen, Captain«, sagte Worf. »Sie flogen über die Mauern und eröffneten bei der Landung das Feuer. Dabei erlitten wir die meisten unserer Verluste. Ich stieß mit meiner Gruppe vor, um den überlebenden Wachen beizustehen, und Captain Gruzinov zog sich mit dem Rest des Außenteams in den Palast zurück. Der Palast steht unter schweren Beschuß, aber sie konnten noch nicht durchbrechen.«

»Bringen Sie die Verletzten sofort auf die Krankenstation«, sagte Picard, »und kommen Sie dann zu mir auf die Brücke.«

»Aye, Captain.«

»Picard an Außenteam.«

»Hier Gruzinov, ich höre.«

»Ivan, wie ist Ihre Lage? Halten Sie durch?«

»Wir halten sie noch in Schach, Jean-Luc.«

»Sehr gut. Wir holen Sie bald da raus. Picard Ende.« Er

wandte sich an H'druhn. »Wenn Sie noch mehr Beweise brauchen, General, werde ich sie Ihnen liefern. Kommen Sie bitte mit. Counselor, würde Sie unsere Gäste begleiten?«

Sie begaben sich schnell vom Transporterraum durch den Gang zum Turbolift.

»Es muß eine andere Erklärung für das alles geben«, sagte H'druhn, als der Turbolift sie auf die Brücke brachte. »Ich kann nicht glauben, daß K'tralli-Soldaten ihre eigenen Leute angreifen! Oder daß J'drahn dahintersteckt!«

»Glauben Sie es, General«, sagte Z'gral. »J'drahn kontrolliert jetzt die Armee. Ich habe mitbekommen, mit welchen Leuten er in unseren Regimentern die Schlüsselstellungen besetzt hat, und als ich es wagte, ihn und seine Politik zu kritisieren, ließ er mich unter dem Vorwand, ich sei krank und unfähig, in meinem eigenen Landsitz unter Hausarrest stellen. Und um sicherzustellen, daß keiner der Männer, die mich bewachten, sich aus alter Loyalität mir anschloß, ließ er sie durch romulanische Zenturios ersetzen.«

»Nein«, sagte H'druhn, »da muß irgendein Irrtum vorliegen, Z'gral. J'drahn würde mich niemals verraten, geschweige denn sein Volk. Ein anderer muß dahinterstecken, jemand, der versucht, meinen Sohn in Mißkredit zu bringen.«

»General, wir haben *Beweise* dafür, daß J'drahn mit den Romulanern gemeinsame Sache macht«, beharrte Z'gral.

H'druhn schüttelte den Kopf, konnte es einfach nicht akzeptieren. »Nein, das kann ich nicht glauben. Nicht mein eigener Sohn ...«

Als sie auf die Brücke kamen, erhob Data sich vom Sessel des Captains und nahm seinen Posten an der Navigatorkonsole ein. Counselor Troi nahm neben dem Captain Platz. Picard stellte sofort Kontakt zu Gruzinov her.

»Picard an Außenteam. Berichten Sie.«

»Hier Gruzinov. Wir halten unsere Position. Sie haben einen weiteren Angriff versucht und wurden zurückgeschlagen. Sie wollten mit ihren Transportern über den Palast fliegen und auf die oberen Stockwerke schießen, aber wir haben einen abgeschossen, und der andere zog sich außer Reichweite zurück. Ich habe die Verantwortung dafür übernommen, die Phaser auf tödliche Emissionen umzustellen. Die Angreifer halten im Augenblick Abstand, doch es ist möglich, daß sie nur auf Verstärkung warten. Die Palastwache hat schwere Verluste erlitten. Die Leute sind verwirrt, aber ich habe das Kommando übernommen, und im Augenblick scheinen wir die Situation unter Kontrolle zu haben.«

»Sie sollen glauben, der General sei noch im Palast«, sagte Picard. »Halten Sie solange durch, wie Sie können, aber lassen Sie es mich sofort wissen, wenn Ihre Lage unhaltbar wird.«

»Verstanden«, sagte Gruzinov.

»Picard Ende.«

Die Tür des Turbolifts öffnete sich, und Lieutenant Worf kam auf die Brücke und nahm seinen Posten ein.

»Mr. Worf, verbinden Sie mich mit Oberherr J'drahn«, sagte Picard.

»Aye, Captain.«

Picard wandte sich Z'gral und H'druhn zu. »General, wären Sie bitte so freundlich, zur Seite zu treten? Ich würde es vorziehen, daß Ihr Sohn Sie nicht sieht, wenn wir Kontakt mit ihm aufnehmen.«

Der alte General wirkte noch immer völlig schockiert, gehorchte aber ohne jeden Kommentar. Z'gral trat neben ihn. Kurz darauf meldete Worf, daß er durchgekommen war.

»Auf den Schirm, Mr. Worf«, sagte Picard.

J'drahn erschien auf dem Bildschirm. Sein Gesichtsausdruck wirkte verkniffen. »Captain Picard«, sagte er. »Ich bin wirklich über Ihre Arroganz erstaunt. Ich weiß, daß Sie Truppen zum Palast meines Vaters geschickt haben, um ihn als Geisel zu nehmen, und verlange ihren *sofortigen* Rückzug! Des weiteren fordere ich Sie auf, sich augenblicklich der Gerichtsbarkeit der K'tralli zu stellen, damit Ihnen der Prozeß gemacht werden kann. Die Anklagen lauten auf ...«

»Der Prozeß?« unterbrach Picard ihn. »*Ihnen* sollte der Prozeß gemacht werden. Und dafür werde ich sorgen. Die Palastwache wird aussagen, daß sie von Ihren Leuten angegriffen wurden, die den Palast stürmen und General H'druhn töten sollten.«

»Die Palastwache wird gar nichts aussagen«, erwiderte J'drahn verächtlich. »Sie wird schon bald tot sein, genau wie Ihr Starfleet-Personal. Und meine Offiziere werden aussagen, daß die Leute getötet wurden, als sie den Palast gegen einen Angriff *Ihrer* Männer verteidigen wollten, Picard. Ich werde behaupten, daß Sie versucht haben, meinen Vater als Geisel zu nehmen, um einen Staatsstreich einzuleiten, der meine Regierung stürzen sollte. Und es wird keine Zeugen geben, die dem widersprechen können.«

»Sie scheinen eins vergessen zu haben«, sagte Picard. »Ihr Vater kennt die Wahrheit. Oder haben Sie vor, ihn ebenfalls umzubringen?«

»Man wird melden, daß mein Vater einen heldenhaften Tod gestorben ist, als er die Palastwache gegen Ihren feigen Angriff befehligte«, sagte J'drahn. »Und nach seinem Tod wird das Volk sich hinter mich stellen. Sie können nicht gewinnen, Picard. Aber ich bin bereit, Ihnen eine letzte Chance zu geben, Ihre Leute zurückzuziehen und das Territorium der K'tralli zu verlassen.«

»Und das K'tralli-Reich den Romulanern zu überlassen?« fragte Picard.

»Unsere Allianz mit den Romulanern wird uns stärker machen, als wir es unter dem Vertrag mit der Föderation je sein könnten«, erwiderte J'drahn. »Und Sie können nichts dagegen tun, Picard. Aber Sie können noch aufbrechen und sich selbst retten, bevor es zu spät ist. Denken Sie über Ihr eigenes Schicksal nach und überlassen Sie mir das Schicksal des K'tralli-Reichs.«

»Ich würde dich lieber tot sehen«, sagte H'druhn kalt und trat neben Picard.

J'drahn fuhr erschrocken zusammen. Jegliche Farbe wich aus seinem Gesicht. *»Vater!«*

»Das du mich noch ›Vater‹ nennen kannst, ohne an dem Wort zu ersticken, erstaunt mich«, sagte H'druhn verbittert. »Man hat mir von deinem Verrat berichtet, aber ich wollte ihnen nicht glauben, nicht einmal, als ich es von Z'gral hörte. Doch nun haben deine eigenen Worte dich überführt. Du bist ein feiger Verräter an mir und unserem Volk. Ich verfluche den Tag, an dem du geboren wurdest, und ich werde lieber sterben, bevor ich mitansehe, daß du alles verrätst, wofür ich gekämpft habe!«

»Dann wirst du sterben«, sagte J'drahn geradeheraus und unterbrach die Verbindung.

H'druhn schien in sich zusammenzusacken. »Mein eigener Sohn ...«, sagte verzweifelt, und die Beine gaben nach. Z'gral fing ihn auf.

»Counselor, bringen Sie den General bitte auf die Krankenstation«, sagte Picard. »Oberst Z'gral, wenn Sie so freundlich wären, ihn zu begleiten ...«

»Natürlich, Captain.«

Als sie die Brücke verließen, nahm Picard Kontakt mit Gruzinov auf. »Picard an Außenteam ...«

»Hier Gruzinov.«

»Halten Sie sich zum Beamen bereit. Wir werden auch die Palastwache an Bord holen«, sagte Picard. »Bereiten Sie sie darauf vor.«

»Verstanden«, sagte Gruzinov.

»Mr. Worf, die Transporterräume sollen damit anfangen, das Außenteam und die Palastwache heraufzubeamen.«

»Captain, ein romulanischer Kriegsvogel enttarnt sich«, sagte Worf plötzlich.

»Den letzten Befehl nicht ausführen! *Schilde aktivieren! Alarmstufe Rot!*«

9

»Captain, wir werden gerufen«, sagte Worf, »wollen Sie die Nachricht empfangen?«

»Auf den Schirm, Mr. Worf.«

Einen Augenblick später erschien das Gesicht von Tribun Kronak auf dem Hauptbildschirm. »Captain Picard, man hat mich informiert, daß Sie bewaffnete Streitkräfte auf der Planetenoberfläche haben, die sich zur Zeit ein Gefecht mit Teilen des K'tralli-Militärs liefern. Ich muß darauf bestehen, daß sie sofort zurückgezogen werden.«

»Damit Sie in dem Augenblick angreifen können, in dem wir unsere Schilde deaktivieren?« sagte Picard. »Das werde ich nicht tun, Tribun.«

»Ich habe nichts zu gewinnen, indem ich auf Ihr Schiff schieße, Picard«, sagte Kronak. »Ich habe den Kampf bereits gewonnen.«

»Wirklich?« erwiderte Picard. »Und wie genau haben Sie das angestellt?«

»Sie haben es für mich getan«, erwiderte Kronak lächelnd. »Sie haben sowohl Oberst Z'gral als auch General H'druhn an Bord Ihres Schiffes, nicht wahr? J'drahn mag es vielleicht nicht gelungen sein, seinen Vater zu eliminieren, aber das spielt jetzt wirklich keine Rolle mehr. Sie haben die beiden Männer zu sich geholt, die die größte Bedrohung für J'drahns Position darstellten. Wenn Sie an Bord Ihres Schiffes sind, können sie auf N'trahn keinen Schaden anrichten. Ihnen bleibt nur übrig, Ihr Außenteam zurückzuziehen und das System zu verlassen. Ich werde mit J'drahn sprechen und ihn bitten, den

Angriff auf den Palast zu beenden, damit Sie ungefährdet Ihre Leute zurückholen können.«

»Sie erwarten, daß ich Ihnen vertraue?« sagte Picard.

»Das hängt ganz von Ihnen ab«, erwiderte Kronak. »Die Truppen, die den Palast angreifen, werden bald Verstärkung erhalten, und ich bezweifle, daß Ihre Leute sie dann noch lange abwehren können. Mir ist es wirklich ganz egal, wie es abläuft, aber es wäre doch schade, wenn sie ganz umsonst sterben würden. Holen Sie sie an Bord Ihres Schiffes zurück, Picard, und dann dürfen Sie das System ungehindert verlassen.«

»Und wenn ich mich weigere?«

»Das würde ich Ihnen nicht raten«, sagte Kronak. »Beobachten Sie Ihre Scanner.«

»Captain, ein zweiter Kriegsvogel enttarnt sich!« meldete Worf.

»Auf den Schirm, Mr. Worf.«

Der Klingone schaltete auf die Außenscanner um, und das Bild auf dem Schirm veränderte sich. Unter ihren Blicken enttarnte sich ein *dritter* Kriegsvogel.

»Sie haben uns umzingelt!« sagte Worf.

Picard kniff die Lippen zu einer angespannten Grimasse zusammen.

»Wie Sie sehen, Captain«, erklang Kronaks Stimme erneut, »habe auch ich Verstärkung erhalten.« Das Bild auf dem Schirm wechselte, als Worf wieder zu dem Romulaner hinüberschaltete. Kronak lächelte. »Und es ist wirklich vollkommen uninteressant, ob Sie mir vertrauen oder nicht. Ihnen muß klar sein, daß Sie selbst mit aktivierten Schilden keine Chance gegen die kombinierte Feuerkraft dreier Kriegsschwalben der D'deridex-Klasse haben. Ich lasse Ihnen Zeit, über mein Angebot nachzudenken. Mittlerweile werde ich J'drahn den Angriff auf den Palast abbrechen lassen. Es wäre doch eine Schande, wenn Ihre Leute getötet würden, während Sie noch versuchen, eine Entscheidung zu treffen.«

Der Bildschirm erlosch.

Picard atmete schwer aus. »Dieser verdammte, selbstgefällige, arrogante ...« Er verstummte und ballte frustriert die Hände zu Fäusten. »Informieren Sie die Transporterräume, daß sie sich darauf vorbereiten sollen, das Außenteam an Bord zu beamen, Mr. Worf, und halten Sie sich bereit, die Schilde zu senken.«

»Captain!« sagte Worf. »Sir, mit allem gebührenden Respekt ...«

»Ich habe Ihnen einen Befehl erteilt, Mr. Worf!«

»Aye, aye, Sir.«

Picard atmete tief durch. »Er *will*, daß wir sie zurück an Bord holen. Auf diese Weise kann er uns alle gleichzeitig eliminieren. General H'druhn, Oberst Z'gral, Captain Gruzinov ... er erwischt uns alle auf einen Schlag. Damit stellt er sicher, daß später niemand J'drahns Behauptungen widersprechen wird. Er hat uns ausmanövriert und ist uns an Feuerkraft überlegen. Aber wir werden es ihm nicht leicht machen.«

»Die Transporterräume sind bereit, Captain«, meldete Worf.

»Behalten Sie die Alarmstufe Rot bei, Mr. Worf, und bereiten Sie die Phaser und Photonentorpedos vor«, sagte Picard. »Mr. Data, führen Sie auf meinen Befehl Ausweichmanöver durch.«

»Aye, aye, Sir«, sagte Data.

»Die Transporterräume sollen uns sofort Bescheid geben, sobald das Außenteam sicher an Bord des Schiffes ist«, sagte Picard. »Dann aktivieren Sie augenblicklich die Schilde und halten sich für Kampfhandlungen bereit. In dem Augenblick, in dem er sieht, daß wir die Schilde heben, wird er das Feuer eröffnen.«

»Aye, aye, Sir«, sagte Worf und gab den Befehl an die Transporterräume weiter. Dann schaute er auf. »Bereit, Captain.«

»Schilde senken und Energie«, sagte Picard angespannt.

»Schilde deaktiviert«, sagte Worf grimmig.

»Kommt schon, kommt schon«, sagte Picard leise.

»Außenteam sicher an Bord, Sir. Schilde aktiviert!« meldete Worf. Eine Sekunde später fügte er hinzu: »Kriegsschwalben aktivieren Geschütze!«

»Ausweichmanöver, Mr. Data!«

»Aye, Sir.«

»Kriegsschwalben feuern!« meldete Worf.

Die *Enterprise* erzitterte, als die Salve eines der Kriegsvögel gegen ihre Schilde schlug.

»Schilde halten!« sagte Worf.

»Photonentorpedos abfeuern, volle Breitseite!«

»Torpedos abgefeuert«, sagte Worf. »Kriegsschwalben führen Ausweichmanöver durch.«

Die *Enterprise* erzitterte erneut, als das Feuer eines anderen Kriegsvogels die Schilde traf.

»Schaden an Backbordschild achtern!« sagte Worf, während Data die gewagtesten Manöver durchführte, um zu verhindern, daß das Schiff vom Feuer aller drei Kriegsschwalben getroffen wurde. »Schild auf fünfzig Prozent!«

»Phaser abfeuern!«

Die *Enterprise* wurde erneut von feindlichen Feuer durchgeschüttelt. Die Turbolifttüren öffneten sich, und Gruzinov kam auf die Brücke gestürmt. Er taumelte, als das Schiff von Intervallerfeuer getroffen wurde, und konnte einen Sturz nur verhindern, indem er sich an einer Konsole festhielt.

»Schäden an den vorderen Schilden!« sagte Worf. »Der Backbordschild achtern ist zusammengebrochen!«

»Die Mistkerle schießen uns in Stücke!« sagte Gruzinov.

»Übernehmen Sie die Kommunikation!« sagte Picard. »Ich will die Schadensmeldungen hören.«

»Verstanden.«

Dank Gruzinovs Hilfe konnte Worf sich nun vollständig auf die Waffen konzentrieren. Die *Enterprise* erzitterte erneut, als einer der Kriegsschwalben ein Treffer gelang.

»Feuern Sie nach Belieben, Mr. Worf!«

»Steuerbordschild achtern auf fünfzig Prozent!« sagte Gruzinov. »Schaden am Backbordschild!«

Worf feuerte erneut mit den Phasern. »Direkter Treffer!« sagte er triumphierend.

Der Kriegsvogel, auf den er gezielt hatte, hatte beträchtliche Schäden erlitten, war aber noch kampffähig. Picard wußte, daß es nur eine Frage der Zeit war. Sie konnten nicht darauf hoffen, alle drei Romulaner auszumanövrieren.

»Volle Kehrtwendung, Mr. Data!«

Kronak lauerte an ihrer Flanke, aber ein anderer Kriegsvogel befand sich hinter ihnen, und dort war ein Schild völlig zusammengebrochen und der andere nur noch auf fünfzig Prozent. Ein weiterer Treffer dort konnte sie erledigen.

Plötzlich wurde eine der Kriegsschwalben in schneller Reihenfolge von drei Photonentorpedos getroffen. Der erste Torpedo ließ die Schilde zusammenbrechen, der zweite und dritte waren direkte Treffer, und der Kriegsvogel explodierte in einem Flammenmeer.

»Verdammt, was ...?« sagte Gruzinov. »Das waren nicht wir!«

Ein Schiff kam in steilem Winkel angerast und beharkte den anderen Kriegsvogel mit Phaserfeuer, während es so nah an ihm vorbeiflog, daß es ihn fast streifte. Picard erkannte die vertrauten Umrisse eines Raumers der Constitution-Klasse.

»Das gibt's doch nicht«, sagte er. »Es ist die *Glory!*«

»Ruder steuerbord, Kurs eins-Komma-drei-vier!« sagte Blaze.

»Das war aber etwas knapp, was?« sagte Riker, sah hoch und zuckte vor Schmerz zusammen, als das Schiff sich so scharf in die Kurve legte, daß er sich an der taktischen Konsole festhalten mußte.

»Sie reagiert noch immer nicht sehr gut«, sagte Blaze. »Das können Sie Ihrem Freund LaForge zuschreiben.«

»Er hat diesen Rosteimer immerhin wieder zum Fliegen gekriegt, oder?«

»Ja, wenn er nicht einfach auseinanderbricht«, sagte Blaze. »Volle Kehrtwendung! Mal sehen, ob Sie diesmal etwas besser schießen können, Kanonier. Maschinendeck, ich brauche mehr Energie in den Steuerbordtriebwerken!«

»Ich gebe Ihnen alles, was ich habe!« erwiderte LaForge über das Schiffsinterkom. »Noch so ein Manöver, und die gesamte Gondel wird aufgrund der Belastung einfach auseinanderfallen!«

Das Schiff erzitterte, als es von Intervallerfeuer gestreift wurde.

»Schäden auf den Decks vier und fünf!« rief Kommunikationsmaat T'gahl. »Bruch in der Außenhülle!«

»Decks vier und fünf abriegeln! Verdammt, LaForge, ich brauche mehr Energie für die Schilde!« rief Blaze.

»*Welche* Schilde?« erwiderte LaForge.

»Wir haben keine Schilde?« fragte Riker.

»*LaForge!*« rief Blaze.

»Verdammt, was erwarten Sie?« erwiderte Geordi. »Ich konnte gerade mal diese verdammten romulanischen Triebwerke in Ordnung bringen! Mit Wundern kann ich Ihnen nicht dienen!«

»Im Augenblick könnte ich eines brauchen«, sagte Blaze. »Tarnvorrichtung aktivieren!«

»Tarnvorrichtung aktiviert!« sagte Steuermann D'karr.

»Ruder backbord, Kurs drei-Komma-fünf-zwei! Phaser bereit!«

»Phaser sind bereit«, sagte Riker.

»Sie hat sich getarnt!« sagte Gruzinov.

»Volle Kehrtwendung, Mr. Data!« sagte Picard. »Photonentorpedos bereit!«

»Sir, wenn wir sie jetzt abfeuern, könnten wir die *Glory* treffen«, sagte Worf.

»Nicht, wenn Blaze das tut, was ich vermute«, erwiderte Picard. »Feuer!«

Worf feuerte, als sie sich dem Schiff näherten, das Blaze gerade angegriffen hatte. Es wollte sich um die neue Bedrohung kümmern, entblößte statt dessen aber nur seine Flanke für die *Enterprise*. Der Torpedo schlug ins Heck ein und explodierte.

»Direkter Treffer!« sagte Gruzinov.

»Der Feind zieht sich zurück, Captain«, sagte Worf.

»Lassen Sie sie fliehen, Mr. Worf«, sagte Picard. »Kümmern wir uns lieber um unseren Freund Kronak. Phaser bereithalten!«

»Der Kriegsvogel wird gleich feuern, Captain«, sagte Data.

»Kurs beibehalten«, sagte Picard. »Noch warten ...«

Als die vorderen Intervaller des Kriegsvogels aktiviert wurden, enttarnte die *Glory* sich plötzlich direkt hinter Kronaks Schiff.

»Feuer!« sagte Picard.

Sowohl die *Enterprise* als auch die *Glory* schossen gleichzeitig. Im tödlichen Kreuzfeuer gefangen, brachen die Schilde des Kriegsvogels zusammen, und das Schiff explodierte zu einem riesigen Feuerball.

»Wir haben ihn erwischt!« rief Gruzinov.

»Weiterhin gegen Angriffe sichern«, sagte Picard und atmete tief durch. »Alarmstufe Gelb beibehalten. Ich will so schnell wie möglich einen umfassenden Schadensbericht.«

»Eine Nachricht von der *Glory*, Captain«, sagte Gruzinov.

»Auf den Schirm«, sagte Picard.

Blaze tauchte auf dem Bildschirm auf. Er saß ganz bequem und etwas zurückgelehnt im Sessel des Captains, als hätte er gerade ein kleines Nickerchen gehalten und keinen anstrengenden Kampf ausgefochten. »Gut gemacht, Captain«, sagte er. »Wir haben diesen Mistkerl in die Zange genommen. Aber sagen Sie, wie ist es Ihnen gelungen, meinen Zug vorauszusehen? Oder war es nur Glück?«

Picard lächelte. »Ich habe mich anscheinend daran erinnert, daß Sie dazu neigen, andere Schiffe zwischen uns zu bringen.«

Blaze grinste. »Touché, Captain.« Er salutierte anmaßend. »Ich werde mich in Zukunft daran erinnern. Doch es freut mich, daß ich Ihnen gerade helfen konnte.«

»Ich muß gestehen, ich bin neugierig«, sagte Picard und runzelte verwirrt die Stirn. »Sie hatten nichts zu gewinnen und alles zu verlieren. Warum sind Sie das Risiko eingegangen?«

Blaze zuckte übertrieben mit den Schultern. »Ein Leben ohne Risiko kann man lediglich als bloße Existenz bezeichnen, Captain. Außerdem habe ich Kronak nie vertraut. Ich wußte, daß er mich auf die Abschußliste setzen würde, sobald ich ihm nicht mehr nützlich war. Außerdem war es ein Kampf von drei Schiffen gegen eins, und das kann man wohl kaum als fair bezeichnen. Und wie immer hatte ich eine Schwäche für den Unterlegenen.«

Picard ignorierte die Bemerkung. »Nun ja«, sagte er, »richten Sie Ihrem taktischen Offizier mein Kompliment aus. Seinen superben Fähigkeiten als Schütze verdanke ich die Rettung meines Schiffes.«

Blaze lächelte. »Er wird sicher erfreut sein, das zu hören, Captain. Warum danken Sie ihm nicht persönlich?«

»Gern«, sagte Picard. »Wo ist er?«

»Genau hier«, sagte Riker und trat aus dem Turbolift.

Picard drehte sich mit einem erstaunten und erfreuten Ausdruck auf dem Gesicht um. »Will!« sagte er.

Die anderen auf der Brücke waren ebenfalls erfreut und erleichtert, ihn zu sehen, aber auch über sein Äußeres besorgt. Sein Gesicht war zerschnitten und wies einige Prellungen auf, sein Uniformhemd war zerrissen und entblößte seine verbundenen Rippen.

»Ich freue mich, wieder zurück zu sein, Sir«, sagte Riker. »Ich habe Geordi auf sein Quartier geschickt, damit er etwas dringend benötigten Schlaf bekommt. Er war absolut erschöpft. Er hat rund um die Uhr gearbeitet, um die *Glory* noch rechtzeitig flugfähig zu machen und uns hierher zu bringen. Wir haben es gerade noch geschafft.«

»Sie waren die ganze Zeit über auf der *Glory?*« fragte Picard erstaunt.

»Haben Sie meine Nachricht denn nicht bekommen?« fragte Riker stirnrunzelnd.

Picard schaute verwirrt drein. »Wir haben keine Nachricht bekommen«, erwiderte er.

»Hm«, machte Blaze. »Offensichtlich funktioniert auch meine Langstreckenkommunikation nicht richtig. Sie haben meinem Schiff wirklich ein ärgerliches Maß an Schäden zugefügt, Picard. Alles in allem war es ein Wunder, daß wir noch rechtzeitig eintrafen, von den Kampfhandlungen ganz zu schweigen.«

»Nun ja, ich bin dankbar, daß Sie eingegriffen haben«, sagte Picard.

»Danken Sie mir nicht so schnell. Wir befanden uns schon mitten im Gefecht, als Ihr Chefingenieur mich informierte, daß das Schiff sich nicht nur so schwerfällig wie ein schiefliegender Asteroid steuern läßt, sondern nicht mal über Schilde verfügt. Hätte ich *das* gewußt, hätte ich vielleicht einfach abgewartet und zugesehen, wie diese Kriegsschwalben Sie in Stücke zerhacken. Zweifellos hat LaForge mich genau deshalb nicht über dieses kleine Detail informiert. Aber ich darf mich wohl trotzdem nicht beschweren. Es ist ihm gelungen, mein Schiff in Rekordzeit flugfähig zu machen, auch wenn er hier und da etwas gepfuscht hat. Schade, daß ich ihn nicht überreden konnte, bei mir zu bleiben. Er ist ein absolut brillanter Ingenieur.«

»Was ist mit Lieutenant Dorn?« fragte Gruzinov.

Riker schaute grimmig drein. »Sie hat es leider nicht geschafft, Sir. Sie starb bei dem Versuch, mein Leben zu retten. Aber auch wenn es Ihnen kein Trost ist, Blaze hat die Frau erwischt, die sie getötet hat. Sie war romulanische Agentin.«

»Ich bedauere den Verlust Ihrer Kameradin, Captain Gruzinov«, sagte Blaze. »Es bedeutet Ihnen vielleicht nicht viel, das ausgerechnet von mir zu hören, aber es tut mir trotzdem wirklich leid.«

»Na ja ... das bringt mich in eine ziemlich unangenehme Lage«, sagte Picard. »Von Rechts wegen müßte ich Sie in Gewahrsam nehmen, aber ich bin Ihnen etwas schuldig, weil Sie uns zu Hilfe gekommen sind. Und im Augenblick ist keines unserer beiden Schiffe zu einem weiteren Kampf bereit. Ich bin sogar davon überzeugt«, fügte er betont hinzu, »daß unser Schiff nach dem Kampf mit den Romulanern nicht imstande ist, Sie zu verfolgen, bis die Schäden vollständig repariert worden sind. Doch wenn ein gewisser Freibeuter auch weiterhin die Schifffahrt der Föderation beeinträchtigt, werde ich dort weitermachen müssen, wo wir aufgehört haben.«

Blaze grinste. »Ich bin sowieso der Ansicht, daß die Dinge hier in diesem Sektor ein wenig zu heiß für mich geworden sind. Wie ich gehört habe, befördern romulanische Handelsschiffe oft kostbare Frachten. Und ich habe einen ziemlich kostspieligen Geschmack. Doch eine Sache ist noch nicht geklärt.«

»Was meinen Sie?« fragte Picard vorsichtig.

»Ich beziehe mich auf J'drahn«, sagte Blaze. »Ich kann mir nicht vorstellen, daß er sein Amt so einfach aufgeben wird. Und berichtigen Sie mich, falls ich mich irre, Captain, aber wie ich die Föderationsgesetze verstehe, dürfen Sie General H'druhn nicht dabei helfen, seinen Sohn aus dem Amt zu entfernen.«

»Worauf wollen Sie hinaus?« fragte Picard stirnrunzelnd.

»Na ja, ich dachte nur, daß mein Schiff noch ein paar Reparaturen benötigt«, sagte Blaze. »Und ich bewundere Chefingenieur LaForges Fähigkeiten wirklich. Wenn General H'druhn seinen Sohn ohne Ihre Hilfe loswerden will, muß er Truppen ausheben, und dafür braucht man viel Zeit, auch wenn man ein Held der K'tralli-Revolution ist. Es könnte leicht zu einem Bürgerkrieg führen, und der würde viele Opfer kosten. Doch würden wir nun sofort eingreifen, könnte meine Crew dem General dabei helfen, die Sache zu bereinigen, und Sie wären sozusagen nur als Beobachter dabei.«

»Und als Gegenleistung leihe ich Ihnen LaForge und unsere Techniker aus, die die Reparatur Ihres Schiffes vollenden«, sagte Picard.

»So etwas in der Art«, erwiderte Blaze. »Natürlich muß in den offiziellen Berichten nichts davon erwähnt werden. Und strenggenommen bin ich noch immer ein K'tralli-Bürger. Wenn ich General H'druhn helfe, würde ich damit lediglich meine patriotische Pflicht tun. Gegen ein gewisses Entgelt natürlich.«

»Ist das denn zu fassen?« sagte Gruzinov erstaunt. »Was für eine bodenlose Frechheit!«

»Ein interessantes Angebot«, sagte Picard. »Ich werde es an General H'druhn weiterleiten.«

»Das ist doch nicht Ihr Ernst!« sagte Gruzinov. »Dieser Mann ist ein Krimineller!«

»Das bestreite ich nicht«, erwiderte Picard. »Doch als K'tralli-Bürger muß er nach dem *K'tralli*-Gesetz zur Rechenschaft gezogen werden. Mr. Worf, würden Sie General H'druhn und Oberst Z'gral bitten, auf die Brücke zu kommen? Und Sie, Mr. Riker, melden sich auf der Krankenstation und lassen Dr. Crusher diese Verletzungen behandeln.«

»Verdammt, wo ist Blaze?« fragte J'drahn.

T'grayns Gesicht auf dem Bildschirm sah besorgt aus. »Ich weiß es nicht, Eure Exzellenz«, erwiderte er.

»Was soll das heißen, Sie wissen es nicht? Haben Sie mit ihm in Verbindung gestanden oder nicht?«

»Ich habe seit über vierundzwanzig Stunden nicht mehr mit ihm gesprochen«, erwiderte T'grayn ängstlich. »Zu dieser Zeit hat er noch versucht, die Reparaturen seines Schiffes abzuschließen.«

J'drahn schlug wütend mit der Faust auf die Konsole. »Und haben Sie versucht, ihn zu erreichen?«

»Mehrfach, Eure Exzellenz. Doch es ist möglich, daß er nicht antworten kann. Wenn er die Energie abschalten mußte, um die Reparaturen durchzuführen, konnte er vielleicht keine Signale empfangen.«

»Das kommt ihm bestimmt sehr gelegen«, sagte J'drahn voller Abscheu.

»Was ist mit Tribun Kronak? Er müßte doch bestimmt schon eingetroffen sein und ...«

»Kronak ist tot«, sagte J'drahn. »Oder durch die Neutrale Zone nach Hause geflohen. Es hat eine Kampfhandlung gegeben, mehr weiß ich nicht, und seitdem habe ich nichts mehr von ihm gehört.«

»Und die *Enterprise?*« fragte T'grayn gespannt.

»Sie bewahrt unheilvolle Stille«, sagte J'drahn düster. »Es ist ihnen gelungen, meinen Vater zu holen, bevor meine Leute den Sommerpalast einnehmen konnte.«

T'grayns Gesicht brachte Bestürzung zum Ausdruck. »Dann ist alles vorbei.«

»*Nichts* ist vorbei!« sagte J'drahn. »Sie mögen meinen Vater und Z'gral haben, aber wenn Picard ihnen hilft, mich zu stürzen, verstößt er gegen die Erste Direktive der Föderation, und seine Karriere wäre vorbei.«

»Aber wenn H'druhn sicher an Bord der *Enterprise* ist, kann Z'gral nach N'trahn oder auf eine der Kolonien zurückkehren und Truppen gegen Sie ausheben«, sagte T'grayn.

»Vielleicht«, stimmte J'drahn ihm zu, »aber das wird dauern. Und das verschafft mir die Zeit, gewisse Vorbereitungen zu treffen. Ich kann offiziell Protest beim Rat der Föderation einlegen, und die Romulaner könnten mit mehr Schiffen zurückkehren. Picard mag im Augenblick die Oberhand gewonnen haben, wird sie aber nicht lange behalten.«

»Da wäre ich mir nicht zu sicher, Eure Exzellenz«, sagte Picard.

J'drahn wirbelte herum und sah, daß der Captain in einem Sessel an der Wand saß. *»Sie!«* sagte er schockiert. »Sie *wagen* es, in meine Privatgemächer einzudringen? *Wachen!*«

»Sie werden feststellen, daß Ihre Wachen im Augenblick ziemlich beschäftigt sind«, sagte Picard, der ganz bequem dort saß, die Beine übereinandergeschlagen und die Hände in den Schoß gelegt hatte.

J'drahn starrte ihn einfach ungläubig an; dann erklangen unten, im Hauptsaal, Schüsse und lautes Geschrei.

»Eure Exzellenz! Eure Exzellenz, was ist los?« fragte T'grayn besorgt vom Bildschirm.

»Ich glaube, der richtige Ausdruck für das, was hier los ist, lautet *coup d'etat*, Gouverneur«, erwiderte Picard. »Die gewaltsame Absetzung einer Regierung. Allerdings hoffe ich, daß die Gewalt hier auf ein Minimum beschränkt bleibt. Auf jeden Fall wird es zu viel weniger Gewalt kommen als bei einem ausgewachsenen Bürgerkrieg. Das K'tralli-Reich kann wirklich auf eine weitere blutige Revolution verzichten.«

J'drahn griff nach seinem Halfter.

»Vorsicht«, sagte Picard und enthüllte den Phaser, der auf seinem Schoß lag. »Wenn mein Leben bedroht wird, kann ich mich verteidigen, ohne gegen die Erste Direktive zu verstoßen.«

J'drahn erstarrte mitten in der Bewegung und gab den Versuch auf, nach seiner Waffe zu greifen. Unsicher sah er Picard an. »Sie haben bereits gegen die Erste Direktive verstoßen«, sagte er. »Wenn Sie glauben, Sie kämen mit einem Angriff auf den Palast durch ...«

»An den Geschehnissen ist kein einziges Besatzungsmitglied der *Enterprise* beteiligt«, sagte Picard. »Ich bin lediglich als interessierter Beobachter hier. Als Starfleet-Offizier sehe ich es als meine Pflicht an, den Ereignissen beizuwohnen, damit ich meinen Vorgesetzten Bericht erstatten kann. Doch wie Sie ganz richtig bemerkt haben, darf ich persönlich nicht eingreifen.«

»Was für eine Doppeldeutigkeit ist das?« fragte J'drahn. »Erwarten Sie von mir, daß ich glaube, Sie hätten nichts damit zu tun?«

Picard zuckte nur mit den Achseln. »Was Sie glauben oder nicht, geht mich nichts an«, sagte er. »Doch für das Protokoll erkläre ich noch einmal, daß kein Angehöriger von Starfleet in irgendeiner Hinsicht an dem beteiligt ist, was hier vor sich geht.«

»Sie lügen! Wenn es nicht Ihre Leute sind, wer dann ...?«

»Ich«, sagte Blaze von der Tür aus, gegen deren Rahmen er sich lässig lehnte. In einer Hand hielt er einen Intervaller; die Mündung der Waffe war beiläufig auf den Boden gerichtet.

»Blaze!«

»Es ist wirklich schade, daß Ihre Palastwachen nicht mit Romulanischen Intervallern ausgerüstet sind«, sagte er. »Kronak hat Ihnen wohl nicht so sehr vertraut, daß er Ihnen welche zur Verfügung stellte. Mir hat er auch nicht besonders getraut, aber andererseits hat er mich eigentlich auch nicht als Bedrohung angesehen. Zu seinem Pech.«

J'drahn starrte ihn erstaunt an. *»Sie?«* sagte er ungläubig. Seine Hand zuckte zu der Waffe im Halfter.

»Ja, bitte tun Sie das doch«, sagte Blaze und hob lässig seinen Intervaller. »Nicht, daß ich einen Vorwand brauche, aber es wäre schön, wenn Sie mir einen geben würden.«

Picard blieb sitzen und beobachtete den Wortwechsel mit breitem, zufriedenem Lächeln.

»Picard! Tun Sie doch etwas!« sagte J'drahn.

»Was soll ich denn tun?« fragte Picard unschuldig. »Das ist eindeutig eine interne Angelegenheit. Ich kann mich nicht hineinziehen lassen.«

Die Kampfgeräusche hatten merklich nachgelassen.

»Es klingt ganz so, als würden Ihre Palastwachen keinen großen Widerstand leisten«, sagte Blaze. »Klug von ihnen, wenn man bedenkt, daß ihre Waffen denen hier nicht gewachsen sind.« Blaze hob leicht den Intervaller. Als J'drahn zurückwich, ging Blaze zur Kommunikationskonsole hinüber und baute sich davor auf. »Ah, T'grayn«, sagte er, als er das entsetzte Gesicht des Gouverneurs auf dem Bildschirm sah. »Es freut Sie bestimmt zu hören, daß ich Ihr Vermögen auf meine Konten im Ferengi-System transferiert habe. Der Betrag steht Ihnen dort jederzeit zur Verfügung. Sie müssen nur einen Flug dorthin arrangieren. Das könnte sich unter den gegebenen Umständen natürlich als ziemlich schwierig erweisen. Wie ich gehört habe, werden Sie sich wegen ernster Vorwürfe vor Gericht zu verantworten haben. Hoffentlich haben Sie genug Geld auf Ihren Konten belassen, um sich einen guten Rechtsbeistand leisten zu können.«

»Aber... auf meinen Konten ist gar nichts mehr!« stammelte T'grayn. »Sie haben das ganze Geld! Sie haben mir versprochen, mich mitzunehmen, Blaze! *Sie haben es mir versprochen!*«

»Du feige, elende Kreatur!« sagte J'drahn. Er nahm eine Frucht aus einem Korb auf dem Tisch und schleuderte sie gegen den Bildschirm. Er explodierte, Funken sprühten und Rauch quoll hervor. Überall lagen Splitter.

Die Kampfgeräusche waren völlig verklungen, und einen Augenblick später betraten mehrere Mannschaftsmitglieder von der *Glory* zusammen mit Oberst Z'gral und General H'druhn den Raum. J'drahn sah sie und erbleichte. Er sah sich um, suchte irgendeinen Fluchtweg, aber es gab keinen.

H'druhn betrachtete seinen Sohn mit Verachtung. »Hast du nichts zu sagen?« fragte der alte General.

J'drahn starrte ihn lediglich verdrossen an und senkte dann den Blick.

»Ich bedauere lediglich«, fuhr H'druhn fort, »daß du nicht im Kampf gestorben bist, wie ein Soldat. Auf diese Weise wäre mir die Erniedrigung erspart geblieben, zusehen zu müssen, wie meinem eigenen Sohn der Prozeß wegen Hochverrats gemacht wird. Bringt ihn weg.«

Blaze' Leute traten zu ihm, entwaffneten ihn und führten ihn dann hinaus. Blaze sah Picard stirnrunzelnd an und folgte ihnen dann.

»Von diesem Augenblick an«, sagte H'druhn, »nehme ich bis zur Durchführung demokratischer Wahlen, durch die eine neue Regierung bestimmt wird, offiziell meinen Titel als Oberherr der K'tralli wieder an. Ich würde es zu schätzen wissen, Captain Picard, wenn die Föderation uns diplomatische Berater schickte, die uns helfen, den Übergang zu einer anderen Regierungsform zu organisieren, bei der die gesamte Macht nicht mehr in den Händen eines einzelnen liegt.«

»Ich bin sicher, die Föderation wird Ihrem diesbezüglichen Wunsch gern nachkommen«, sagte Picard. »Ich würde ...«

Vom Flur her erklangen Schüsse, dann ein schweres Poltern, mit dem etwas zu Boden fiel.

»Verdammt, was ...?« sagte Picard und ging zur Tür, doch in diesem Augenblick kam Blaze herein.

»Ich fürchte, es hat einen unglücklichen Zwischenfall gegeben, General«, sagte er. »Ich bin zutiefst betrübt, Ihnen mitteilen zu müssen, daß Ihr Sohn tot ist.«

»Was ist passiert?« fragte Picard.

»Er hat versucht, sich loszureißen, ist aber irgendwie ausgerutscht und die Treppen hinuntergefallen«, sagte Blaze mit völlig unbewegtem Gesicht. »Ich fürchte, er hat sich das Genick gebrochen. Schade. Anscheinend wird es doch keinen Prozeß geben.«

»Gibt es Zeugen dafür?« fragte Picard angespannt.

»Sicher. Meine Leute werden es bestätigen«, sagte Blaze unschuldig.

»Der Tod meines Sohnes wird als Unfall während eines Fluchtversuchs betrachtet«, stellte H'druhn unverzüglich fest. Dann wandte er sich an Blaze und schien noch etwas sagen zu wollen, zögerte aber. »Wir werden nicht mehr darüber sprechen.« Er drehte sich zu Picard um. »Und was Captain Blaze betrifft, auch bekannt als Diego DeBlazio, so wird nach den bevorstehenden Wahlen zum frühestmöglichen Zeitpunkt ein Gericht zusammentreten, bestimmen, welche Anklagen gegen ihn erhoben werden, und einen Prozeßtermin festlegen. Bis dahin wird Captain Blaze auf freien Fuß gesetzt, vorausgesetzt, er kann eine Kaution von zehntausend K'tralli-Mark stellen.«

»*Zehntausend?*« sagte Blaze.

»Acht?« sagte H'druhn.

»Fünf.«

»Sieben.«

»Abgemacht.«

Picard schüttelte den Kopf. »Ein Mann, der seine eigene Kaution aushandelt. Jetzt kann mich nichts mehr erschüttern.« Er berührte seinen Insignienkommunikator. »Picard an *Enterprise*. Eine Person an Bord beamen.«

»Haben Sie Ihren ›Landurlaub‹ genossen, Mr. LaForge?« fragte Picard.

»Er war etwas ermüdend, Sir«, erwiderte LaForge seufzend.

Picard setzte ein Pokergesicht auf. »Tja, ich werde nicht fragen, was Sie und Ihre Techniker getan haben, nachdem Sie nach D'rahl gebeamt sind«, sagte er. »Was Sie in Ihrer Freizeit tun, geht mich schließlich nichts an.«

»Genau«, sagte Geordi.

»Eine Nachricht von der *Glory*, Captain«, sagte Worf.

»Auf den Schirm, Mr. Worf.«

Blaze erschien auf dem Bildschirm. Er saß in seinem Sessel auf der Brücke der *Glory*. »Seien Sie gegrüßt, Captain. Ich wollte nicht abfliegen, ohne mich zu verabschieden. Und danke für ...«

»Für das Protokoll, Captain«, sagte Picard. »Ich würde an Ihrer Stelle nicht in die Einzelheiten gehen.«

Blaze grinste. »Ich verstehe. Na ja ... was diesen cleveren kleinen Sender betrifft, den jemand in meine Tarnvorrichtung eingebaut hat ... Chief Ragnar hat ihn gefunden.«

Geordi seufzte. »Ich hab's versucht«, sagte er achselzuckend.

»Dann mache ich mich jetzt mal auf den Weg«, sagte Blaze. »Meine Fernsensoren haben die Annäherung von zwei Föderationsraumschiffen bemerkt. Sie müßten innerhalb von ein paar Stunden hier sein, und ich möchte meine Anwesenheit lieber nicht erklären. Mal sehen, was die Romulanische Handelsflotte so anzubieten hat. Bon voyage, *Enterprise*. Blaze Ende.«

Das Bild auf dem Schirm wechselte. Die Außenscanner zeigten, wie die *Glory* den Orbit verließ.

»Da fliegt er«, sagte Riker und schüttelte den Kopf. »Die Romulaner haben sein Schiff ausgerüstet, und jetzt setzt er es gegen sie ein. Das nenne ich Nerven.«

»Ich nenne das ausgleichende Gerechtigkeit«, sagte Picard.

Riker zog eine Braue hoch. »Entdecke ich da einen Anflug von Bewunderung?« fragte er.

»Nein, Mr. Riker, ganz bestimmt nicht«, erwiderte Picard. »Ich bewundere keine Piraten. Doch ich weiß Elan zu schätzen.« Er lächelte. »Setzen Sie Kurs auf Starbase 37, Mr. Data. Wir sind dort längst überfällig. Ich möchte mit einem alten Freund anstoßen.«

STAR TREK™

in der Reihe
HEYNE SCIENCE FICTION & FANTASY

STAR TREK: CLASSIC SERIE
Vonda N. McIntyre, Star Trek II: Der Zorn des Khan · 06/3971
Vonda N. McIntyre, Der Entropie-Effekt · 06/3988
Robert E. Vardeman, Das Klingonen-Gambit · 06/4035
Lee Correy, Hort des Lebens · 06/4083
Vonda N. McIntyre, Star Trek III: Auf der Suche nach Mr. Spock · 06/4181
S. M. Murdock, Das Netz der Romulaner · 06/4209
Sonni Cooper, Schwarzes Feuer · 06/4270
Robert E. Vardeman, Meuterei auf der Enterprise · 06/4285
Howard Weinstein, Die Macht der Krone · 06/4342
Sondra Marshak & Myrna Culbreath, Das Prometheus-Projekt · 06/4379
Sondra Marshak & Myrna Culbreath, Tödliches Dreieck · 06/4411
A. C. Crispin, Sohn der Vergangenheit · 06/4431
Diane Duane, Der verwundete Himmel · 06/4458
David Dvorkin, Die Trellisane-Konfrontation · 06/4474
Vonda N. McIntyre, Star Trek IV: Zurück in die Gegenwart · 06/4486
Greg Bear, Corona · 06/4499
John M. Ford, Der letzte Schachzug · 06/4528
Diane Duane, Der Feind – mein Verbündeter · 06/4535
Melinda Snodgrass, Die Tränen der Sänger · 06/4551
Jean Lorrah, Mord an der Vulkan Akademie · 06/4568
Janet Kagan, Uhuras Lied · 06/4605
Laurence Yep, Herr der Schatten · 06/4627
Barbara Hambly, Ishmael · 06/4662
J. M. Dillard, Star Trek V: Am Rande des Universums · 06/4682
Della van Hise, Zeit zu töten · 06/4698
Margaret Wander Bonanno, Geiseln für den Frieden · 06/4724
Majliss Larson, Das Faustpfand der Klingonen · 06/4741
J. M. Dillard, Bewußtseinsschatten · 06/4762
Brad Ferguson, Krise auf Centaurus · 06/4776
Diane Carey, Das Schlachtschiff · 06/4804
J. M. Dillard, Dämonen · 06/4819
Diane Duane, Spocks Welt · 06/4830
Diane Carey, Der Verräter · 06/4848

STAR TREK™

Gene DeWeese, Zwischen den Fronten · 06/4862
J. M. Dillard, Die verlorenen Jahre · 06/4869
Howard Weinstein, Akkalla · 06/4879
Carmen Carter, McCoys Träume · 06/4898
Diane Duane & Peter Norwood, Die Romulaner · 06/4907
John M. Ford, Was kostet dieser Planet? · 06/4922
J. M. Dillard, Blutdurst · 06/4929
Gene Roddenberry, Star Trek (I): Der Film · 06/4942
J. M. Dillard, Star Trek VI: Das unentdeckte Land · 06/4943
David Dvorkin, Die Zeitfalle · 06/4996
Barbara Paul, Das Drei-Minuten-Universum · 06/5005
Judith & Garfield Reeves-Stevens, Das Zentralgehirn · 06/5015
Gene DeWeese, Nexus · 06/5019
D. C. Fontana, Vulkans Ruhm · 06/5043
Judith & Garfield Reeves-Stevens, Die Erste Direktive · 06/5051
Michael Jan Friedman, Das Doppelgänger-Komplott · 06/5067
Judy Klass, Der Boacozwischenfall · 06/5086
Julia Ecklar, Kobayashi Maru · 06/5103
Peter Norwood, Angriff auf Dekkanar · 06/5147
Carolyn Clowes, Das Pandora-Prinzip · 06/5167
Diana Duane, Die Befehle des Doktors · 06/5247
V. E. Mitchell, Der unsichtbare Gegner · 06/5248
Dana Kramer-Rolls, Der Prüfstein ihrer Vergangenheit · 06/5273
Michael Jan Friedman, Schatten auf der Sonne · 06/5179
Barbara Hambly, Der Kampf ums nackte Überleben · 06/5334
Brad Ferguson, Eine Flagge voller Sterne · 06/5349
Gene DeWeese, Die Kolonie der Abtrünnigen · 06/5375
Michael Jan Friedman, Späte Rache · 06/5412
Peter David, Der Riß im Kontinuum · 06/5464
Michael Jan Friedman, Gesichter aus Feuer · 06/5465
Peter David/Michael Jan Friedman/Robert Greenberger, Die Enterbten · 06/5466
L. A. Graf, Die Eisfalle · 06/5467
John Vornholt, Zuflucht · 06/5468
L. A. Graf, Der Saboteur · 06/5469
Melissa Crandall, Die Geisterstation · 06/5470
Mel Gilden, Die Raumschiff-Falle · 06/5471
V. E. Mitchell, Tore auf einer toten Welt · 06/5472
Victor Milan, Aus Okeanos Tiefen · 06/5473
Diane Carey, Das große Raumschiff-Rennen · 06/5474
Diane Carey, Kirks Bestimmung · 06/5476

STAR TREK™

STAR TREK: THE NEXT GENERATION

David Gerrold, Mission Farpoint · 06/4589
Gene DeWeese, Die Friedenswächter · 06/4646
Carmen Carter, Die Kinder von Hamlin · 06/4685
Jean Lorrah, Überlebende · 06/4705
Peter David, Planet der Waffen · 06/4733
Diane Carey, Gespensterschiff · 06/4757
Howard Weinstein, Macht Hunger · 06/4771
John Vornholt, Masken · 06/4787
David & Daniel Dvorkin, Die Ehre des Captain · 06/4793
Michael Jan Friedman, Ein Ruf in die Dunkelheit · 06/4814
Peter David, Eine Hölle namens Paradies · 06/4837
Jean Lorrah, Metamorphose · 06/4856
Keith Sharee, Gullivers Flüchtlinge · 06/4889
Carmen Carter u. a., Planet des Untergangs · 06/4899
A. C. Crispin, Die Augen der Betrachter · 06/4914
Howard Weinstein, Im Exil · 06/4937
Michael Jan Friedman, Das verschwundene Juwel · 06/4958
John Vornholt, Kontamination · 06/4986
Mel Gilden, Baldwins Entdeckungen · 06/5024
Peter David, Vendetta · 06/5057
Peter David, Eine Lektion in Liebe · 06/5077
Howard Weinstein, Die Macht der Former · 06/5096
Michael Jan Friedman, Wieder vereint · 06/5142
T. L. Mancour, Spartacus · 06/5158
Bill McCay/Eloise Flood, Ketten der Gewalt · 06/5242
V. E. Mitchell, Die Jarada · 06/5279
John Vornholt, Kriegstrommeln · 06/5312
Laurell K. Hamilton, Nacht über Oriana · 06/5342
David Bischoff, Die Epidemie · 06/5356
Diane Carey, Abstieg · 06/5416
Michael Jan Friedman, Relikte · 06/5419
Michael Jan Friedman, Die Verurteilung · 06/5444
Simon Hawke, Die Beute der Romulaner · 06/5413
Rebecca Neason, Der Kronprinz · 06/5414
John Peel, Drachenjäger · 06/5415
Diane Duane, Dunkler Spiegel · 06/5417
Susan Wright, Der Mörder des Sli · 06/5438
W. R. Thomson, Planet der Schuldner · 06/5439
Michael Jan Friedman & Kevin Ryan, Requiem · 06/5442
Dafydd ab Hugh, Gleichgewicht der Kräfte · 06/5443

STAR TREK™

STAR TREK: DIE ANFÄNGE

Vonda N. McIntyre, Die erste Mission · 06/4619
Margaret Wander Bonanno, Fremde vom Himmel · 06/4669
Diane Carey, Die letzte Grenze · 06/4714

STAR TREK: DEEP SPACE NINE

J. M. Dillard, Botschafter · 06/5115
Peter David, Die Belagerung · 06/5129
K. W. Jeter, Die Station der Cardassianer · 06/5130
Sandy Schofield, Das große Spiel · 06/5187
Lois Tilton, Verrat · 06/5323
Diane Carey, Die Suche · 06/5432
Esther Friesner, Kriegskind · 06/5430
Melissa Scott, Der Pirat · 06/5434
Nathan Archer, Walhalla · 06/5512
Greg Cox/John Gregory Betancourt, Der Teufel im Himmel · 06/5513
Robert Sheckley, Das Spiel der Laertianer · 06/5514

STAR TREK: STARFLEET KADETTEN

John Vornholt, Generationen · 06/6501
Peter David, Worfs erstes Abenteuer · 06/6502
Peter David, Mission auf Dantar · 06/6503
Peter David, Überleben · 06/6504
Brad Strickland, Das Sternengespenst · 06/6505
Brad Strickland, In den Wüsten von Bajor · 06/6506
John Peel, Freiheitskämpfer · 06/6507
Mel Gilden & Ted Pedersen, Das Schoßtierchen · 06/6508
John Vornholt, Erobert die Flagge! · 06/6509
V. E. Mitchell, Die Atlantis Station · 06/6510
Michael Jan Friedman, Die verschwundene Besatzung · 06/6511
Michael Jan Friedman, Das Echsenvolk · 06/6512
Diane G. Gallagher, Arcade · 06/6513
John Peel, Ein Trip durch das Wurmloch · 06/6514
Brad & Barbara Strickland, Kadett Jean-Luc Picard · 06/6515

STAR TREK: VOYAGER

L. A. Graf, Der Beschützer · 06/5401
Peter David, Die Flucht · 06/5402
Nathan Archer, Ragnarök · 06/5403
Susan Wright, Verletzungen · 06/5404
John Betancourt, Der Arbuk-Zwischenfall · 06/5405

STAR TREK™

Christie Golden, Die ermordete Sonne · 06/5406
Mark A. Garland & Charles G. McGraw, Geisterhafte Visionen · 06/5407
S. N. Lewitt, Cybersong · 06/5408

DAS STAR TREK-UNIVERSUM, 2 Bde.,
überarbeitete und aktualisierte Neuausgabe!
von *Ralph Sander* · 06/5150

DAS STAR TREK-UNIVERSUM, Ergänzungsband
von *Ralph Sander* · 06/5151

William Shatner/Chris Kreski, Star Trek Erinnerungen · 06/5188
William Shatner/Chris Kreski, Star Trek Erinnerungen: Die Filme · 06/5450

Phil Farrand, Cap'n Beckmessers Führer durch STAR TREK – DIE NÄCHSTE GENERATION · 06/5199
Phil Farrand, Cap'n Beckmessers Führer durch STAR TREK – DIE CLASSIC SERIE · 06/5451

Ralph Sander, Star Trek Timer 1997 · 06/1997
Nichelle Nichols, Nicht nur Uhura · 06/5547
Leonard Nimoy, Ich bin Spock · 06/5548
Lawrence M. Krauss, Die Physik von Star Trek · 06/5549
J. M. Dillard, Star Trek: Wo bisher noch niemand gewesen ist · 06/6500
Judith & Garfield Reeves-Stevens, Star Trek – Deep Space Nine: Die Realisierung einer Idee · 06/5550
Judith & Garfield Reeves-Steven, Star Trek Design · 06/5545
Aris Kazidian & Bruce Jacoby, Das Star Trek Kochbuch · 06/5546

Diese Liste ist eine Bibliographie erschienener Titel
KEIN VERZEICHNIS LIEFERBARER BÜCHER!